Philippa L. Andersson
TEASE & PLEASE
berührt und verführt

Über das Buch

Um sich als Journalistin einen Namen zu machen, beschließt Audrey Montgomery, undercover im Tease & Please, dem exklusivsten BDSM-Klub der Stadt, zu arbeiten.

Doch schon beim Bewerbungsverfahren für den Job als Lady Dom kommt sie ins Straucheln. Denn kein Geringerer als Reece Randall, der sexy dominante Klubbesitzer, prüft die Bewerber – und weckt in Audrey eine völlig neue Art von Verlangen.

Kann sie ihre Tarnung aufrechterhalten?

Und was, wenn nicht …?

Über Philippa L. Andersson

Nach ihrem Germanistik- und Hispanistik-Studium in Bamberg sowie Stationen in Spanien und Hamburg veröffentlichte Philippa L. Andersson 2012 ihre erste Kurzgeschichte. Nach weiteren Kurzgeschichten folgte 2013 ihr erster Roman "In deinen Armen". Seit 2015 arbeitet sie nur noch als Autorin. 2017 erschien ihr erstes Hörbuch zu ihrem Roman "Romance Love - Vollkommen dir ergeben". Im gleichen Jahr war sie mit „You Can't Escape Love – Begehren . Vertrauen . Lieben" erstmals in der BILD-Bestsellerliste.

www.philippalandersson.de
www.facebook.com/PhilippaLAndersson
philippal.andersson@gmail.com

Philippa L. Andersson

TEASE & PLEASE

BERÜHRT UND VERFÜHRT

Originalausgabe
Februar 2018

Tease & Please - berührt und verführt
Philippa L. Andersson
Copyright: © Philippa L. Andersson, 2018, Berlin, Deutschland

Umschlagfotos: © iStock.com/BlackJack3D
Umschlaggestaltung: Philippa L. Andersson
Lektorat: Mona Gabriel, Leipzig, Deutschland
Korrektorat: Laura Gosemann, Berlin, Deutschland

Philippa L. Andersson vertreten durch:
Sowade, Plantagenstraße 13, 13347 Berlin, Deutschland
philippal.andersson@gmail.com
www.facebook.com/PhilippaLAndersson
www.philippalandersson.de

ISBN: 978-3-96111-427-6

Bestellung und Vertrieb: Nova MD GmbH, Vachendorf, Deutschland
Druck: Sowa Sp. z o.o., ul. Raszynska 13, 05-500 Piaseczno, Polska

WAS IM TEASE & PLEASE PASSIERT,
BLEIBT IM TEASE & PLEASE.
NORMALERWEISE ...

1. Kapitel

AUDREY

»Jetzt wird es also ernst?«, fragt mich Nikki.

»Ja, wird es«, sage ich.

»Sekt?«

»Mir ist eher nach Kamillentee«, antworte ich und merke, wie heftig mein Herz pocht. »Am liebsten intravenös!«

Ich arbeite als freie Journalistin und plane eine Reportage über das Tease & Please, den berüchtigtsten BDSM-Klub der Stadt. Es heißt, dass dort das Who is Who aus Gesellschaft, Showbiz und Politik verkehrt. Doch der Zirkel ist so exklusiv, dass nur sehr selten Insiderinfos nach draußen dringen – und dann auch nur so spärlich, dass sich niemand ein Bild von dem machen kann, was hinter den verschlossenen, schmiedeeisernen Toren vor sich geht. Reece Randall, der Besitzer, versteht es, Geheimnisse zu wahren.

Es gibt nur zwei Wege, um in den Klub zu kommen. Entweder man bewirbt sich und kann sich die Jahresmitgliedschaft leisten. Oder man arbeitet für Randall.

Da ich einen Blick hinter die Kulissen werfen will, habe ich mich für letzteren Weg entschieden und mich für die einzige Stelle beworben, die vakant ist. Eine Stelle als Domina, beziehungsweise die eines Lady Dom, wie es laut Annonce heißt.

Obwohl du mit der Szene nichts am Hut hast, erinnere ich mich.

Um eingestellt zu werden, muss man verschiedene Runden im Bewerbungsprozess durchlaufen. Neben einem einwandfreien polizeilichen Führungszeugnis braucht man einen mindestens guten Collegeabschluss und ein spezielles Unbedenklichkeitsattest eines Psychologen, damit gewährleistet ist, dass niemand im Klub arbeitet, der eine Bedrohung für die Gäste darstellt. Ich habe bereits an drei aufeinanderfolgenden Tagen den Theorietest mitgemacht, der sich um alles dreht, was irgendwie mit dem Bereich BDSM und der Tätigkeit als Domina zu tun haben kann – und für den ich im Vorfeld zig Bücher gelesen und gepaukt habe.

So weit, so gut.

Soeben ist per Bote der Brief vom Tease & Please gekommen, unterschrieben von Reece Randall höchstpersönlich, in dem mir mitgeteilt wird, dass ich die Theorieprüfung bestanden und mich für den letzten Teil des Bewerbungsverfahrens qualifiziert habe, die Praxis. Diese findet zunächst im Randall Tower, dem Geschäftsgebäude des Tease & Please, statt und am letzten Tag im Klub selbst, der etwas außerhalb der Stadt auf einem Landsitz liegt. Start: morgen, Montag.

Ich sollte mich freuen, stattdessen bin ich furchtbar nervös.

Für die Dauer der Recherche wohne ich bei meiner Schwester Nikki und schlafe auf dem Gästesofa in ihrem Arbeitszimmer. Sie arbeitet als Junior Analyst für eine Bank und verdient – für meine Begriffe – einen Haufen Geld, hat dafür aber auch kaum Freizeit und – wie sie selbst sagt – keine Zeit für einen festen Freund. Der steht in ihrer Lebensplanung erst auf dem Zettel, wenn sie irgendwo Partner geworden ist. Und bis dahin vergnügt sie sich mit Affären. Bei ihr zu wohnen ist daher perfekt, da ich sie nicht störe.

Obwohl ich Kamillentee haben wollte, holt Nikki Sekt und reicht mir ein Glas. »Zieh nicht so ein Gesicht«, prostet sie mir zu. »Man muss die Feste feiern, wie sie fallen.«

Typisch Nikki!

Ich leere mein Glas mit einem Zug und spüre die leicht betäubende Wirkung des Alkohols, da ich nicht so viel vertrage. »Nervös bin ich trotzdem. Bis eben konnte ich für die Tests wenigstens lernen. Jetzt gilt es zu schauspielern. Ich mag zwar selbstbewusst sein, aber ich bin nicht dominant. Und so was hab ich noch nie gemacht.«

»Hast du schon mal einen Orgasmus vorgetäuscht?«, fragt sie.

»Nur einen?«, gebe ich entspannt zurück und grinse, dankbar dafür, dass meine Schwester so locker ist.

»Und hat er es gemerkt?«

Ich schüttele den Kopf.

»Na, siehst du!« Nikki nimmt mein Einladungsschreiben, in dem auf der Rückseite der Ablauf des Praxisteils steht, plus dem kursiv gedruckten Hinweis, dass man kontaktfreudig sein und ein gutes Körpergefühl haben soll. Was auch immer das heißen mag. »Wobei, wenn ich mir das Programm so ansehe, kann ich dich verstehen. Der erste Tag scheint harmlos. Grundlagen und so. Aber der Rest?«

»Den finde ich eigentlich auch ganz in Ordnung«, beruhige ich nicht nur sie, sondern auch mich.

»Am Dienstag beschäftigt ihr euch mit Peitschen und Paddles!«

Nikki klingt entsetzt, und ich kann sie verstehen, weil es mir genauso geht. Wie kann sich jemand freiwillig verhauen lassen und das auch noch lustvoll finden? Und wie kann ich jemandem das antun? Das sind Fragen, die mir seit Wochen durch den Kopf gehen. Doch um an die Reportage zu kommen, habe ich keine andere Möglichkeit, als meine Moralvorstellungen für die Zeit im Tease & Please an den Nagel zu hängen.

»Du kannst nicht mal einer Fliege was zuleide tun und rettest sogar Spinnen aus der Wohnung. Ich meine: Spinnen!«

»Nur weil wir die Techniken im Rahmen des Bewerbungsverfahrens durchgehen, heißt das ja nicht, dass ich sie später verwenden muss. Ich hab mich schlaugemacht: Jeder Dom hat seinen eigenen Stil. Ich mache die Regeln und kann darauf verzichten. Ich muss nur den Übungstag überstehen, und das war dann auch das erste und letzte Mal, dass ich jemanden schlage.« *Hoffe ich.*

»Stimmt, du hast ja dann das Sagen, Mistress«, sagt Nikki grinsend. »Der Teil über Bondage und Knotentechniken klingt übrigens ganz praktisch.«

»Das ist das Thema für Mittwoch?«, frage ich und mache einen langen Hals, um ebenfalls auf den Plan schauen zu können.

Nikki nickt.

»Darauf freue ich mich sogar. Beim Lernen für den Theorieteil bin ich über Künstler gestolpert, die aus Seilen komplette Outfits wickeln. Vielleicht macht das dort auch jemand?«

»Und vielleicht lernst du ja einen Knoten, der dafür sorgt, dass die Typen mal bei dir bleiben.«

»Hey!« Ich werfe das Sofakissen nach ihr, weil ich tatsächlich Pech mit Männern habe. Ich scheine sie jedes Mal zu vergraulen, denn lange halten sie es nicht mit mir aus, weil ich so selbstbewusst bin. *Idioten!* »Ich hoffe eher, dass ich rauskriege, wie ich mir einen persönlichen Sklaven halte«, scherze ich.

»Kann ich mir den dann mal ausleihen? Für den Abwasch, zum Bügeln oder Kochen?«

»Unbedingt!«

Wir lachen beide, und dieses Mal schenke ich den Sekt nach und merke, wie meine Angst schwindet. Ich nehme Nikki den Zettel ab und überfliege das Schreiben erneut.

»Und der Rest ist doch in Ordnung. Wir gehen Rollenspiele durch, bestimmt so was wie ›Patient und Krankenschwester‹ oder ›Soldat und Rekrut‹, und dann zeigen sie einem den Klub. Die richtig fiesen Sachen sind gar nicht dabei.« Zum Beispiel Nadeln. Ich werde nie wieder was nähen können, weil ich von meinen Recherchen diese Bilder im Kopf habe … Ja, jedem das, was er mag. Warum auch nicht? Mir ging das allerdings zu weit.

»Du willst das also wirklich durchziehen?«, fragt Nikki mit einem Hauch von Bewunderung in der Stimme.

Ich winke mit dem Zettel. »Ich habe so viel Zeit investiert. Außerdem ist das mein erster großer Bericht. Also: ja, ja, ja. Unbedingt.«

Mit Schwung stehe ich auf.

»Und was machst du jetzt, du Streberin? Üben?« Sie wackelt anzüglich mit den Augenbrauen.

»Unsinn! Die Beine rasieren.« Ich habe vor, morgen den bestmöglichen Eindruck zu hinterlassen, um die Stelle zu ergattern.

Doch plötzlich schlägt mein Herz ungewohnt schnell. Sobald ich im Bad bin, lehne ich mich an die kühlen Fliesen und atme tief durch. Denn da ist noch was, was ich bis morgen unbedingt auf die Reihe kriegen muss: meine extrem flatternden Nerven. Auf dass ich nicht auffliege!

REECE

»Ian, verlaufen?« Aufmerksam mustere ich meinen Bruder und komme zu dem Schluss, dass es sicher nicht reine Höflichkeit ist, die ihn an einem Sonntag in mein Büro treibt. Anders als unter der Woche trägt er keinen Anzug, sondern eine Jogginghose und ein Shirt, als käme er gerade vom Sport. Und aus jeder seiner Poren strömt Frust.

»Könnte ich dich genauso fragen«, sagt er. »Wobei es heute mal ganz praktisch ist, dass du immer arbeitest.«

Interessant ... Er spart sich das übliche Geplänkel und weist mich darauf hin, dass es auch noch etwas anderes im Leben gibt als den Job, was mich alarmiert.

»Dann wird das hier also kein Kaffeekränzchen?«, frage ich trocken nach.

»Bedaure, Bruderherz.« Ian weiß, wie sehr ich es hasse, Reports zuzuhören, und hält mir deshalb sein Tablet mit der neuesten E-Mail unter die Nase, damit ich selbst schauen kann, was los ist.

Ich überfliege die Informationen und werde mit jeder Zeile, die ich lese, ungehaltener.

»Fuck!«, fluche ich, öffne auf meinem Computer ein Dossier und verschiebe die Akte von Andrew Green dahin.

Seit Wochen sickern immer wieder pikante Details aus dem Klub an die Öffentlichkeit. Um das Problem in den Griff zu bekommen, habe ich Detektive beauftragt und aufgrund ihrer Nachrichten zuerst einen Türsteher entlassen. Dann Sophia und Trish, beides Lady Doms. Um weitere Überraschungen zu vermeiden, habe ich schließlich Ian als Firmenanwalt gebeten, sämtliche Angestellte zu durchleuchten, und er ist offensichtlich fündig geworden. Denn Andrew, der bisher zuverlässigste Mitarbeiter meiner Personalabteilung und einer der besten Recruiter, den ich je erlebt habe, hat sich wohl ebenfalls sein recht üppiges Gehalt aufbessern lassen, indem er Infos über unsere Gäste an die Presse weitergegeben hat.

Fuck, Fuck, Fuck!

Äußerlich wirke ich beherrscht wie eh und je, innerlich koche ich jedoch und sinne nach Wegen, das Problem in den Griff zu bekommen. Ein Klub wie das Tease & Please hält sich nicht, wenn man nicht für Diskretion sorgen kann.

»Möchtest du die Kündigung, die ich aufgesetzt habe, noch mal lesen?«, fragt Ian.

Ich schüttele den Kopf. »In meinen Augen bist du eh immer viel zu nett. Aber ich hab jetzt nicht die Nerven, mich darüber mit dir zu streiten.«

»Legal eben«, sagt er.

»Nett«, wiederhole ich und starre auf das Dossier zu den ehemaligen Angestellten. »Mehr hat die Überprüfung der Mitarbeiter nicht ergeben?«, hake ich nach.

»Bisher nicht.«

»Kannst du auch die Abgänge der letzten Jahre durchleuchten? Eigentlich bezahle ich alle sehr fair, damit genau so was nicht passiert, aber lass uns auf Nummer sicher gehen, dass es das nun war.«

»Wir könnten außerdem die derzeitige Belegschaft stärker kontrollieren.«

»Ach ja?« Interessiert drehe ich mich zu ihm um. »Wie?«

»Abgabe der Taschen in Schließfächern, Verbot von Handys, Ausbau des Videoteams, das sich die Liveaufnahmen anschaut. Ein zusätzliches Überwachungsteam für das Überwachungsteam … Um nur mal ein paar Beispiele zu nennen.«

Meine Kopfschmerzen lassen etwas nach. »Klingt gut. Kümmere dich darum und mach alles, was du für nötig hältst. Bis jetzt hat keiner von meinen Gästen sich beschwert, und die zwei Fälle, die an die Presse gekommen sind, waren zum Glück harmlos. Wäre gut, wenn es dabei bleibt.«

»Du müsstest dir noch weniger Gedanken machen, wenn du deine Assistentinnen nicht im Wochentakt verschleißen würdest.«

»Als ob das an mir liegt!«

»Du stauchst jede spätestens am zweiten Tag zusammen, sodass sie heulend zu mir kommen und um ihre Kündigung bitten.«

Ich spüre Ians kritischen Laserblick auf mir. Er würde zu gerne wissen, was ich mit den Damen – oder dem einen Herrn, den ich hatte – anstelle. Aber die Wahrheit ist: Ich weiß es auch nicht. Es ist kein Geheimnis, dass ich viel verlange, und jedes Mal versichern mir die Bewerber, dass sie Stress aushalten können. Also lade ich ihnen einen Berg Arbeit auf, bin für zwei Tage dankbar, nicht alles selbst erledigen zu müssen, und schließlich verkacken sie ihren Job, ich rege mich auf, und sie heulen und nehmen freiwillig Reißaus.

»Du bleibst also dabei, dass du dich ganz normal benimmst?«

»Keiner wollte bis jetzt Schmerzensgeld, oder?«, gebe ich zurück und füge hinzu, als er nickt: »Na bitte! Offensichtlich bin ich kein fieser drakonischer Boss, sondern nur jemand, der ein verdammt schlechtes Händchen hat, wenn es um Angestellte geht. Sind wir dann hier fertig? Ich muss noch ein paar Lieferungen durchgehen.«

»Eine Sache noch«, sagt Ian. »Wer übernimmt morgen den Kurs, den Andrew geleitet hätte?«

»Haben wir keine Vertretung?«

»Niemanden.«

Klasse, noch ein Problem!

»Versuch, jemanden aufzutun. Bis dahin springe ich ein.« *Irgendwie. Zwischen all den anderen Baustellen.*

2. Kapitel

AUDREY

»Hallo, ich bin Audrey Montgomery und für den Job als Lady Dom hier«, melde ich mich am Montag am Empfang im Randall Tower, reiche mein Einladungsschreiben der freundlich lächelnden Dame und bin erleichtert, wie locker mir mein Name und die Bezeichnung Lady Dom in einem Satz über die Lippen gekommen sind.

Es ist das erste Mal, dass ich das Geschäftsgebäude des Tease & Please betrete. Die bisherigen Gespräche und Tests fanden online und per Skype statt, und ich bin dankbar, dass ich das enge schwarze Lederkleid und die hochhackigen Pumps angezogen habe, um einen guten Eindruck zu machen.

Alles hier erinnert eher an die Lobby eines Luxushotels als an den Empfang einer Firma und ist offen, hell und freundlich gestaltet. Der Boden ist aus Marmor und mit dichten Teppichen ausgelegt, die die Schritte dämpfen. Es gibt Sitzecken mit Sofas und großzügige Besprechungsecken. Blumenarrangements runden alles stilvoll ab. Für Gäste stehen Wasserspender und Kaffeeautomaten bereit. Und in der Luft liegt ein Hauch von Patschuli und Rosen

– so als würde man sie zusätzlich parfümieren, so wie es in Kaufhäusern üblich ist, damit man sich wohlfühlt und mehr Geld ausgibt.

Außerdem herrscht reger Betrieb. Frauen und Männer in maßgeschneiderten Anzügen und modischen Kleidern kommen und gehen. Gut, dass ich mit meinem Outfit mithalten kann.

»Können Sie mir auch noch Ihren Ausweis zum Abgleich geben?«, sagt die Empfangsdame.

»Muss ich die Dokumente jeden Tag vorzeigen?«, frage ich zurück und reiche ihn ihr.

»Nein, nur heute.« Sie verifiziert die Daten und reicht mir zusammen mit meinen Unterlagen ein Kärtchen. »Hiermit können Sie diese Woche in das Gebäude rein- und rausspazieren, wie Sie mögen. Die Karte ist so programmiert, dass Sie mit dem Fahrstuhl ins Restaurant in der dreißigsten Etage und zum Kurs in der zweiunddreißigsten Etage fahren können. Wenn Sie weitere Fragen haben, wenden Sie sich gerne an mich. Ich bin Anna und jederzeit für Sie da.«

»Danke«, sage ich und stecke meine Dokumente weg. »Erst mal ist alles klar.«

Ich habe mich bereits zum Gehen abgewandt, da fällt mir allerdings doch noch etwas ein. Schnell drehe mich erneut um und knalle hart gegen einen Mann, der dicht hinter mir gewesen sein muss.

Ich bin drauf und dran, mich zu entschuldigen, doch er knurrt unfreundlich: »Nun sagen Sie schon, dass es Ihnen leidtut!«

»Wie bitte?!« Ich habe die Worte natürlich ganz genau gehört, aber noch nie hat sich jemand vor mich hingestellt und so großkotzig eine Entschuldigung eingefordert.

»Entschuldigen Sie sich doch zuerst! Sie haben mich ja fast wie ein Quarterback umgerannt. Würde mich nicht wundern, wenn ich blaue Flecken davon habe!« Was etwas übertrieben, aber durchaus möglich ist, weil der Zusammenstoß recht heftig gewesen ist.

»Es gibt Frauen, die fänden das schön«, kontert er provokant. »Also?«

Meint er das wirklich ernst?

Was ich von der Empfangsdame noch wissen wollte, ist mir jetzt nicht mehr so wichtig. Ich werde ja gleich sehen, ob alle anderen bereits da sind. Aber dieser Typ …

»Genau genommen sind Sie in mich gekracht. Also?«, äffe ich ihn nach, kneife meine Lippen ebenso wie er seine zusammen, erdolche ihn mit meinen Blicken und warte umgekehrt auf eine Entschuldigung.

»Ich glaube, Sie haben keine Ahnung, wen Sie vor sich haben«, knurrt er, eindeutig nicht gewohnt, angegriffen zu werden.

»Und wenn Sie der Präsident wären!«, gebe ich empört zurück. »Deshalb krieche ich noch lange nicht vor Ihnen zu Kreuze. Schon mal was von Manieren gehört?«

Mir wird zum ersten Mal bewusst, dass er locker einen Kopf größer und viel kräftiger gebaut ist als ich. Er trägt einen unverschämt gut sitzenden und ganz sicher teuren Anzug und riecht so gut, dass ich mich zwingen muss, seinen Duft nicht tiefer einzuatmen. Das würde er merken. Und er hat das attraktivste Gesicht, das mir je untergekommen ist. Nicht perfekt schön, aber kantig, spannend, auf seine Art unglaublich anziehend. Mit stechend blauen Augen. Er kommt so nah, dass ich meinen Kopf in den Nacken legen muss, so als wollte er mich einschüchtern.

»Glauben Sie, Sie sind der erste große Mann, der es mir kleiner Frau zeigen will?« Kampflustig recke ich mein Kinn nach vorne. »Das eben war mindestens genauso Ihr Fehler wie meiner. Wir sind also quitt. Wenn Sie allerdings ein Gentleman wären, würden Sie sich entschuldigen.«

»Na dann: Entschuldigung«, sagt er plötzlich – mit einem spöttischen Grinsen, weil es ihm nicht ernst ist. »Und jetzt Sie!«

»Was?«, frage ich eine Spur triumphierend. »Soll ich ›Fuck you‹ sagen und ›Entschuldigung‹ meinen oder ›Entschuldigung‹ sagen und ›Fuck you‹ meinen?«

Ohne auf eine Antwort zu warten, drehe ich mich um und gehe zu den Aufzügen. Dieser Vollidiot hat mich aufgehalten, und ich komme zu spät zu meinem Test.

REECE

Fasziniert starre ich dem knackigen Hintern der zierlichen Brünetten hinterher, der sich deutlich unter dem hautengen schwarzen Etuikleid abzeichnet. Dann sehe ich, wie sie Richtung Fahrstühle verschwindet, und grinse.

»Sag bloß, du stehst plötzlich darauf, zur Schnecke gemacht zu werden?«, zieht mich Anna vom Empfang auf.

»Ist sie neu? Ich hab sie hier noch nie gesehen«, weiche ich ihrer Frage aus.

»Audrey Montgomery. Sie ist eine der Kandidatinnen für die Stelle als Lady Dom.«

Ich unterdrücke ein Stöhnen.

»Soll ich sie zurückrufen?«, fragt Anna, die mich missversteht.

»Nein, um Ms Montgomery kümmere ich mich selbst. Andrew kommt nicht, ich springe ein.«

Bis eben lief mein Tag bescheiden. Ich hab nur drei Stunden Schlaf bekommen und bin seit sieben Uhr auf den Beinen. Für Mittwoch haben sich spezielle Gäste angekündigt, und unsere Sicherheitstests versagen gerade. Drei Mal ist es Lockvögeln gelungen, mit Drogen und Waffen in den Klub zu kommen, und ich finde das Leck nicht. Obendrein gab es einen Buchungsfehler, der dafür gesorgt hat, dass ich bis vor einer Stunde de facto mittellos war. Und da Andrew Details über unsere Kunden ausgeplaudert hat, wurde er gefeuert, und ich darf den Dom geben. Bis eben hat mir das nur mäßig gefallen. Schließlich sind die Teilnehmer nicht das, womit ich gerne spiele. Falsche Seite. Als Dom einem anderen Dom den Hintern zu versohlen macht einfach keinen Spaß. Aber die Begegnung mit Ms Montgomery hat meine Laune schlagartig verbessert.

Es ist sehr lange her, dass mir jemand so direkt Kontra gegeben und es auch so gemeint hat. Ich kann es gar nicht erwarten, sie deshalb gleich härter als die anderen ranzunehmen, um ihr zu zeigen, dass sie so bossy auftreten kann, wie sie will. Ich habe das letzte Wort.

3. Kapitel

AUDREY

Was für ein Penner!, fluche ich im Stillen, während ich zum Seminarraum gehe. *Rennt mich fast um und will, dass ich mich entschuldige! Ich?!*

Ich reibe mir den Oberarm, wo ich jetzt garantiert einen blauen Fleck bekomme. Nicht besonders passend für eine Domina.

Eilig biege ich zum Seminarraum ab und bin erleichtert, als ich sehe, dass außer mir neun weitere Frauen da sind – und der Leiter der Veranstaltung anscheinend noch fehlt.

Als ich meinen Blick durch die Halle, oder besser gesagt die offene Etage, schweifen lasse, steigt meine Nervosität dennoch.

Im Raum stehen zehn Vierpfostenbetten. Neben jedem gibt es einen Ständer mit ordentlich aufgehängten Peitschen und ein Regal mit Rohrstöcken. So als würden die Gegenstände nur auf uns warten. Über jedem Bett befindet sich eine Hängevorrichtung und am Fußende jeweils eine verschlossene Kommode.

Natürlich kenne ich Sexspielzeug. Normales. Da Onlineshops dafür überall Werbung machen. Doch die Sachen hier … Das ist eine ganz andere Hausnummer, und mir wird klar, wie schwer es sein wird, meine Rolle als Lady Dom glaubhaft zu spielen. Anders als meine Mitbewerberinnen hatte ich vorher schließlich noch nie mit der BDSM-Szene zu tun, und weil gutes Equipment teuer ist, habe ich erst mal keines gekauft und nur mit einem Kochlöffel vor dem Spiegel Schläge geübt – schließlich ist der so ähnlich wie ein Paddle. Ich dachte, irgendwie werde ich mich schon durchmogeln. Das erscheint mir jetzt reichlich naiv.

Ohne dass ich es verhindern kann, gehe ich zu dem Regal mit den Peitschen und lasse meine Fingerspitzen über einen Ledergriff gleiten, bin gleichzeitig fasziniert und abgestoßen.

Dann gehe ich zur Kommode und ziehe die oberste Schublade auf. Halsbänder kommen zum Vorschein. Jedes etwas anders, jedes auf seine Art exotisch, und jedes zieht mich magisch in seinen Bann. *Wie merkwürdig!*

Berühr eines, flüstert mir eine Stimme in meinem Kopf zu. *Trau dich!*

Bevor ich mich selbst bremsen kann, greife ich nach einem der Lederhalsbänder. Das Material ist viel weicher, als ich es bei der massiven Verarbeitung erwartet hätte. Kühl bei der ersten Berührung und nach einer Weile warm, anschmiegsam.

Ich kann gar nicht anders, als es mir anzulegen, und bin überrascht, wie gut es sich anfühlt und was für eine ungewöhnliche Hitze durch mich schießt. Neu, aufregend …

»Wer hat Ihnen erlaubt, die Sachen anzufassen?«, tönt eine dunkle Männerstimme plötzlich sehr dicht hinter mir.

Scheiße! Der Kurs hat noch nicht mal angefangen und schon benehme ich mich daneben.

Ich drehe mich um und will mich sofort entschuldigen, als ich den Typen aus der Lobby wieder vor mir sehe. Augenblicklich ist jegliches Schuldgefühl verpufft. »Wo steht, dass das verboten ist?«, feuere ich zurück. »Schließlich werden wir eh gleich mit den Sachen spielen.«

»Spielen?«, wiederholt er mein letztes Wort, und zu dem Ärger in seinem Blick gesellt sich rohes Verlangen. Doch ohne dem nachzugeben, presst er seine Lippen zu einer schmalen, harten Linie zusammen und nimmt mir das Halsband ab. »Vorsicht, Ms Montgomery, Sie bewegen sich auf sehr dünnem Eis.«

»Woher wissen Sie, wer ich bin?«, frage ich zurück, jetzt alarmiert.

»Könnte sein, dass ich nicht nur diesen Kurs leite und deshalb Ihre bisherigen Ergebnisse kenne …« Er grinst überheblich. »Könnte auch sein, dass ich Reece Randall bin und über alles bestimme, was in diesem Gebäude passiert.«

»Doch wohl kaum über mich«, entweicht mir, ehe ich die Klappe halten kann. Dabei schießt eine Mischung aus Panik und Aufregung durch mich, weil vor mir der Mann steht, der der Schlüssel zum Klub ist.

»Meinen Sie?« Er legt das Halsband wieder in die Schublade, lässt mich dabei aber nicht aus den Augen. »Laut dem Vorab-Vertrag, den sie für den Kurs hier unterschrieben haben, zählen Sie dazu.«

Ich stehe einen Moment auf dem Schlauch, was er viel zu sehr genießt. Schnell fange ich mich. »Laut dem sind Sie mir gegenüber maximal weisungsbefugt.«

»Wo liegt da der Unterschied? Solange Sie hier sind, kann ich bestimmen, was Sie tun, und ich rate Ihnen dringend, etwas freundlicher zu sein.«

»Sonst was?«, feuere ich zurück und fixiere ihn aus schmalen Augen. Bis mir klar wird, dass er mich mit Absicht provoziert hat und ich darauf eingestiegen bin.

Wie dumm! Vor mir steht Reece Randall, der Mann, von dem abhängt, ob ich den Kurs bestehe. Der Mann, der entscheidet, ob ich ins Tease & Please komme – und damit diese Reportage schreiben kann. Der Mann, vor dem ich mich von allen Männern am meisten in Acht nehmen muss, weil er den Ruf hat, ein begnadet guter Dom zu sein, und er deshalb mein falsches Spiel mit Leichtigkeit durchschauen könnte. »Entschuldigung, Sir«, hauche ich deshalb.

Ich will es eigentlich sarkastisch sagen, genau so, wie er sich in der Lobby bei mir entschuldigt hat. Aber noch während mir die Worte über die Lippen kommen, senke ich den Blick und merke, wie mir das Herz bis zum Hals schlägt.

Was ist denn plötzlich mit mir los?

Ich warte, dass Randall etwas sagt, doch er schweigt, und mit jeder Sekunde, die verstreicht, fühle ich mich auf eine schwindelerregende Art elender.

Mehrmals öffne und schließe ich den Mund, überlege, ob ich noch mehr vorbringen soll, kann aber nicht.

Sag was, flehe ich ihn stumm an, weil ich die Spannung zwischen uns nicht aushalte. Weil ich nicht verstehe, was hier passiert. Aber irgendetwas geht hier vor. Etwas Großes, Gewaltiges.

»Ich belasse es bei einer Verwarnung, Ms Montgomery«, erlöst er mich endlich, legt seine Hand auf meinen Rücken und schiebt mich vom Bett weg. »Ich muss Sie alle warnen: Sie mögen selbst gerne die Regeln aufstellen, aber hier, in diesem Raum, gelten meine, und falls es nicht klar sein sollte: Sie rühren nichts an, bis nicht ich oder der Kursleiter, den ich heute vertrete, es Ihnen sagt. Ich möchte nicht, dass Sie sich oder andere verletzen.«

»Es war doch nur ein Halsband«, kann ich mir nicht verkneifen, sobald ich mich gefangen habe.

»Zweite Verwarnung, Ms Montgomery«

»Aber —«

»Dritte!«, sagt er.

»Was?!«, fauche ich angepisst.

»Verlassen Sie bitte sofort den Kurs.«

Entgeistert starre ich Randall an. So sollte mein erster Tag als Domina nicht laufen.

»Das ist doch lächerlich! Nur weil Sie mich auf dem Kieker haben, können Sie mich doch nicht —«

»Muss ich erst die Security rufen?«, schneidet er mir das Wort ab.

»Heißt das, ich bin raus?«

»Klingt das so, als würde ich Ihnen eine zweite Chance geben?«, fragt er zurück.

»Scheiße!«, fluche ich, fege mit einer Handbewegung die Rohrstöcke, Gerten und Paddles aus dem Regal und stolziere hochmütiger zur Tür, als ich mich fühle. *Scheiße, Scheiße, Scheiße.*

»Falls irgendjemand Zweifel an der Veranstaltung hat: Sie alle sind hier, um etwas zu lernen – und um mir zu beweisen, dass Sie gute Lady Doms sind und sich in das Team des Tease & Please einfügen können. Das bedeutet, dass Sie diese Woche zuhören, wenn man Ihnen was sagt, und Ansagen umsetzen. Ich möchte niemanden in meinem Klub haben, der meint, er wüsste alles besser. Fragen?« Er wartet. Niemand sagt ein Wort. »Sehr schön, dann können wir ja jetzt anfangen.«

Die Tür fällt hinter mir zu, und ich höre nicht mehr, was geredet wird.

Was ist nur in mich gefahren, dass ich so kratzbürstig reagiert habe? Warum klettert mein Puls in der Gegenwart dieses Mannes so in die Höhe? Und woher kommt diese leichte Übelkeit? Ich sollte mich nicht schlecht fühlen. Er hat sich zuerst danebenbenommen.

»Alles okay?«, fragt mich jemand im Vorbeigehen, während ich an der Wand lehne und darauf warte, dass sich meine Nerven beruhigen.

»Offensichtlich nicht«, murmele ich.

Verdammt! Wütend schlage ich mit der Hand gegen die Wand. Ich will mir die Reportage noch nicht abschminken. Das eben muss eine Lektion gewesen sein. Und ich habe sie gelernt. Randall ist das Alphatier. Bitte schön! Soll er das Alphatier sein! Wenn er sich dann besser fühlt.

Trotzdem bleibt die Übelkeit, weil ich keine Ahnung habe, was ich jetzt machen soll, um wieder an dem Kurs teilnehmen zu können.

»Vielleicht kann ich helfen«, sagt der Mann.

REECE

Ein Teil von mir findet es extrem bedauerlich, dass Ms Montgomery nicht heftiger protestiert hat. Sie abführen zu lassen wäre bestimmt sehenswert gewesen. Wobei sie mit dem Halsband zu erwischen bereits verdammt betörend war.

Diese helle, makellose Haut …
Dieser elegante, schlanke Hals …
Der gesenkte Blick …
Und dazu ihr Duft …

Egal wie oft mein Verstand mich daran erinnert, dass sie hier als Domina ist – und daran haben ihre bisherigen Testergebnisse und ihre Überprüfung keinen Zweifel gelassen –, mein Schwanz zuckt bei dem Gedanken, diese Frau auf Knien vor mir zu haben. Die Fantasie hebe ich mir definitiv für später auf.

Sobald Ms Montgomery weg ist, erkläre ich den übrigen Frauen die Grundlagen, nach denen im Klub gespielt wird, und nutze die erste Kaffeepause, um in mein Büro zu gehen und mich um meine Geschäfte zu kümmern. Auch wenn es nur zwanzig Minuten sind.

Für die Gäste am Mittwoch scheint nun doch alles vorbereitet zu sein. Um jedoch keine weiteren Überraschungen zu erleben, leite ich die Vorschläge von Ian an meinen Sicherheitschef Dallas weiter und recherchiere nach zusätzlichen Möglichkeiten, die Privatsphäre meiner Kunden zu wahren.

Ein Klopfen reißt mich aus meinen Gedanken, und ich runzle die Stirn, als Ian auftaucht. Schon wieder. »Was gibt es, Bruderherz?«

Völlig unerwartet folgt ihm Ms Montgomery in mein Büro.

»Und was will *sie* hier?«

»Das kann sie dir selbst sagen. Sie hat mich nur gebeten, sie herzubringen.«

»Und warum hast du ihr zugestimmt?«

»Ich hab mir dafür den Schwanz lutschen lassen. Hat sich gelohnt.«

Aufmerksam mustere ich Audrey Montgomery und sehe einen Anflug von Rot auf ihren Wangen. Der Spruch von Ian ist ihr unangenehm. Aber ich kann nicht einschätzen, ob es stimmt oder mein Bruder mich nur aufzieht.

Dummerweise stelle ich mir beinahe sofort vor, wie sie meinen Schwanz lutscht. Auf den Knien ... Die Hände auf dem Rücken zusammengebunden ... Und diese dunklen Haare hochgesteckt, bis sich einzelne Strähnen mit jeder gierigen Lutschbewegung lösen ...

»Was wollen Sie also?«, frage ich sie mit einem Räuspern und nehme ihren kämpferischen Blick gleichgültig hin.

»Lassen Sie mich wieder dabei sein. Wir hatten nur einen schlechten Start. Ich bin normalerweise besser – und kann mich benehmen. Meine Ergebnisse der Gespräche und Tests letzte Woche waren außerdem hervorragend.« Sie holt tief Luft und schaut mit fest in die Augen. »Bitte.«

Mein Verlangen nach ihr wird größer. *Wo hat sie so gut betteln gelernt?*

»Ist das alles, weshalb du hier bist?«, frage ich an Ian gewandt, nach wie vor nicht bereit, sie mitmachen zu lassen. Ärger im Praxisteil bedeutet später Ärger im Klub.

»Gib ihr eine Chance! Ich weiß, du hast gerade viel um die Ohren. Aber das ist kein Grund, deinen Frust an Leuten auszulassen, dir ihr Bestes geben.«

Ich muss laut lachen, denn das vorhin war garantiert nicht Audrey Montgomerys bestes Verhalten.

»Also ist das alles?«, frage ich schlecht gelaunt nach.

»Ja, ist es.«

»Dann geh. Ich klär das mit Ms Montgomery allein.«

»Ich denke, ich bleibe lieber.«

Ich werfe meinem Bruder einen finsteren Blick zu. Einen wirklich finsteren, bei dem normalerweise Leute zu einem Häufchen Asche zerfallen.

»Was? Hängst du mir sonst Klammern an den Sack?«, scherzt er jedoch.

Nachdrücklich hebe ich die Augenbrauen. Nein, natürlich mache ich das nicht. Aber Lust hätte ich gerade nicht wenig dazu, wenn er nicht bei drei verschwunden ist.

Das muss Ian in meinem Blick sehen, denn ergeben hebt er die Hände und wendet sich an Audrey. »Sie schaffen das ohne mich?«

Sie schluckt und nickt schließlich.

»Also dann …«

Ich warte, bis mein Bruder weg und die Tür zu ist. Dann verschränke ich die Arme vor der Brust und mustere sie. »Sie glauben, mit einer einfachen Entschuldigung wäre es getan? Sie haben heute einen halben Kurstag verpasst.«

»Ich lass mir von einer der anderen Kandidatinnen den Stoff erzählen.« Sie atmet schwer, schaut auf. »Verdammt noch mal, wo ist das Problem?«

Mein Schwanz zuckt, und mir wird warm, weil alles in mir ihr das Wort ›verdammt‹ austreiben möchte. »Wissen Sie es wirklich nicht?«

»Nein.«

»Sie tun es wieder und wieder.«

»Was denn?«, faucht sie. »Atmen?«

Mist, sie ist ganz schön schlagfertig! Beinahe muss ich lachen. »Nein, Sie ordnen sich mir einfach nicht unter. Und kommen Sie mir jetzt nicht damit, dass Sie Lady Dom sind. Seltsamerweise sind Sie die Einzige im Kurs, die damit ein Problem hat.«

»Es liegt eben nicht in meiner Natur, mich unterzuordnen.« Kampflustig reckt sie das Kinn.

Eigentlich müsste ich zur Vernunft kommen, aber je weniger sie sich einschüchtern lässt, umso mehr möchte ich sie niederzwingen.

»Versuchen Sie es! Dann lasse ich Sie wieder in den Kurs.« Ich kann nicht anders, ich stehe auf, trete zu ihr, umrunde sie und genieße, wie sie meinen Blick meidet und auf ihrer Lippe herumkaut, längst nicht so cool ist, wie sie erscheinen möchte.

»Sie glauben doch wohl nicht, dass ich hier auf Knien vor Ihnen herumrutsche?!«, empört sie sich, aber ich kann förmlich spüren, wie schnell ihr Herz schlägt, so wie ein Jäger die Angst seiner Beute riechen kann.

Neues Verlangen schießt in meinen Schwanz, der hart wird und den Stoff meiner Hose sichtlich ausbeult.

»Besser, Sie spielen mit«, sage ich, stelle mich hinter sie, lege meine Hand an ihren Hals, genieße ihre samtweiche Haut, ihre Wärme und wie zerbrechlich und mir ausgeliefert sie ist.

»Ich muss gleich kotzen«, antwortet sie vorlaut, doch ich spüre ihren Puls unter meinen Fingerspitzen rasen, sehe, wie hektisch sie atmet und wie sie gegen ihre flatternden Nerven und ihr Verlangen ankämpft, gegen mich ankämpft.

»Weil sich Ihr Kopf dagegen wehrt«, erkläre ich ihr, was gerade mit ihr passiert, dabei müsste sie es selbst auch wissen.

»Weil ich noch ein Gehirn habe«, pariert sie, wird aber keine Spur ruhiger, schafft es nicht, die Kontrolle zu übernehmen. »Können wir jetzt aufhören?«

»Wir fangen gerade erst an.«

Mit meiner freien Hand streiche ich über ihren Arm und entlocke ihr ein Wimmern, das zwischen Lust und Schmerz wechselt.

»Es wird leichter, wenn Sie sich nicht wehren, sondern sich darauf einlassen«, sage ich und will, dass sie lockerlässt, ihren Widerstand aufgibt. Voll und ganz.

Ihre Finger krallen sich stattdessen an meine Hand und wollen sie lösen. »Hören Sie auf!« Sie atmet schwer. »Wie würde es Ihnen gefallen, wenn ich Sie würge?«

»Da ich diejenige, die sich das traut, ziemlich heftig bestrafen werde, eigentlich ganz gut«, hauche ich ihr ins Ohr.

»Wenn Sie das wagen ...!« Schockiert schnappt sie nach Luft. »Vielleicht versohle ich Ihnen danach auch den Arsch!«, droht sie mir, obwohl sie dafür nicht in der Position ist und sie mich nie im Leben körperlich überwältigen könnte.

»Versuchen Sie es gerne!«, sage ich, weil ich meine Strafe dann ausweite.

»Mistkerl!«, zischt sie, weil sie das im gleichen Moment begreift. »Darf ich nun wieder in den Kurs oder nicht?«

»Erst wenn Sie akzeptieren, dass ich die Nummer eins bin.«

Sie schnaubt, als wäre das absolut inakzeptabel.

»Ich meine es ernst«, knurre ich bedrohlich und registriere mit einer gewissen Zufriedenheit, wie sich ihre Nackenhärchen aufstellen.

»Gut«, flüstert sie und klingt das erste Mal ehrlich.

»Gut?« Ich bin überrascht, dass sie plötzlich so einsichtig ist.

»Mmh«, macht sie.

»Lassen Sie mich das überprüfen.« Langsam gleite ich mit meiner Hand über ihre Hüfte, bis ich beim Saum des Kleides angelangt bin.

»Nein!«, protestiert sie sofort.

»Das hören wir Doms aber nicht gern.«

»Nein!« Sie windet sich heftiger, je weiter ich meine Hand unter ihr Kleid schiebe, je mehr ich die Hitze ihrer Haut spüre.

»Ich dachte, Sie ordnen sich mir unter …«, tue ich unschuldig, als würde ich das hier genauso hassen wie sie.

»Schon, ja … Aber das ist sexuelle Belästigung!«

Sie hat recht, trotzdem muss ich lachen. »Nur zur Erinnerung, intime Berührungen sind Teil des Jobs. Also?«

Wenn sie wollte, könnte sie die Beine in die Hand nehmen und weglaufen. Doch das tut sie nicht, sie ringt mit sich. *Ihr Fehler!*

Ich warte nicht ab, wie sie sich entscheidet, sondern ertaste die zarte Haut ihrer Innenschenkel, schiebe meine Hand höher, verfolge, wie ihr Atem hektischer geht, und berühre ihren Schritt.

Fuck!

Ihr Slip ist komplett durchnässt, und mein Schwanz, der sich gerade entspannt hat, wird erneut hart.

Erregt ziehe ich den Stoff beiseite, fühle ihre weichen, gewaxten sexy Schamlippen und dringe ohne Vorwarnung mit zwei Fingern in sie ein.

Himmel!

Sie ist eng und feucht und heiß.

Und alles hiervon gehört mir!

Mir allein.

»Verdammt!«, wimmert sie, presst ihre Scham an meine Hand, während ihr Körper sich wegdreht. »Hören Sie auf!«

Ist sie verrückt geworden? Mir fallen Trillionen weitere Dinge ein, die ich mit ihr anstellen will. Außerdem empfindet sie Lust. Jede Menge davon.

Ist das immer so, wenn man eine dominante Frau in die Knie zwingt? Dann habe ich soeben einen neuen Kink von mir entdeckt – und will jetzt nicht nur ihren Körper in die Knie zwingen, sondern auch ihren Verstand.

Ich lasse meine Finger tief in ihr, halte sie in einem Klammergriff und ficke sie, erkunde sie, nehme mir, was ich will.

Sie reagiert auf alles, was ich mache, so heftig, dass ich immer gieriger werde. Obwohl ich damit Grenzen überschreite, knabbere ich an ihrem Ohrläppchen und merke, wie sie erschauert. Wieder.

»Ergib dich mir!«, flüstere ich ihr viel vertraulicher zu, als angemessen ist, und ficke sie weiter. »Ich hab das Sagen, ergib dich mir, und das hier hat ein Ende, Kleines.«

Gehorsam kommt sie nass in meine Hand, krampft sich um meine Finger zusammen, atmet hektisch. Stöhnt vor Lust. Und wie! Ich muss sie abstützen, weil ihr die Knie weich werden, und ich bearbeite sie weiter, ziehe ihren Orgasmus in die Länge, nehme mir alles von ihr, was sie geben kann.

»Ja, so ist es gut, Kleines. Ich bin unglaublich stolz auf dich«, murmele ich ihr ins Ohr, bis mir bewusst wird, dass ich mit ihr so zärtlich spreche, wie sonst nicht mal mit meinen Spielpartnerinnen. Aber sie so zu halten, weckt in mir Wünsche und Begierden …

Kleines, jetzt will ich mehr. Und ich hoffe, dir ist klar, dass ich nicht eher aufhöre, bis ich mehr bekommen habe.

Bis sie sich mit einem Ruck losreißt. Sie zieht sich ihr Kleid tiefer, verschränkt die Arme und bewegt sich zu der Zimmerecke, die am weitesten von mir entfernt ist.

Besorgt mache ich einen Schritt auf sie zu, weil das nicht ganz die Reaktion ist, die ich erwartet habe.

»Wagen Sie es ja nicht! Wenn Sie nicht wollen, dass ich allen erzähle, was Sie gerade getan haben, dann lassen Sie mich den Kurs weiter absolvieren!«, sagt sie frostig.

»Unterstellen Sie mir hier eine Vergewaltigung? Sie sollten sich unterordnen, Ms Montgomery, und das haben Sie getan.« *Mehr oder weniger*, aber ich verkneife mir, sie darauf hinzuweisen.

Angespannte Stille folgt.

Irgendwas stimmt hier nicht. Die Art, wie sie reagiert hat, wie sie jetzt auf Abstand geht, alles. Ihr Vorwurf macht mich wütend, gleichzeitig habe ich das Bedürfnis, sie in den Arm zu nehmen. *Was ist hier los?*

Gespielt entspannt greife ich mir ein Papiertaschentuch und wische mir vor ihren Augen ihre Lust ab, während sie mich anschaut, als wollte sie mich ermorden.

»Es hat Ihnen gefallen«, stelle ich genauso frostig fest, wie sie eben zu mir war.

»Das war ein Reflex«, faucht sie. »So als hätten Sie mir mit dem Hämmerchen aufs Knie geschlagen, und es springt hoch.«

»Sie haben gestöhnt.«

»Weil ich wollte, dass Sie aufhören.«

»Ach, wirklich?« Kurz melden sich Zweifel. Aber ich habe gesehen, was ich gesehen habe. Sie wollte mehr. Dass sie es so vehement abstreitet, nervt mich. Tierisch. »Schade, denn ich dachte gerade, Sie hätten sich mir endlich untergeordnet. Wenn dem allerdings nicht so ist …«

»Scheiße!« Sie zieht scharf die Luft ein und sieht so aus, als würde sie ihren eigenen Fehler bemerken – und ihn bereuen. Mit dem Orgasmus wären wir quitt gewesen, doch nun …

»Kommen Sie her!«, befehle ich.

Sie rührt sich nicht.

»Ms Montgomery, meine Geduld hängt an einem seidenen Faden. Sofort.«

Ihre Beine setzen sich in Bewegung, aber ihre Schritte sind hölzern.

»Probieren wir es noch mal«, sage ich, als sie vor mir steht. »Letzter Versuch, sich mir unterzuordnen. Der allerletzte.«

Sie holt tief Luft, weil ihr klar wird, wie ernst es mir ist.

Ich halte ihr meine Hand hin. Die, die sie gerade berührt hat, und sie sieht mich verständnislos an.

»Ablecken!«, befehle ich.

Erneut formiert sich Widerstand in ihrem hübschen Gesicht, doch sie greift nach meiner Hand und beginnt mit dem Zeigefinger.

Ihre Zunge umspielt mich, leckt, saugt, macht mich ganz verrückt. Sobald sie mit dem Finger fertig ist, geht sie zum nächsten über und schnieft dabei, fühlt sich eindeutig gedemütigt, ist endlich von ihrem hohen Ross heruntergestiegen und akzeptiert, dass ich hier das Sagen habe.

Wieder werde ich hart. Und das, obwohl ich es hasse, dass sie bei der Aufgabe meine Hand hält, als würde sie mich nehmen.

Als eine Träne über ihre Wange rollt, stöhne ich auf.

Himmel, macht mich diese Frau schwach. Ich will die Feuchtigkeit wegküssen, ihr zeigen, wie zufrieden ich bin. Aber das wäre unangemessen. Sie sollte mir etwas beweisen, und das hat sie nun geschafft.

»Sie sind wieder im Kurs, Ms Montgomery«, verkünde ich, als sie mit den Fingern fertig ist und ohne weitere Aufforderung beginnt, meine Handfläche abzulecken. »Machen Sie sich frisch und dann gehen Sie zurück in den Übungsraum.«

4. Kapitel

AUDREY

Ich sollte mich freuen, wieder im Kurs zu sein, stattdessen zittert jede Faser meines Körpers und mir ist, als würde ich gleich in Ohnmacht fallen.

So etwas wie eben habe ich noch nie erlebt. Ein Teil meines Verstandes akzeptiert, dass mich erregt hat, was er mit mir angestellt hat. Jede seiner erfahrenen Berührungen. Dazu die Wärme seines Körpers im Rücken. Sein männlicher Duft. Ein anderer Teil von mir protestiert lautstark, weil das nicht hätte passieren dürfen. Ja, Reece Randall ist auf seine Art unglaublich sexy. Doch das erklärt nicht, dass ich nur seine Stimme hören muss, und schon summt mein Körper. Das erklärt nicht, dass ich so heftig darauf reagiere, wenn er mich lobt. Und noch heftiger, wenn ich nicht tue, was er will.

Das hier sollte nur ein Spiel sein. Ein Ausflug in eine andere Welt, um in Randalls Reich einzudringen und diese Reportage zu schreiben. Aber plötzlich ist es mehr für mich.

Zu gerne würde ich ihn fragen, was all meine Gefühle zu bedeuten haben. Doch dann nimmt er mich ohne

Wenn und Aber aus dem Kurs. Und den Job kann ich mir abschminken.

Also nimm dich zusammen!

Ich wasche mir in den Waschräumen das Gesicht und hole mehrmals tief Luft, bis ich das eben Geschehene zumindest so weit verdrängt habe, um weitermachen zu können. Ich sollte mich auf die Aufgaben während dieser Praxistage konzentrieren und weitere Zusammenstöße mit diesem Mann vermeiden.

***

Als ich in den Seminarraum zurückkehre, sind die anderen schon da. Auch Randall.

Teils neugierige, teils missgünstige Blicke der einen oder anderen Mitbewerberin treffen mich. Ich blende sie aus und versuche, mich so cool wie heute früh zu verhalten. Als meine Welt noch in Ordnung war.

»Nachdem wir uns alle bis auf Ms Montgomery besser kennengelernt haben und ich Ihnen die Räumlichkeiten hier gezeigt habe, kommen wir nun zur ›Begrüßung‹, der ersten Übung«, beginnt Randall.

Ein kurzes Raunen geht durch unsere Gruppe, doch dieses Mal halte ich die Klappe. Der strenge Blick von Randall trifft Sam, eine verdammt kurvige Blondine zu meiner Linken, die sofort verstummt. Und dann streift er mich – nicht mehr aufgebracht, sondern eher so, als wollte er sicherstellen, dass ich okay bin. Woraufhin ich mich wieder daran erinnere, was er eben mit mir angestellt hat – und neue Hitze in mir aufsteigt.

»Für jeden von Ihnen sind devote Spielpartner aus dem Tease & Please hier«, erklärt er weiter. »Ich beobachte die Situationen und bespreche mich im Anschluss mit ihnen. Für die meisten von Ihnen wird das bisher der unwichtigste Teil gewesen sein. Sie stellen einmal die Regeln auf, und Ihr Sub hält sich daran. Im Tease & Please ist das jedoch anders. Für jeden Gast ist der Besuch etwas Besonderes. Nehmen Sie also niemals einen Ablauf als selbstverständlich hin. Zudem sollten Sie stets im Hinterkopf behalten, dass Gäste, die in den Klub kommen, um ihre devoten Neigungen auszuleben, im wirklichen Leben meist Manager oder Firmenchefs sind. Behandeln Sie sie daher mit dem nötigen Respekt. Sie mögen im Playroom der Boss sein, aber bis dahin ist der Gast es, denn er zahlt.«

Ich nicke ebenso wie einige der Bewerber um mich herum.

»Ihre Aufgabe ist es, Ihrem Gast die Regeln des Klubs zu erklären – jedes Mal wieder –, ihm das Halsband anzulegen und ihm ein gutes Gefühl zu geben. Fragen bis hierhin?«

Niemand meldet sich. *Seltsam.* Wir alle wollen den Job, und so wie ich das Verfahren verstanden habe, werden wir genommen, Hauptsache wir erfüllen die Kriterien. Gute Lady Doms, wie die Dominas im Tease & Please genannt werden, gibt es nämlich zu wenige. Den anderen scheint alles klar zu sein. Ich habe dagegen Fragen.

Obwohl ich befürchte, mir meine eigene Grube zu graben, hebe ich die Hand – fünf Minuten nachdem ich mir geschworen habe, mich nicht mehr hervorzutun. *Spitze!*

»Ja, Ms Montgomery?« Es ist das erste Mal, dass ich keinerlei Unterton in Reece Randalls Stimme höre, und ich straffe meine Schultern, um ebenso professionell zu wirken.

»Ich habe zwei Fragen. Erstens: Wie viel Zeit haben wir für das Ritual? Und zweitens: Wie ist es gedacht? Ziehen die Männer sich erst um, legen ihre Sachen ab, kommen an und das Spiel beginnt? Oder sollte man schon eher das Spiel starten?«

»Sehr aufmerksam von Ihnen. Gute Fragen«, sagt Randall. »Generell dürfen Sie sich so viel Zeit nehmen, wie Sie mögen. Ich persönlich finde, dass eine halbe Stunde nicht überschritten werden sollte. Und was die Sachen angeht: Am Ende dieser Praxissession, wenn Sie bestanden haben, zeigen wir Ihnen die Räumlichkeiten des Tease & Please. Es gibt dort Zimmer, in denen sich jeder Gast ungestört um- und auch zurückziehen kann, vergleichbar mit Hotelzimmern. Jeder der Räume ist mit dem Nötigsten ausgestattet: ein Bad, Kosmetik- und Hygieneartikel, neutrale Kleidung und auch ein Bett, falls der Abend zu lang oder zu heftig geworden ist. Weitere Fragen?«

Wieder meldet sich niemand. Erneut hebe ich meine Hand und höre hinter mir jemanden »Streberin!« zischen.

»Ja, Ms Montgomery!« Nun kräuselt er amüsiert seine Lippen. Was ihn noch sinnlicher aussehen lässt und in einem sexy Kontrast zu seinen kantigen Gesichtszügen steht.

»Nach welchem Code spielen wir während der Übungen?«

Jemand lacht und ruft: »Was soll denn bei der Begrüßung schiefgehen?«

»Raus!«, ertönt daraufhin Randalls Stimme.

Mir wird ganz flau. *Das war es dann wohl …*

Ich will schon den Raum verlassen. Doch als ich aufschaue, blickt Randall gar nicht in meine Richtung, sondern zu einer zierlichen Rothaarigen, der ich bis eben sehr gute Chancen eingeräumt hatte.

»Ehrlich?«, fragt sie eine Spur arrogant, als hätte sie noch nie eine Abfuhr erhalten.

»Ehrlich«, sagt er und wartet, bis sie weg ist. »Die Sicherheit Ihrer Spielpartner sollte für Sie *immer* an erster Stelle stehen, egal wer es ist und egal wo gespielt wird«, erklärt Randall sichtlich verärgert. »Jeder, der an dieser Übung teilnimmt, verwendet das Ampelsystem. Grün steht für Okay, Gelb für Achtung und Rot für Abbruch. Ich denke, Sie sind alle damit vertraut. Weitere Fragen?« Ganz unerwartet lächelt er in meine Richtung. »Ms Montgomery vielleicht?«

Was ist das zwischen uns? Flirtet er etwa mit mir? Nach allem, was passiert ist?

Ohne dass ich es verhindern kann, spüre ich, wie mir verräterische Hitze in die Wangen schießt, und ich schüttele schnell den Kopf.

Warum muss Reece Randall auch so eine einschüchternde Wirkung auf mich ausüben? Bisher bin ich mit Männern, gleich welchem Kaliber, ziemlich gut klargekommen. Er ist der Erste, bei dem mein Selbstbewusstsein versagt. Super! Nicht.

»Sehr schön, dann können wir ja jetzt beginnen«, sagt er.

Auf Randalls Zeichen hin betreten zehn Männer nur in Boxershorts bekleidet den Raum. Sowohl Alter als auch Statur sind verschieden, und ich werde noch nervöser, als sich mir ein Typ um die Fünfzig vorstellt. Nun gilt es zu beweisen, dass ich nicht nur die Theorie beherrsche, sondern auch die Praxis. Dass ich eine dominante Frau bin. *Oh je.*

»Hal–«, beginnt der Mann, um mich zu begrüßen.

Sofort lege ich ihm meinen Zeigefinger auf die Lippen und schüttele tadelnd den Kopf. »Habe ich dir die Erlaubnis gegeben zu reden? Die korrekte Antwort lautet: ›Nein, Mistress‹. Also?«

»Nein, Mistress.«

»Besser«, sage ich zufrieden, lege meine Hand in seinen Nacken, lasse sie über seinen Arm gleiten und umrunde ihn, ohne den Körperkontakt zu unterbrechen. Ich gebe mir Mühe, ihm ein gutes Gefühl zu vermitteln und ihm gleichzeitig klarzumachen, dass ich hier die Kontrolle habe.

Kurz kommen mir Zweifel, ob ich nicht zu schnell bin. Ich würde gerne zu den anderen schauen, aber dazu müsste ich meinen Fokus von dem Mann vor mir nehmen, und das würde mir Minuspunkte einbringen. Also hoffe ich einfach, dass mein Vorgehen in Ordnung ist und niemandem auffällt, dass ich nur spiele. Denn erregend finde ich an der Situation nichts.

Mit Erleichterung registriere ich, dass mein Partner das anders empfindet. Seine Atmung geht schwerer, und seine Lippen werden voller. Gänsehaut bildet sich in seinem Nacken. Verschwindet. Kommt zurück. Ihm scheint zu gefallen, was ich mache.

Als ich ihn umrunde, trifft mich sein Atem, und ich rieche, dass er unmittelbar vor der Session geraucht haben muss. Ich kann mir einen angewiderten Gesichtsausdruck nicht verkneifen. Leider.

»Montgomery!«, ruft Randall, was mir bewusst macht, dass wir hier alle unter Beobachtung stehen.

»Fuck!«, murmele ich und verliere kurz den Faden, fange mich aber schnell. Randall bricht meine Begrüßungssession nicht ab. Also kann ich weitermachen.

»Wie hart willst du spielen?«, frage ich meinen Partner.

»Maximum«, sagt er.

Ein ungläubiges Schnauben entweicht mir. *Will er mich testen?*

Ich lege meine Hände auf seine Schultern und bedeute ihm, in die Knie zu gehen. »Ach ja?«, frage ich prüfend nach, öffne die Kommode mit den Halsbändern und entscheide mich für eines, das die mittlere Stufe deutlich macht, weil ich auf der Haut des Mannes keinerlei Hinweise auf ältere Verletzungen sehe – was beim Maximum zu erwarten wäre. »Oder ist hier nur jemand ungezogen?«

Prickelnde Gänsehaut überzieht verräterisch seinen Körper. Er hat mich mit Absicht provoziert. Mein Instinkt hat mich nicht betrogen. *Gott sei Dank!*

Fester als nötig schließe ich das Halsband, greife in seinen Nacken und ziehe seinen Kopf zurück. »Schau mich an!«, befehle ich ihm und warte, bis er nach oben zu mir sieht, spüre, wie es ist, die Kontrolle über jemanden zu haben, und frage mich, ob es Randall vorhin mit mir genauso ging – und wie es wohl wäre, wenn er das hier jetzt mit mir machen würde.

Verkehrter Film, Audrey!, ermahne ich mich und konzentriere mich wieder auf meinen Spielpartner.

»Die Runde mit mir läuft ganz einfach ab. Eine Lüge und es war bis auf Weiteres dein letztes Wort für heute. Eine falsche Bewegung und du rührst dich nicht mehr. Ein falscher Blick und du spielst mit dir alleine. Haben wir uns verstanden?«

Er rollt mit den Augen, sagt jedoch: »Ja, Mistress!«

Aufmüpfiger Mistkerl! Keine Ahnung, ob das eben Absicht war oder nicht, doch ich darf ihm das nicht durchgehen lassen.

Seufzend lasse ich ihn los und durchstöbere die Kommode. Es gibt keine Augenbinden, aber dafür jede Menge Halstücher. Notgedrungen verbinde ihm mit einem von ihnen die Augen.

»Nicht!«, sagt mein Spielpartner.

Ich lasse mich davon nicht aufhalten.

»Bitte!«

»Wie heißt es richtig?«

»Bitte, Mistress!«

»Gut gemacht!«, lobe ich ihn und setze mein Werk fort. Dabei gebe ich mir keine Mühe, nett zu sein. Das hier ist eine leichte Strafe, die er mit Absicht provoziert hat. Und wenn er das Spiel wirklich beeinflussen wollte, weil Augenbinden ein Tabu für ihn sind, könnte er eines der Safewörter sagen. »Wirst du nun gehorchen?«, frage ich.

»Ja, Mistress!«, sagt er und wartet.

»Großartig«, tue ich gelangweilt, greife ihm unter die schweißigen Achseln und helfe ihm hoch. »Dann kann der Spaß mit uns beiden ja beginnen.« Erst in dem Augenblick merke ich, dass nur noch wenige Paare die Aufgabe erfüllen und die meisten mich neugierig anschauen. »Was?«, frage ich gereizt, erinnere mich aber daran, meinem Partner Sicherheit zu spenden, vor allem jetzt, da er nichts mehr sieht und auf mich angewiesen ist. »Hab ich was falsch gemacht?«, frage ich sanfter.

»Gar nichts«, sagt Randall. »Im Gegenteil, Sie haben den Teil mit Eins Plus bestanden.«

»Dann ist ja gut«, sage ich so selbstbewusst wie möglich, kann jedoch nicht verhindern, dass seine lobenden Worte einen warmen Schauer über meinen Rücken schicken.

Warum reagiere ich so auf ihn?

»Noch mal für alle«, sagt Randall, sobald jede Gruppe fertig ist, geht durch den Raum, kommt immer näher zu mir und zieht mich plötzlich mit einer fließenden Bewegung an sich, sodass mein Po seine Hüften streift. »Lassen Sie sich bei der Begrüßung Zeit, gehen Sie lieber zu langsam als zu schnell vor und beobachten Sie die Reaktionen Ihres Spielpartners.«

Sämtliche Blicke sind auf uns gerichtet. Er legt seine Hand um meine Kehle und drängt meinen Kopf zurück, sodass er mich von oben anschauen kann. Genau so, wie ich es mir eben erträumt habe. *Himmel!* Lust peitscht auf einmal heftigst durch meinen Körper, während ich mich gleichzeitig gefangen fühle.

»Können Sie das nicht an einem der Männer demonstrieren?«, frage ich und greife nach seinem Arm, um ihn dazu zu bringen, mich loszulassen.

»Für das, was ich zeigen möchte, ist es ganz gut jemanden zu haben, der das hier nicht möchte«, erklärt er.

Dieser Arsch!

Wieder versuche ich, mich zu befreien. Da mir das jedoch nicht gelingt, konzentriere ich mich darauf, ihn in Gedanken zu tranchieren, statt ihn zu begehren.

»Ms Montgomery hat das gerade schon sehr gut gemacht. Die anderen von Ihnen üben das bitte noch mal. Finden Sie eine Pose, mit der Sie dem anderen Ihre Überlegenheit demonstrieren. Aber tun Sie Ihrem Partner nicht weh – zumindest nicht, wenn er gehorcht.«

Mein Puls hämmert wie wild unter seinem Griff, und mein Blick ist intensiv mit seinem verhakt.

»Alles, was Sie halten, gehört Ihnen, jeder Quadratzentimeter des Körpers«, erklärt er weiter, und obwohl die Worte an alle im Raum gerichtet sind, durchdringen sie mich wie ein hochkonzentriertes Aphrodisiakum. »Und weil das so ist, dürfen Sie auch alles damit machen.« Er beugt sich über mich und knabbert an meinem Ohrläppchen. Ich will den Kopf wegdrehen, doch er verhindert es. »Genießen Sie, wie stark und gleichzeitig zerbrechlich Ihr Partner ist, gefangen in Ihren Armen.«

Er schlingt seinen Arm fester um meine Taille, lässt mich spüren, dass er gerade das Sagen hat. Und wie erregt er ist. Von mir, von der Situation. *Was weiß ich!*

Schwer atmend schließe ich die Augen, um mich innerlich gegen das hier zu wehren, wenn ich es schon äußerlich nicht kann. Aber es gelingt mir nicht. Ich bin unglaublich erregt. Mal wieder. Und ich bin kurz davor, ihn um mehr zu bitten.

Ein entsetztes Stöhnen entweicht mir.

»Gehe ich zu weit?«, fragt er irritiert an meinem Ohr.

»Das tun Sie doch seit unserer ersten Begegnung«, entgegne ich.

»Antworten Sie!«, verlangt er.

»Nein, Sie gehen nicht zu weit. Ich hab ständig Erektionen an meinem Hintern«, kommt mir triefend vor Sarkasmus über die Lippen.

»Auch drinnen?«, entfährt es ihm.

Wie bitte?!

Ohne dass es eine der anderen sehen kann, ramme ich Randall warnend den Ellenbogen in den Bauch. *Genug ist genug!*

»Vorsicht!«, haucht er mir daraufhin für meinen Geschmack viel zu vergnügt ins Ohr.

»Ebenfalls Vorsicht«, knurre ich, werde seine Erektion an meinem Hintern allerdings nicht los.

Wieder wendet Randall sich an die anderen Kandidatinnen. »Wechseln Sie die Pose, probieren Sie mal etwas anderes aus! Aber behandeln Sie Ihren Partner stets mit dem nötigen Respekt. Alles, was er gerade tut, tut er freiwillig. Es gibt keinen Grund, sich überlegen zu fühlen. Eigentlich hat Ihr Partner die Macht, nicht Sie!«

Wahnsinnig witzig! Ich schnaube, weil ich das zwar auch gelesen habe, es sich hier mit ihm jedoch keineswegs so anfühlt.

»Und dann – Ms Montgomery hat das eben sehr schön mit Ihrem Spielpartner demonstriert – erkunden Sie den Körper«, übergeht er meinen Widerstand. »Merken Sie sich, wie er auf Ihre Berührungen reagiert. Das, was Sie anfassen, gehört Ihnen. Das Seufzen gehört Ihnen, das Stöhnen, die Bewegung einer Hüfte, das tiefe Atmen.«

Während er mich mit der einen Hand immer noch hält, weil er mir nicht traut, fährt er mit der anderen federleicht über meinen Hals, meinen Nacken, meine Schultern.

Nie zuvor hat mich ein Mann so behandelt und mit so wenig so viel in mir ausgelöst. Ja, ich fühle mich nicht wie seine Sklavin, sondern eher wie eine Königin. Ich will nicht, aber ganz leicht ändere ich meine Haltung, damit er mich weiter berühren kann, weil ich mehr von dem Gefühl in mich aufnehmen will. Bis mir klar wird, was ich da tue und meinen gesamten Körper wieder anspanne.

Nicht genießen, Audrey! Und schon gar nicht mit diesem Mann!

Doch Reece registriert, dass ich beziehungsweise mein verräterischer Körper mehr will. »Das hab ich gemerkt«, haucht er mir ins Ohr, maßregelt mich jedoch nicht, dass ich in der Situation als dominante Frau keine Lust empfinden sollte, sondern nimmt immer mehr von mir in Besitz. Berührt meine Brüste unglaublich sanft, meinen Bauch und schließlich wieder meinen Schritt, der erneut klatschnass ist.

Statt etwas zu sagen, starre ich stur in den Raum, kämpfe gegen dieses unbändige Feuer in mir an und warte schwer atmend darauf, dass seine Demonstration vorbei ist.

Warum macht er das? Wieso hat er mich als Demonstrationsobjekt auserkoren? Lässt er mich jetzt büßen, dass ich ihm nicht in den Arsch krieche? Oder mache ich ihn tatsächlich so verrückt? Ihn, den Dom und Geschäftsführer des Tease & Please!

»Partnerwechsel!«, verkündet er nach einer gefühlten Ewigkeit, und erleichtert weiche ich von ihm – obwohl ein Teil von mir sich nach mehr sehnt.

Der Sub, mit dem ich eben noch gespielt habe, wechselt zu der Blondine, und ich bekomme nun einen hageren Mann Mitte dreißig, um weiter diese ersten Momente mit dem Gast zu demonstrieren und mit einfühlsamen Verhaltensweisen dennoch meine Dominanz zu zeigen.

Mit jeder Stunde, die vergeht, werde ich selbstsicherer. Egal mit wem ich spiele und egal wie verschieden die Charaktere und Vorlieben sind, ich komme mit jedem gut zurecht. Reece Randall hat endlich nichts an mir auszusetzen, und mein Slip ist wieder nahezu trocken.

»Okay, das war es für heute!«, ruft Randall schließlich. »Reinigen Sie die verwendeten Spielzeuge und räumen Sie Ihren Arbeitsplatz für morgen auf.«

Behutsam helfe ich meinem letzten Spielpartner hoch und warte, bis er mir mit einem Nicken zu verstehen gibt, dass er in Ordnung ist. Wir geben uns die Hand, und sobald er geht, verstaue ich die Halsbänder.

»Das war wirklich gut«, sagt Randall plötzlich neben mir, und ich weiß nicht, ob es seine Nähe oder das erneute Kompliment ist, dass ich nervöser werde. »Nur dass es Sie überhaupt nicht angemacht hat.«

»Hat es wohl!«, widerspreche ich. »Meine Nippel sind hart.« Was man bei meinem Kleid leider sehr deutlich sieht.

»Ja, jetzt.«

Stimmt, jetzt. In dem Moment, als er bei mir ist. Jetzt wird auch mein Slip wieder feucht.

»Mich kickt eben, wenn am Ende mein Partner glücklich ist. Na und?«, improvisiere ich.

»Wissen Sie, was mich als Dom kickt?«, fragt er, nimmt mir die Halsbänder ab und streift, ob mit Absicht oder nicht, meine Fingerspitzen.

»Na was?«, gehe ich auf seinen Tonfall ein und will ihm zeigen, dass er mich nicht aus der Ruhe bringt. Nicht schon wieder.

»Wenn ich den Körper meiner Partnerin dazu bringe, Dinge zu tun, die ich will.«

»Jedem, was er mag«, tue ich cool und verdamme mein erneut idiotisch schneller schlagendes Herz. »Sind wir dann hier fertig?«

»Fürs Erste!«

REECE

Ich warte, bis jede der Kandidatinnen ihren Übungsplatz aufgeräumt hat, bedanke mich bei den devoten Männern, die nun Feierabend haben und nicht mehr im Klub arbeiten werden, und zwinge mich, nicht an *sie* zu denken.

Das Schlimme ist, dass sie trotzdem in meinem Kopf ist.

Audrey Montgomery.

Ich halte mir vor Augen, wie vorbildlich sie sich als Lady Dom benommen hat und dass ich sie mir abschminken sollte. Wir sind nicht kompatibel.

Aber etwas in mir sagt mir hartnäckig, dass sie perfekt für mich ist. Und etwas noch viel Stärkeres sehnt sich danach, mit dieser Frau stundenlang Schweinereien anzustellen. So lange, bis ihr Widerstand endgültig geschmolzen ist und nur noch ›Ja, bitte mehr!‹ über ihre Lippen kommt.

Fuck!

»Hier steckst du«, sagt Ian und bleibt im Türrahmen stehen.

»Neue Hiobsbotschaften?«, frage ich, versuche, mir nichts anmerken zu lassen, und überprüfe, wie sauber die Kandidatinnen ihren Arbeitsplatz hinterlassen haben.

»Wir haben noch keinen Ersatz für morgen. Und wenn ich das hinzufügen darf: Du siehst beschissen aus.«

»Ich wette mit dir, nicht so beschissen, wie ich mich fühle.«

Ich fahre mir über das Gesicht, spüre das Verlangen nach *ihr*, aber auch die Müdigkeit, weil es mich unendlich viel Kraft gekostet hat, mit Audrey in einem Raum zu sein und nicht ihre Nähe zu suchen. Zumindest nicht öfter, als ich es ohnehin getan habe. Sie mit diesen Halsbändern herumspielen zu sehen, war eine regelrechte Provokation für meine Selbstbeherrschung. Und dann zu wissen, dass ich sie so feucht machen kann – egal was sie behauptet.

»Keine neuen Enthüllungen in der Presse?«, frage ich Ian, um für einen Moment Audrey aus meinem Kopf zu kriegen.

»Fürs Erste ist alles ruhig.«

»Wundervoll.«

»Du könntest lächeln«, meint er. »Das sind gute Nachrichten.«

Ich lächele nicht, obwohl das stimmt.

»Oder soll ich Audrey noch mal in dein Büro bringen und euch dann alleine lassen?«

Der bloße Gedanke lässt meine Mundwinkel zucken.

»Lass sie aus dem Spiel«, sage ich, gebe Ian einen Wink, mit mir zu gehen, schließe den Raum hinter mir ab und steuere die Fahrstühle an, um in mein Büro zu fahren und die Arbeit aufzuholen, die im Laufe des Tages liegen geblieben ist.

»Ist sie gut?«, fragt Ian, der mir folgt, und meint Audrey.

»Verdammt gut.«

Er pfeift überrascht. »Ein Lob von dir?«

»Sie wäre wirklich eine Bereicherung für den Klub.« *Und für meine Fantasien. Aber das will ich nicht vertiefen. Wo bleibt der verfluchte Fahrstuhl?*

Ich drücke wieder auf den Sensor und bin dankbar, als sich endlich die Türen öffnen, weil die Kabine da ist. Ich steige ein, halte meine ID-Karte an ein Feld und wähle die Etage meines Büros.

»Was noch?«, knurre ich finster, als Ian mir folgt und wir gemeinsam hochfahren.

»Mann, hast du eine Laune! Kriegst du deine Tage?«

Ich lehne mich an die Kabinenwand und sehe ihn einfach nur stumm an. Das effektivste Mittel, wie ich aus Erfahrung weiß, um jemanden in die Schranken zu weisen. Außerdem schont es die Fingerknöchel.

»Du hast noch nicht gesagt, wer morgen die Veranstaltung leitet. Wir haben nach wie vor keinen neuen Trainer«, sagt Ian.

»Ich.«

In dem Moment hält der Fahrstuhl, ich steige aus, und Ian ist klug genug, das unkommentiert zu lassen und mir nicht zu folgen.

Aufgebracht gehe ich in mein Büro, setze mich an meinen Schreibtisch und arbeite bis tief in die Nacht hinein.

Ich überprüfe Geschäftszahlen, kümmere mich um Einladungen zum Klub, leite Beschwerden weiter. Der übliche Papierkram. Außerdem sichte ich Bewerbungen für die Assistenzstelle und halte dabei neben zwei weiteren Kandidatinnen immer wieder die Unterlagen von Peach Stone in der Hand. Zumindest auf dem Foto sieht sie so aus, als wäre sie noch nie vor jemandem in Tränen ausgebrochen. Obendrein – obwohl ich die Information unter anderen Umständen unangebracht fände – hat sie betont, aus einer Großfamilie mit vier Brüdern zu kommen. Sie müsste mich also ertragen können. Routiniert leite ich deshalb alles in die Wege, um Ms Stone zusammen mit den anderen Kandidaten zu einem Bewerbungsgespräch einzuladen. Vielleicht habe ich ja dieses Mal Glück.

Sobald ich eine Pause einlege, denke ich jedoch plötzlich an Audrey Montgomery und werde hart. Ich will sie ficken, dafür, dass sie mir das antut, sie fesseln, damit sie ihren verführerischen Körper nicht so bewegt, dass ich schwach werde. Und ich will sie küssen, jeden Zentimeter ihrer Haut, meine Zunge in sie schieben und sie kosten. Etwas, das ich sonst nie mache. Aber bei ihr will ich alles.

Ich bin kurz davor, in den Klub zu fahren und mir eine der devoten Frauen für eine Session zu holen, um mich abzureagieren. Fest greife ich mir in den Schritt, um meine schmerzenden Eier zu beruhigen, und komme dabei ungewollt in meine Hose.

Scheiße!

Ich lehne mich zurück, schließe für einen Moment die Augen, um mich zu sammeln, male mir dabei jedoch nur weiter aus, wie ich Audrey dafür, dass sie mich so reizt, büßen lassen werde.

5. Kapitel

AUDREY

»Wie ist es gelaufen?«, fragt mich Nikki, als ich ihre Wohnung betrete.

»Ganz gut«, murmele ich, lege wie in Trance meine Klamotten ab und sinke aufs Sofa, dankbar, an einem Ort zu sein, wo ich mich wohlfühle. Aber sobald ich die Augen schließe, läuft jede Sekunde, die ich heute mit Reece Randall erlebt habe, erneut ab. Sinnlich und quälend.

Für einen Moment genieße ich das Verlangen. Weder Filme noch Bücher haben mich bisher so erregt wie dieser Mann. Mir war nicht mal klar, dass man so empfinden kann. Dass so viel Lust in mir steckt! Ich war Wachs in Reece Randalls Händen, und es hat sich gut angefühlt. Extrem gut. Die ganze Zeit habe ich ihn in meinem Rücken gespürt, die Wärme seines Körpers, seinen harten Schwanz, seinen heißen Atem an meinem Ohr. Und dazu sein männlicher Duft, den ich immer wieder tief eingeatmet habe. Nach dem ich umso süchtiger werde, je mehr ich davon bekomme.

Oh Gott, ich ruiniere alles! So sollte ich nicht empfinden! Meine bisherigen erogenen Zonen waren völlig aus-

reichend. Meine Klit, mein Nacken, die Achselhöhle. Es
muss keine noch mächtigere dazukommen: der Kopf. Ich
bin keine dieser Perversen! Ich kann nicht gut finden, das
Spielzeug eines Mannes zu sein.

Binnen Sekunden rebelliert mein Magen. Ich springe vom Sofa hoch und schaffe es gerade so zur Toilette, um mich zu übergeben.

»Audrey, was ist los?«, fragt Nikki besorgt, folgt mir und kniet sich neben mich. Typisch ältere Schwester, immer für mich da.

Ich drücke die Spültaste und bleibe verschwitzt auf den Knien sitzen. Wir haben uns bisher immer alles erzählt. Wir haben über Jungs gesprochen, erste Küsse und Sex. Aber das, das kann ich ihr nicht erzählen …

»Muss das Truthahnsandwich gewesen sein, das ich vorhin gegessen habe«, lüge ich.

»Ach, du Arme!«, ruft sie aus und fährt mir durch die Haare.

»Es geht gleich.«

»Sicher? Vielleicht solltest du noch einen Moment hierbleiben? Du siehst so aus, als würdest du jeden Augenblick wieder —«

Bevor sie den Satz beenden kann, würge ich erneut, dabei ist mein Magen längst leer.

Eigentlich hatte ich vorgehabt, mich heute Abend auf die morgigen Kursinhalte vorzubereiten, aber ich merke, wie meine Psyche streikt.

Einerseits fantasiere ich davon, wie Reece Randall all das mit mir macht, wovon ich bisher nur gelesen habe, und werde unglaublich scharf. Andererseits hämmert eine Stimme in meinem Kopf, dass ich nicht so empfinden sollte.

»Sicher, dass du nur was Falsches gegessen hat?«, fragt mich Nikki, hilft mir jetzt jedoch hoch. »Leg dich aufs Sofa, ich mach dir einen Kamillentee.«

Ich merke, wie es mich beruhigt, dass sich jemand um mich kümmert. Ohne Protest lege ich mich hin, höre meine Schwester in der Küche das Teewasser aufsetzen und Geschirr klappern und genieße die vertrauten Geräusche.

»Hier«, sagt sie schließlich, stellt die Tasse ab, setzt sich zu mir und legt ihren Arm um meine Schultern.

»Hör auf, dir Sorgen zu machen«, sage ich, puste in den Tee und nippe vorsichtig.

»Kannst du vergessen.« Sie mustert mich kritisch. »Geht's dir etwas besser?«

Ich lehne mich an sie, atme ihr blumiges Parfüm ein und fühle mich zu Hause. »Ja«, sage ich. »Es ist wirklich nur der Magen.« *In gewisser Weise. Nur dass mir kein verdorbenes Truthahnsandwich so zusetzt, sondern der Praxiskurs und Reece Randall.*

Ich kann mich nicht erinnern, wann ich mich je so ausgelaugt gefühlt habe. Immer wieder spiele ich Szenen des Tages in meinem Kopf durch. Wie furchtbar es sich angefühlt hat, von ihm herumkommandiert zu werden. Gleichzeitig aber auch wie gut, wie wahnsinnig erregend!

Ich verfluche diesen Mann und vermisse ihn. Denn trotz unserer schroffen ersten Begegnung habe ich das Gefühl, dass da mehr ist. Viel mehr …

***

Als ich am nächsten Morgen aufstehe, fühle ich mich wie gerädert. Wenn ich geschlafen habe, dann nicht viel oder nur sehr unruhig.

Erschöpft stelle ich mich unter die Dusche und merke, wie wackelig ich auf den Beinen bin und wie heftig mein Herz klopft. Ich könnte das auf die Aufregung schieben, weiter als dominante Frau zu bestehen und am Ende ins Tease & Please zu kommen. Aber wem mache ich was vor? Es liegt an ihm, an Reece Randall.

Vergiss nicht, weshalb du das tust, Audrey: Um die Reportage deines Lebens zu schreiben!

***

Als ich den Randall Tower eine Stunde später betrete, geht es mir jedoch nicht besser.

Ein Teil von mir hofft, dass Reece Randall heute nicht da sein wird. Er ist der Chef des Tease & Please und nur eingesprungen. Bestimmt hat er einen Ersatz organisiert und widmet sich nun wieder seinen VIP-Klienten.

Oder er verhaut gerade eine Sub in seinem Kerker …

Wie falsch ich liege, wird mir klar, als ich den Fahrstuhl betrete, meine ID-Karte an den Sensor halte, die Etage antippe, in der der Kurs stattfindet und er an meiner Seite auftaucht – offensichtlich mit dem gleichen Ziel, weil er keine andere Auswahl am Bedienpanel trifft.

Ich mustere ihn, sehe die dunklen Augenringe und bin mir bewusst, dass ich ähnlich aussehe.

»Ms Montgomery.«

»Mr Randall.«

Wir grüßen uns knapp. Die Türen schließen sich. Der Fahrstuhl setzt sich in Bewegung. Und mein Herz pocht wie wild.

Normalerweise bin ich richtig gut in Small Talk. Heute Morgen wurde eine Reform im Gesundheitswesen verkündet, es gab einen neuen Artikel zu den positiven Effekten von Meditationstraining im Alltag und der Auslandsbesuch des Präsidenten wurde kommentiert. Über all das könnte ich reden. Notfalls auch nur über das Wetter, heute ziemlich schwülwarm draußen, sodass mein schwarzer Rock und die weiße dünne Bluse unangenehm auf meiner Haut kleben. Doch meine Kehle ist wie zugeschnürt.

»Sind Sie noch sauer wegen gestern?«, fragt er erstaunlich ruhig.

Meint er den Orgasmus, zu dem er mich gezwungen hat? Oder die kleine Demonstration in der zweiten Tageshälfte, als er mir seine Erektion gegen den Rücken gedrückt hat?

Meine Gefühle spielen verrückt. Ein Teil von mir möchte ihm dafür die Hölle heißmachen, der andere ihn bitten, es erneut zu tun. Und ein weiterer Teil wünscht sich, dass er mich genau jetzt in den Arm nimmt. Was ich am allerwenigsten verstehen kann. Bevor ich etwas erwidere, das ich bereuen könnte, schweige ich und starre das Display an, auf dem die Zahl der Etagen stetig nach oben klettert und der erlösenden zweiunddreißig näher kommt.

Achtzehn ... neunzehn ...

Mit einem Ruck hält der Fahrstuhl, doch die Türen bleiben geschlossen.

Randall hat auf den Stopp-Knopf gedrückt.

»Ms Montgomery?« Ungeduld, Ärger, aber auch ein Hauch Sorge liegen in seiner Stimme.

»Sie erwarten ernsthaft eine Antwort?«, frage ich so ruhig wie möglich.

»Ihr Schweigen ist eisiger als Alaska. Ja.«

»Ich bin nicht sauer«, sage ich vorsichtig.

»Aber?«, forscht er nach.

»Reicht das nicht?«, entgegne ich und drücke auf den Knopf, sodass wir weiterfahren.

Jeden Moment rechne ich damit, dass er wieder auf Stopp drückt. Das Bedürfnis, von ihm gehalten zu werden, wird immer heftiger. Etwas flackert in seinem Blick. Verändert sich. Doch bevor wir ergründen können, was hier passiert, hält der Fahrstuhl, und die Türen öffnen sich.

Tief durchatmend verlasse ich die Kabine und steuere den Raum an, wo die anderen Mitbewerber bestimmt schon auf uns warten. Und dabei spüre ich ihn dicht hinter mir. Was für ein irritierend warmes, sicheres Gefühl bei mir sorgt.

»Guten Morgen, Ladys«, begrüßt Randall alle. »Sie haben heute erneut das Vergnügen mit mir und acht devoten Männern aus dem Klub, die sich bereit erklärt haben, Ihre Spielzeuge zu sein.«

Jubel erfüllt die Etage, dabei ist mir nicht danach, denn nun wird es richtig ernst.

»Am Vormittag demonstrieren Sie den Umgang mit Ihrem Partner, geben Befehle und sorgen für die Einhaltung. Falls Sie Fehlverhalten zu sanktionieren haben, heben Sie sich das bitte bis zum Nachmittag auf. Dann widmen wir uns dem Feld der Strafen. Fragen?«

Randall wirft einen Blick in die Runde, und ich könnte schwören, als er mich streift, blitzt ein Lächeln in seinen Augen auf.

»Wir sind neun, aber es gibt nur acht Partner«, stellt Iris, eine exotisch aussehende zierliche Frau, fest.

»Das ist richtig. Da die meisten Subs für den Klub verplant sind, konnten heute nicht mehr. Sie sollten sich untereinander abwechseln, und notfalls nehme ich den Platz ein. Erwarten Sie allerdings nicht, dass ich gehorche.«

Wieder lachen die Frauen um mich herum. Ich jedoch nicht.

Dann geht es los, und erstaunlicherweise beruhigen sich im Laufe des Vormittags meine Nerven.

Erst rechne ich damit, dass jeden Augenblick jemand ruft: »Die ist gar kein Lady Dom!« Doch je mehr Zeit vergeht, desto sicherer werde ich und nichts dergleichen passiert. Egal mit wem ich zusammenarbeite, jede Session läuft so ab, wie sie sollte. Keine Ahnung, warum mich ausgerechnet Randall so durcheinanderbringt. Mit den anderen, durchaus attraktiven Männern, habe ich keine Probleme.

Das ändert sich allerdings kurz vor der Mittagspause.

Randall nimmt eine Schüssel mit Wasser und kippt den Inhalt auf dem Boden aus. Sofort weichen wir Frauen zurück. So typisch! Er dagegen nickt einem der devoten Männer zu, erteilt einen Befehl, und augenblicklich kriecht der Mann auf allen vieren zu der Pfütze und beginnt, das Wasser aufzulecken. *Mit Vergnügen!*

Ohne dass ich es verhindern kann, verziehe ich das Gesicht. *Wie kann jemand so etwas mit sich machen lassen? Was ist daran erotisch? Die Aufgabe ist erniedrigend und unwürdig und fies.*

»Probiert es!«, sagt Randall und sieht zu, wie sich Zweiergruppen bilden.

Bevor ich begreife, was zu tun ist, stehe ich alleine da, bin also diejenige, die jetzt auch mal mit ihm als Partner vorliebnehmen muss. *Nicht gut.*

»Den anderen habe ich übrigens das Du angeboten«, sagt er.

Ich starre ihn mit großen Augen an, als würde er Chinesisch mit mir sprechen.

»Du darfst mich aber auch gerne ab sofort Master Randall nennen!«

Das reißt mich aus meinem Schockzustand. »Nie im Leben. Also dann, Reece. Ich bin Audrey.«

»Sehr erfreut«, sagt er und lächelt dabei so sexy, dass ein Teil meines Verstandes aussetzt und bereit ist, über alles, was bisher passiert ist, hinwegzusehen. *Ich hasse Hormone!*

»Nur zu! Ich beiße nicht«, sagt er aufmunternd. »Fangen wir an.«

Das kann ja heiter werden!

»Auflecken!«, befehle ich, höre aber selbst, wie unsicher ich klinge.

Reece lacht.

»Hey, wenn du das nicht aufleckst, dann hat das Konsequenzen!«

»Ah ja?« Er findet mich komisch.

»Ich meine es ernst, du ungezogener Sklave!«

Jetzt lacht er richtig schallend, und ich verkneife mir einen erneuten Versuch.

Verdammt, ich kenne doch die Regeln! Warum kann ich sie plötzlich nicht mehr umsetzen? Ich habe so ziemlich alles falsch gemacht, was man falsch machen kann. Ich bin laut geworden, zickig, launisch. Ich habe die Kontrolle über die Situation verloren, falls ich sie überhaupt je hatte. *Warum musste ich auch den Oberdom für die Übung bekommen?*

»Enttäuschend«, sagt Reece, was sofort für ein flaues Gefühl in meinem Magen sorgt. Zum einen, weil ich Angst habe, aus dem Kurs geworfen zu werden. Zum anderen, weil ich bei einer Aufgabe von *ihm* versagt habe.

»Ich flieg jetzt nicht gleich raus, oder? Ich kann das besser! Versprochen«, beeile ich mich zu sagen.

»Tief durchatmen, Audrey«, sagt er, was gleichzeitig heißt, dass ich noch im Kurs bin. »Du musst mir nur geben, was ich will.«

»Und was ist das?«, frage ich, schüttele dann jedoch den Kopf, weil ich die Antwort kenne, sie in seinem Blick sehe. Mich. Er will mich. »Geh auf die Knie!«, sage ich so fest wie möglich, ohne ihn aus den Augen zu lassen.

»Genau so musst du es machen!«, sagt er nickend.

»Aber du bist gar nicht —«

Er lacht. »Ich knie nicht. Aber das eben war gut.«

»Wirklich?«

»Wirklich.«

Er wendet sich an die Gruppe, schnappt mich allerdings wie am Vortag und behält mich als Demonstrationsobjekt bei sich. »Alle mal kurz herschauen!«, unterbricht er die Übungen, und sämtliche Aufmerksamkeit richtet sich auf mich. »Denkt immer daran, die wichtigsten Werkzeuge, um zu bekommen, was ihr wollt, habt ihr in der Hand. Ihr habt eure Blicke, eure Stimme, euren Körper. Verlasst euch darauf, dann werden die Kunden im Tease & Please zufrieden sein. Schließlich sind es keine Hardliner. Die treiben sich woanders herum.«

Er dreht sich zu mir und sein Blick bohrt sich in meinen. »Hinknien!«

Was zum Henker —! Meine Beine wollen sofort nachgeben, aber ich versuche, standhaft zu bleiben, so wie er. *Ich knie genauso wenig.*

»Vielleicht gefällt euch, was ihr seht. Vielleicht auch nicht«, erklärt er weiter, umrundet mich, wartet, dass ich seinem Befehl Folge leiste. »Mach einfach mit, Audrey!«

»Nur wenn du nachher auch —«

»Schon vergessen? Ich kann dich durchfallen lassen!«

Seinem Befehl zu widerstehen war bereits schwer. Die Drohung zu ignorieren ist unmöglich. Meine Beine geben nach, und ich seufze erleichtert, als der Druck von mir abfällt.

»Sollte man sie nicht bestrafen, weil sie nicht sofort mitgemacht hat? Und wenn ja, wie?«, fragt Sophia, die sportlichste Kandidatin von uns, die dem Akzent nach aus Texas kommt.

Reeces Finger streichen mir zärtlich Haare aus der Stirn, doch die Geste kann mich nicht täuschen. Er denkt ernsthaft darüber nach, was er nun mit mir anstellt. Nur weil ich nicht schnell genug in die Knie gegangen bin.

Mist!

Ich möchte zu ihm aufschauen, ihn um Verzeihung bitten, aber ich zwinge mich, weiter den Boden anzuschauen, um keinen weiteren Fehler zu machen.

»Die Strafe richtet sich danach, was vereinbart wurde und wie schwer das Vergehen ist. Audrey hier zum Beispiel mag als Lady Dom bestimmt keinen Schmerz, also tun wir ihr ein kleines bisschen weh.« Er packt meine Haare und zieht meinen Kopf langsam in den Nacken, nicht zu fest, allerdings auch nicht besonders sanft. Strähnen lösen sich aus meiner Frisur, und erschrocken schaue ich ihn an. Wobei ... ›erschrocken‹ beschreibt viel zu schwach das, was ich fühle. Reue durchströmt mich siedend heiß, dann eiskalte Angst, dann wieder heiße Reue.

Warum habe ich nicht einfach mitgespielt? Und warum reagiere ich erneut so heftig? Das kann nicht nur an ihm liegen.

»Sollte man nicht mehr machen?«, fragt jemand, ich sehe nicht, wer, weil ich nach wie vor Reece anschaue, so als wäre sein Blick mein Rettungsanker. Ein verstörendes Gefühl, aber ich stelle es nicht infrage.

»Mmh«, macht er nachdenklich und mustert mich. »Was denkst du darüber, Audrey?«

Mein Kopf ist wie leer gefegt. Da ist nur ein: ›Oh Gott, oh Gott, oh Gott!‹

»Du solltest antworten. Nicht dass ich dich wieder bestrafen muss.«

Ich höre Frauenlachen. Jemand findet das lustig? Ich nicht. Denn mir wirbeln jede Menge Ideen durch den Kopf, was er alles mit mir anstellen könnte, und keine einzige gefällt mir.

Abwartend sieht Reece mich an.

Was, wenn er mich durchschaut?

Der Gedanke nagt zusätzlich an meinen angegriffenen Nerven. Gleich übergebe ich mich erneut. So wie gestern Abend. *Mist!*

Bevor er etwas tun kann, was mir missfällt, stoße ich seine Hand beiseite und springe auf. »Hör auf, meine Frisur zu zerstören. Es darf jetzt gerne jemand anderes dein Versuchsobjekt sein. Mir reicht es!«

Ich werfe ihm einen vernichtenden Blick zu und mache einen filmreifen dramatischen Abgang, mit auf dem Boden laut klappernden Absätzen und der Tür, die ich hinter mir zuwerfe.

Mit jedem Schritt, den ich gehe, wird der merkwürdige Schwindel jedoch stärker. Bevor ich mich auf dem Gang übergeben muss, steuere ich die Waschräume an, stütze mich schließlich am Waschbecken ab und sehe mir selbst in die Augen, als könnte ich dann verstehen, was hier los ist.

Die Frau im Spiegel kommt mir eigenartig vertraut und im selben Augenblick fremd vor. Ihr Blick ist schockiert, aber ihre Wangen sind gar nicht blass, wie ich es vermutet hätte, sondern rot.

Auch wenn ich es mir nicht eingestehen mag, das eben hat mich angetörnt. Sehr sogar. Während es mich gleichzeitig entsetzt hat, bestraft zu werden – nur weil ich zu langsam gehorcht habe.

Verdammt!

Ich spule mein BDSM-Hintergrundwissen ab und begreife, was mit mir passiert ist. Aber warum? Man wird doch nicht über Nacht devot. Das hier sollte nur ein Spiel sein, ein Job. Ich habe nichts mit der Szene zu tun, habe keine geheimen Wünsche, die ich nun ausleben, keine unentdeckten Neigungen, denen ich nachgehen sollte. Oder doch?

»Alles okay?«, fragt Reece, der mir gefolgt ist.

»Natürlich«, zische ich.

Er kommt näher, legt seine Hand auf meinen Rücken, und instinktiv zucke ich zusammen. Dann reibt er gleichmäßig über meine Schultern, und mein hektischer Atem beruhigt sich – wenn auch nur langsam.

»Es tut mir leid«, sagt er.

Überrascht sehe ich ihn im Spiegel vor mir an, schweige jedoch.

»Jeder reagiert anders auf Strafen, Audrey.«

»Ich weiß«, sage ich nur. *Dank der Bücher, die ich gelesen habe.*

»Du hättest Stopp sagen können.«

»Das Hinknien war okay«, erkläre ich. *Irgendwie okay zumindest.* »Wirklich, keine große Sache.«

»Aber das Ziehen an den Haaren war es nicht?«

Ich zucke mit den Schultern, kann nicht zugeben, wie recht er hat. Nicht vor ihm. »Tat weniger weh, als wenn ich beim Föhnen meine Haare in der Bürste verheddere und dann befreien muss«, tue ich cool.

»Nur dass das eine ein Missgeschick und das eben eine Strafe war.«

Sanft fährt er mir durch die Haare. Ich kann es jedoch nicht genießen, sondern atme hektischer, habe Angst, dass er wiederholt, was er gerade getan hat.

»Scht, Kleines«, murmelt er, und bevor ich kapiere, was er meint, zieht er mich an sich.

REECE

Besser!

Das Brennen in meinen Adern hört auf, sobald ich sie halte. Ich weiß, das sollte sich nicht so anfühlen, aber ich kann es nicht ändern. Ich bin offiziell am Arsch. Das eben war eine völlig harmlose Übung, und doch ist sie mit Audrey aus dem Ruder gelaufen. Es ging gar nicht um die Art der Strafe, sondern dass es überhaupt eine war.

Jemand kommt ins Bad, und ich schirme sie mit meinem Rücken vor den neugierigen Blicken ab.

Warum hat sie nicht das Safeword gesagt? Weil sie eine dominante Frau ist? Und das neu für sie war?

Ich spüre ihre unterdrückten Schluchzer an meiner Brust. Sie will nicht weinen, versucht, sich zusammenzunehmen, vor mir, für mich, und Stolz erfüllt mich. Ein Gefühl, das ich bisher nur bei meinen Subs hatte, nicht bei anderen Frauen.

»Scht, Kleines«, murmele ich ihr wieder und wieder ins Ohr und genieße es, ihr Ruhe zu spenden, für sie da zu sein; sie, die einerseits so sexy ihre Krallen ausfahren kann und andererseits so verletzlich ist, zu halten.

Ihre Wärme geht auf mich über, und nie hat sich etwas besser für mich angefühlt. Ihre Haare kitzeln mich am Hals, aber das ist okay, und ich atme wie ein Verrückter ihren Duft ein.

Vermutlich werde ich jetzt auch einer dieser Kuscheldoms!

Ich muss grinsen.

Es gibt Schlimmeres.

»Es geht wieder«, piepst sie.

»Noch nicht«, sage ich ruhig und warte, dass sie protestiert. Sie protestiert eigentlich immer. Stattdessen schmiegt sie sich enger an mich, und obwohl das unangebracht ist, werde ich hart, und es kostet mich alles, sie nicht intimer zu berühren, ihren Hals zu küssen, mich gegen sie zu drücken und sie wissen zu lassen, was sie mit mir anstellt. Ich weiß, wann ich mich offensiv und dirty verhalten kann und wann nicht. Jetzt ist der falsche Moment.

»Danke«, sagt sie schließlich. »Das war neu. Ich hatte nicht damit gerechnet, dass ich so reagiere ...« Sie lacht erstickt, klingt wieder gefasster. »Die armen Subs! Was die so alles aushalten müssen.«

»Manche mögen genau diese Gratwanderung und diese Mischung aus Lust und Widerstand. Das solltest du wissen.«

»Ja ... Nein ...«, murmelt sie. »Wie kann man das mögen?« Sie lässt mich nach wie vor nicht los, aber sieht zu mir auf, und der Anblick ihrer verheulten Augen schießt noch heißer in meinen Schwanz.

»Weil man sich danach näher ist«, sage ich viel ruhiger, als ich mich fühle. *So nah, wie wir uns jetzt sind.*

»Hattest du immer nur devote Partnerinnen?«, fragt sie mich plötzlich.

»Sag bloß, du möchtest mal ihre Stelle einnehmen?«, ziehe ich sie auf, dabei meine ich es ernst.

Sie wird rot, wobei ich schlecht beurteilen kann, ob vor Empörung oder vor Scham. Der Anblick gefällt mir ebenso, wie zu wissen, dass ich all diese widersprüchlichen Gefühle in ihr auslöse. Ich kann nicht anders, fahre mit der Hand in ihren Nacken und streiche mit dem Daumen über ihre flammenden Wangen.

»Antworte einfach!«, sagt sie.

»Ja, hatte ich. Und du?«

»Nein«, gesteht sie. »Es ist nicht leicht, entsprechende Männer zu finden. Die meisten sind Machos oder tun zumindest so und lassen sich ungern verhauen.«

Ich lache, weil ich mir zu gut vorstellen kann, wie Audrey ihre Peitsche rausholt und die Kerle ihr das Teil abnehmen. »Dann ist es ja gut, dass du bald im Klub deine Neigungen ausleben kannst. Nichts ist schlimmer, als nicht zu sich selbst stehen zu können.«

Sie atmet tief durch und löst sich. »Das kann ich allerdings nur, wenn ich mich die Woche hier gut schlage.«

»Genau.«

Sie macht sich frisch, und ich sehe ihr dabei zu, was sich sowohl erschreckend als auch angenehm intim anfühlt.

Zuerst wäscht sie sich mit feuchten Papiertüchern das Gesicht, bis ihre Haut wieder rosig aussieht, dann überprüft sie den Sitz ihrer Kleidung, und zuletzt steckt sie ihre Haare mit Haarnadeln hoch.

»Lass mich das machen!«, sage ich, als sie mit einer Strähne kämpft, die permanent ausbüchst.

Bevor sie etwas erwidern kann, nehme ich ihr die Haarnadel ab und schiebe sie vorsichtig in ihre Frisur.

»Gut so?«, frage ich. »Wie fühlt es sich an?«

Sie sagt nichts, atmet aber schwer. Im Spiegel treffen sich unsere Blicke, und erneut sehe ich all die Leidenschaft darin.

»Wieder feucht für mich?«, hauche ich ihr ins Ohr, kann nicht widerstehen und muss mit ihr spielen. Ich lege meine Hand in ihren Nacken, lasse sie dann über ihre Schulter nach vorne gleiten und fahre langsam in ihre Bluse, spüre ihre Erregung.

Sie stöhnt, kann ihre Lust auf das, was ich mit ihr anstelle, nicht verbergen.

»Jetzt bist du bereit zum Gehen, Kleines«, sage ich zufrieden und lasse sie los.

»Mistkerl«, zischt sie, aber wir beide wissen, dass sie nur das letzte Wort haben will, und – *Erstaunlich!* – ich gönne es ihr.

Wir verlassen die Waschräume und gehen zu den anderen zurück, und ich frage mich, wann Audrey zum ersten Mal gemerkt hat, dass sie dominant ist, wie viele Partner sie schon hatte, ob es sie genauso kickt, die Kontrolle zu haben – und ob sie sich so fühlt wie ich mich, weil das hier zwischen uns völlig aus dem Ruder läuft.

»Heute Nachmittag möchte ich überprüfen, wie ihr mit Klammern und Klemmen umgeht. Setzt sie erst bei euren Partnern ein und beobachtet sehr genau, wie sie reagieren. Wenn ich auch nur das Wort ›Gelb‹ höre, kann derjenige einpacken«, erkläre ich den nächsten Test.

Gespannte Stille legt sich über den Raum.

»Und wenn ihr mit eurem Partner fertig seid, testet die Sachen auch an euch. Fragen?«

Die Hand von Fran schießt hoch.

»Ja, Ms Summers?«

»Heißt das, wir müssen uns dazu ausziehen?«

Ich grinse, kann nicht anders, obwohl das unprofessionell ist. »So stand es in der Einladung.« Zumindest umschrieben mit Kontaktfreude und einem guten Körpergefühl, dank Ian. »Zimperlich?«

Sie ringt mit sich.

»Ernsthaft Leute, ich kann niemanden gebrauchen, der ein Problem mit seinem Körper hat. Bin ich ein Mann und werde ich hinschauen? Ja. Kommt damit klar. Ich führe einen BDSM-Klub, kein Kinderspielparadies. Also?«

»Dann bin ich raus«, sagt Fran, packt ihre Sachen und geht.

»Da wären wir nur noch acht. Noch jemand?«, frage ich. »Audrey?«

»Kann ich den Teil vielleicht überspringen?«, fragt sie sichtlich nervös.

»Nein, da muss jeder durch«, sage ich, nehme eine Feder und streiche damit hauchzart über ihren Arm.

»Auch wenn man nicht auf Schmerzen steht?«, fragt sie leise, verzieht das Gesicht und weicht der Feder aus, woraufhin ich sie sofort wieder kitzele. Federn haben einfach so was an sich …

»Auch dann.« Meiner Meinung nach sind die besten Doms die, die einmal gespürt haben, wie der Schmerz ist – stechend, dumpf, tief, oberflächlich, brennend … Erst dann kann man damit arbeiten. Und wenn es die Frauen vor mir noch nicht selbst ausprobiert haben, wird es Zeit.

»Tja, was muss, das muss, richtig?«, sagt Audrey.

Ich rufe die Gruppe zu einer der Kommoden und hole aus der untersten Schublade verschiedenste Modelle heraus. Wir arbeiten mit Klemmen mit und ohne Kette. Die Klemmflächen sind verschieden groß – und an die meisten Spielzeuge können zusätzlich Gewichte gehängt werden.

Sobald ich alles erklärt habe, dürfen die Frauen mit ihren Partnern das Equipment durchprobieren. Wie ein Lehrer gehe ich von Bett zu Bett, bis ich hinter mir jemanden »Gelb« keuchen höre.

Ich drehe mich um und sehe Susan an.

»So eng war das gar nicht«, verteidigt sie sich sofort. »Mein Partner hier will mir bloß eins auswischen.«

Ich kenne Jace, den Mann, mit dem sie spielt. Er ist nicht derjenige, der am meisten aushält, aber auch nicht zimperlich.

»Also Gelb?«, frage ich ihn nur und warte auf eine Erklärung.

»Definitiv«, sagt er.

Ich wende mich zu Susan.

»Er übertreibt!«, beschwert sie sich und führt eine ganze Litanei an Gründen an, um im Kurs bleiben zu können, macht es damit in meinen Augen jedoch nur schlimmer. Ich will niemanden mit meinen Gästen alleine lassen, der im Zweifel an das eigene Wohl und nicht an das des Partners denkt.

»Du bist auch raus«, sage ich nur.

»Verdammt!«, ruft sie, wischt mit einer Handbewegung die Klemmen von der Bettdecke und geht.

Ich seufze.

»Keine Sorge, Chef, ich räum das hier auf.«

»Musst du nicht«, sage ich zu Jace.

»Mach ich aber.«

»Gut, danke.«

Jetzt sind nur noch sieben Kandidaten im Rennen, und ich hoffe, die Gruppe schrumpft nicht weiter in der Geschwindigkeit. Ich brauche wirklich dringend neues Personal, um die Nachfrage nach dominanten Frauen zu decken.

Eine Weile sehe ich mir an, wie die anderen sich verhalten, und bin erleichtert, dass es keinen weiteren Zwischenfall gibt. Mehr als das. Von Audrey bin ich richtig begeistert, weil sie unglaublich auf ihre Aufgabe konzentriert ist, ohne dabei unsicher zu sein. Außerdem legt sie nach jeder Klemme eine kleine Pause ein, scherzt kurz mit Joe, ihrem Partner, der sich damit seine Ausbildung finanziert, und macht dann weiter.

»Okay, so weit, so gut«, beende ich die Sessions und wende mich an die verbleibenden Dominas. »Jetzt testet selbst die Instrumente durch.«

Jede der Kandidatinnen zieht sich ihr Oberteil aus oder öffnet die Bluse und beginnt. Nur Audrey nicht.

»Probleme?«, frage ich sie.

Sie wird rot, was sofort meinen Schwanz zucken lässt. *Himmel! Hört das irgendwann noch mal auf?*

»Ich würde mit denen hier beginnen«, sagt Joe und hält zwei hoch.

»Ich weiß nicht«, meint Audrey.

»Die sind noch besser«, sage ich und zeige ihr Klemmen, die ich für geeigneter halte. »Sie haben eine breite, weiche Fläche und sind justierbar. Na los: Komm her!«

Nervös hält sie sich ihre geöffnete Bluse zusammen, ziert sich.

»Darf ich es selbst machen?«, fragt sie.

Alles in mir will es ihr verbieten. Ich möchte mit ihren Nippeln spielen und sehen, wie sich mit jedem Millimeter, den ich die Klemmen enger stelle, ihr Gesichtsausdruck verändert. Aber wir sind nicht allein.

Und sie ist nicht deine Spielpartnerin.

»Natürlich«, sage ich daher nur und reiche ihr die Klemmen.

Sie nimmt sie, und dabei spüre ich, wie kühl ihre Finger sind, so als wäre alles Blut aus ihnen gewichen. Sie wendet mir den Rücken zu, holt tief Luft, und ich sehe an ihren Schultern, wie sie sich verspannt. Dann atmet sie wieder aus und reicht sie mir zurück. »Okay, probiert.«

Misstrauisch kneife ich die Augen zusammen. »Joe, haben die Teile gut gesessen?«

»Ich habe nichts gesehen, sorry.«

»Und ich leider auch nicht«, sage ich und schaue Audrey streng an, die prompt ertappt rot wird, weil sie das Spielzeug anscheinend nicht benutzt hat. Was schlecht ist, weil mir dieser Punkt wirklich wichtig ist. »Ich mach es auch bei mir. Wie klingt das?«, schlage ich plötzlich vor und kann selbst kaum glauben, was ich da sage.

»Das würdest du tun?«

Selbstbewusst knöpfe ich mein Hemd auf und genieße, dass sie mit jedem Flecken Haut, der zum Vorschein kommt, nervöser wird – und sich die Lippen beleckt.

»Schau, es ist ganz einfach«, sage ich, bringe eine der zwei Klemmen an, muss jedoch ungewollt die Luft einziehen. Der Schmerz ist erträglich, aber ich hasse das Gefühl und komme mir dabei immer ein bisschen schwul vor. Keine Ahnung, warum. Joe nutzt die Dinger schließlich auch und ist eindeutig hetero. »Gar nicht so schlimm.«

»Am liebsten würde ich sie fester drehen«, sagt sie.

»Wag es, und ich verspreche dir, du wirst nicht mögen, was ich dann mit dir anstelle.«

»Also gut«, gibt sie sich einsichtig und nimmt bereits die erste Klemme, während ich die andere entferne und mich wieder anziehe. »Irgendwann ist ja immer das erste Mal, richtig?«

Sie will sich wieder wegdrehen, aber ich halte sie an den Schultern fest – nicht nur, um mir diesen Anblick zu gönnen, sondern um zu kontrollieren, ob sie es wirklich macht.

Sobald sie die Klemme auch nur ansetzt, verzieht sie das Gesicht wie unter übelsten Schmerzen. Doch ihr Nippel steht hart und aufrecht. Und unglaublich verlockend.

»So empfindlich?«, frage ich sanft nach.

»Was für eine Scheiße …«, murmelt sie leise, statt mir zu antworten, dreht an dem Rädchen, um die Klemme so fest zu ziehen, dass sie hält. Tut sie aber nicht, worauf Audrey auf ihrer Unterlippe herumkaut, als hätte sie heute noch nichts gegessen, die Klemme lockert, ihren Nippel massiert und es erneut probiert.

»Audrey?«

Sie hört mich nicht, aber atmet schwer, als sie die erste Klemme dazu gebracht hat zu halten. Gerade so.

»Darf ich sie jetzt wieder abnehmen?«, fragt sie kaum hörbar, und ich spüre ihre Worte so unerwartet in meinem Schwanz, dass ich für einen Moment nicht antworten kann. Durch ihre Wimpern hindurch schimmern Tränen, und das kickt mich noch mehr, obwohl ich genau sehe, dass es keine Tränen der Ekstase, sondern des Schmerzes sind.

»Ja«, sage ich ruhig und fühle dieses pochende Gefühl von Stolz in meiner Brust, weil es sich so anfühlt, als hätte sie das eben nur für mich getan.

»Und muss ich noch mehr ausprobieren?«, fragt sie, während sie vorsichtig die Klemme löst und sich hastig über die Augen wischt.

»Nein, musst du nicht«, sage ich und ziehe sie aus einem Impuls heraus an mich, wobei mir erst klar wird, wie unangebracht das ist, als es bereits zu spät ist. »Gut gemacht, Audrey.«

Sie beginnt, leise zu schluchzen, krallt sich kurz in meine Hüften und lässt mich dann genauso schnell wieder los, wendet sich ab, nimmt wortlos ihre Sachen, hält sich ihre Bluse vor dem Busen zusammen und geht. Schon wieder.

Irgendwas stimmt hier nicht.

Audrey ist eine selbstbewusste Frau, aber langsam kommt es mir merkwürdig vor, dass sie dominant sein soll, wenn sie permanent so empfindlich reagiert.

»Weißt du, wo ich mein Tablet hingelegt habe?«, frage ich Joe, um mir noch mal ihre Ergebnisse anzuschauen. »Ich dachte, sie hätte sämtliche Tests mit Bravour bestanden.«

Er sucht es mit mir, findet es schließlich bei den Getränken und wirft einen Blick drauf. »Hat sie«, sagt er.

»Und dir ist nichts aufgefallen?«, hake ich nach, nehme das Tablet und überfliege erneut die Charts, die mir sagen, wovon ich ausgegangen bin: dass mit ihr alles in Ordnung ist.

»Nichts Auffälliges«, meint Joe. »Bis du gekommen bist.«

»Was willst du mir damit sagen?«, frage ich.

»Mal von Mann zu Mann statt von Sklave zu Dom: Geh ihr nach und klär das.«

6. Kapitel

AUDREY

Warum hat mich die Situation erneut so überfordert? Mal vom Offensichtlichen abgesehen, dass ich Klemmen an meinen Nippeln nicht mag.

Warum passiert mir das immer mit diesem Mann?

Was stimmt nicht mit mir?

Und warum bin ich schon wieder so feucht?

Vielleicht habe ich nur so überreagiert, weil ich mich von dem ungewohnten Gefühl, bestraft zu werden, doch nicht so schnell erholt habe wie gedacht.

Oder es liegt daran, dass meine Nippel seit der Pubertät besonders sensibel sind.

Oder es gibt noch einen ganz anderen Grund.

Auch wenn Weglaufen eine kindische Reaktion ist, ich kann keine Sekunde länger in diesem Raum mit all diesen Spielzeugen bleiben, die dafür da sind, andere Leute zu quälen. Und ich hoffe, dass ich mich damit nicht selbst disqualifiziert habe. Immerhin habe ich das Spielzeug ausprobiert und getan, was Reece wollte.

Scheiße! Das ist das Einzige, was ich denken kann. *Was für eine verfluchte Scheiße!*

Sobald ich nach Hause komme, lege ich mich ins Bett. Mir ist nicht schlecht, und ich fühle mich auch nicht krank, aber die Gedanken wirbeln mir so wild durch den Kopf, dass ich unglaublich erschöpft bin und nicht die Kraft habe, mich mit irgendetwas anderem auseinanderzusetzen. Ich will weder lesen noch fernsehen. Ich will mich einfach nur in die Bettdecke einmummeln und warten, bis sich das Chaos in meinem Kopf legt.

»Alles in Ordnung? Womöglich solltest du dir doch ein anderes Reportage-Thema suchen«, sagt Nikki, als sie nach Hause kommt und mich im Bett vorfindet.

»Das ist es nicht«, sage ich, was irgendwie stimmt, denn der Job als Lady Dom erscheint mir immer noch machbar. Ich hatte einige gute Sessions mit Joe.

»Was dann?«

»Vielleicht brüte ich ja was aus. Ich bin wirklich müde. Lässt du mich schlafen?«

Nikki betrachtet mich seufzend. »Du hast dich selbst mit vierzig Grad Fieber nie freiwillig ins Bett gelegt.«

»Menschen ändern sich.«

»Mag sein. Aber du?«

»Nikki! Kannst du bitte einfach gehen?«

Mein Ton ist aggressiver als angebracht. Sie ist eine der wenigen Personen in meinem Leben, die wissen, wie ich bin. Sie macht sich Sorgen, und es ist schön zu wissen, dass da jemand ist, dem ich wichtig bin. Aber jetzt gerade wäre ich gerne allein. Sie will Antworten, genau wie ich, doch die habe ich nicht.

»Entschuldige, Nikki«, verbessere ich mich. »Bitte, der Tag war anstrengend genug.«

»Aber es ist nichts Schlimmes passiert?«

Ich muss an den Moment denken, als Reece mich bestraft hat, und spüre Reue und Lust abwechselnd durch meinen Körper schießen. Doch wie soll ich ihr das klarmachen?

»Nein, es ist nichts Schlimmes passiert. Ich schlage mich super. Jeder kauft mir dieses Lady-Dom-Zeug ab.«

»Gut«, sagt sie und wirkt etwas erleichtert. »Dann bring ich dir jetzt aber was zum Essen. Du weißt, was Mom immer sagt: Die meisten Probleme lassen sich besser lösen, wenn der Magen voll ist. Und dann lass ich dich in Ruhe, okay?«

»Okay«, sage ich. »Danke.«

Doch auch nach dem Essen löst sich das Chaos in meinem Kopf nicht auf. Immer wieder spiele ich gedanklich Szenen des Tages durch – Szenen mit Reece. Ich sehe mich, wie ich protestiere, und gleichzeitig, wie ich gehorchen will, das tun möchte, was ich als dominante Frau nicht tun sollte.

Und es gefällt mir!

Je mehr Situationen ich durchgehe, umso größer wird außerdem mein Verlangen nach Reece. Keine Ahnung, wie er das geschafft hat, aber ich habe das Gefühl, erst bei ihm loslassen zu können. Mich ihm anvertrauen zu können. In ihm jemanden zu haben, der mich versteht, so wie ich bin.

Und obendrein ist er auf seine Art so sexy. Mit diesem eindringlichen Blick und diesen kantigen, willensstarken Gesichtszügen. Und diesen Händen, die sich so wunderbar anfühlen, jedes Mal, wenn sie mich berühren.

Als würde jemand wie er wirklich etwas mit mir anfangen! Er steht ganz klar dazu, dominant zu sein. Was soll

er mit einer wie mir? Ich bin bestimmt nur ein abwechs-
lungsreiches Spielzeug – und eine Frau, die an seinem Ego
kratzt, weil sie nicht sofort zu allem Ja und Amen sagt.

Ich stöhne frustriert.

*Hör auf, so auf diesen Mann zu reagieren, Audrey!
Ignoriere seine Blicke. Ist er nicht zu allen anderen Kandidatinnen genauso streng? Dass da was ist, bildest du dir
bloß ein! Und falls da was ist, hat es eh keine Zukunft!*

Erschöpft ziehe ich mir die Decke über den Kopf,
doch die Gedanken lassen sich so nicht stoppen.

Sobald die Luft knapp wird, mache ich mich wieder
frei und wälze mich weiter in meinem Bett hin und her.
Aber wenn sich etwas ändert, dann nur, dass das Chaos in
mir noch größer wird. Ich will diesen Mann unbedingt.
Ich muss völlig verrückt sein!

REECE

Seitdem der Kurs beendet ist und ich wieder an meinem
Schreibtisch sitze, rede ich mir ein, dass es Audrey gut geht.
Aber verflucht noch mal, ich habe auf den Sicherheitsvi-
deos des Randall Towers gesehen, wie sehr sie gezittert hat,
als sie das Gebäude verlassen hat, und ich weiß, ich bin dafür verantwortlich. Kein besonders angenehmes Gefühl.

*Scheiße, du kannst hier nicht rumsitzen und nichts
tun!*, sage ich mir selbst.

Entschlossen logge ich mich in die Personaldatenbank
ein, rufe mir das Datenblatt zu Audrey Montgomery auf
und drucke die Basisinformationen mit ihrem Namen und
ihrer Adresse aus.

»Nanu! Heute früher Feierabend?«, fragt mich Anna
vom Empfang, als ich wenig später gehe.

»Muss ja auch mal sein!«, sage ich, steige in meinen Wagen und gebe Audreys Adresse ins Navi ein, bevor ich weiß, was ich da überhaupt tue.

***

Als ich eine halbe Stunde später vor dem Reihenhaus parke, in dem Audrey wohnt, kommen mir jedoch Zweifel. *Was will ich hier?*

In der Wohnung brennt Licht. Vielleicht hat sie einen Freund, dem sie erzählt, wie ihr Tag war. Vielleicht liest sie Bücher darüber, wie sie es ihrem Boss heimzahlen könnte. Oder sie hat von unserer ersten Begegnung in meinem Büro heimlich eine Aufnahme gemacht und schickt die zur Sicherheit an all ihre Freunde.

Im Wagen zu sitzen liefert dir keine Antworten!, ermahne ich mich und steige schließlich aus.

Ohne zu lange darüber nachzudenken, was es für einen Eindruck macht, dass ich vor der Tür stehe, klingele ich.

Zu meiner Überraschung öffnet eine Frau, die Audrey recht ähnlich sieht – auch wenn sie etwas mehr Fältchen um die Augen hat.

»Ich wollte zu Audrey. Ist sie da?«

Misstrauisch beäugt mich die Frau. »Kommt darauf an, wer Sie sind«, sagt sie und wartet auf eine Erklärung.

»Reece Randall«, stelle ich mich vor. »Es geht um was Berufliches.«

Jetzt wird sie richtig merkwürdig. »Kann das nicht bis morgen warten?«

Der Tonfall gefällt mir nicht. »Ich fürchte nicht.«

»Also gut, ich frage sie. Kommen Sie rein!« Sie lässt mich stehen und verschwindet im Haus.

Ich höre, dass irgendwo eine Tür aufgeht. »Liebes? Bist du noch wach?«

»Warum?«, höre ich Audreys Stimme.

»Schwesterherz, da ist jemand wegen deines Jobs.«

»Wer?«, fragt sie und klingt so, als würde sie sich aufrichten.

»Groß, dunkles Haar, kantiges Gesicht. Gut gekleidet.« Ich könnte schwören, ihr macht das Spaß, Audrey auf die Folter zu spannen, denn sie legt eine Pause ein. »Reece Randall.«

»Verdammt, Nikki!«

Ich höre Audrey lautstark stöhnen, dann jedoch das Quietschen einer Matratze und wenig später erscheint sie in einem Ganzkörper-Bärchen-Overall, über den sie zusätzlich einen dicken Bademantel trägt, so als wollte sie nicht attraktiv wirken. Was sie erschreckenderweise für mich noch attraktiver macht.

»Was willst du hier, Reece?« Ihr Tonfall ist so unangebracht schroff, dass mich ihre Schwester merkwürdig anschaut.

»Können wir irgendwo unter vier Augen reden?«, frage ich, würde sie gerne in den Arm nehmen, halte mich allerdings zurück, weil sie mich wie ein bissiger Hund anfunkelt.

»Nikki kann ruhig bleiben. Also?« Audrey geht in die Küche und nimmt sich Wasser, bietet mir aber nichts an.

»Ich hab mir Sorgen um dich gemacht.«

Sie schnaubt verächtlich, trinkt etwas und lehnt sich, verschlafen die Augen reibend, an das Sideboard.

»Süße, vielleicht solltest du dich wieder hinlegen?«, meint Nikki.

»Bist du krank?«, frage ich und mustere sie noch eindringlicher.

»Sie hing gestern den halben Abend über der Toilette.«

»Nikki!«, zischt Audrey, die offensichtlich nicht wollte, dass ich das erfahre.

Gestern? Okay, Audrey ist auf keinen Fall krank. Wenn ich raten müsste ...

»Dir ist ein bisschen schwindelig, stimmt's?«, frage ich zur Sicherheit nach. »Jede Faser deines Körpers zieht? Du zitterst, als wäre dir kalt. Dennoch ist dir warm.«

Statt etwas zu sagen, erdolcht sie mich mit ihren Blicken. Doch das bringt mich nicht aus der Ruhe. Wenn es überhaupt etwas bewirkt, dann, dass ich mir nun sicher bin, dass es richtig war herzukommen.

»Du weißt, was sie hat?«, fragt mich ihre Schwester plötzlich netter und vertrauter.

Ich ignoriere sie und gehe auf Audrey zu. Sie will fliehen, aber bevor sie das kann, nehme ich sie gefangen und ziehe sie an mich.

Wie zu erwarten, spüre ich erst ihren Widerstand. Doch dann schmiegt sie sich an mich, und eine Anspannung in meinen Schultern, von der mir gar nicht bewusst war, dass sie da war, lässt nach.

»Audrey, was ist hier los?«, will ihre Schwester wissen, der das Bild, das wir abgeben, ganz sicher zu intim ist.

»Wo ist dein Zimmer?«, frage ich die Frau in meinen Armen leise.

»Audrey?«, beharrt Nikki.

»Die erste Tür rechts«, sagt sie.

Ich hebe sie hoch und bin erleichtert, dass ihre Schwester uns nicht folgt. Sie würde Erklärungen verlangen, und ich kann keine geben.

Sobald ich das Zimmer gefunden habe, setze ich Audrey auf dem Bett ab und helfe ihr aus dem Bademantel.

Ich schließe die Tür, hänge mein Sakko über eine Stuhllehne, ziehe mein Hemd und meine Hose aus und mache es mir an ihrer Seite bequem.

»Ich bin nicht devot«, stellt sie von sich aus fest, aber schmiegt sich an mich.

»Natürlich nicht. Du tust schließlich nie, was man dir sagt.« Zufrieden, ihre Nähe zu spüren, lege ich meine Arme um sie, streiche über ihren Rücken, genieße ihre Wärme und wie zahm sie plötzlich ist. »Können wir über das reden, was am Nachmittag vorgefallen ist?«, frage ich sie vorsichtig.

Sie versteift sich in meinen Armen. »Ich bin nicht —«, beginnt sie erneut.

»Es hat dich verwirrt, oder?«

Ich rolle sie auf den Rücken, nagele sie mit meinem Körper fest und will unpassenderweise in ihr sein, mit meiner Zunge in ihrem Mund, mit meinem Schwanz in ihrer Pussy. *Wie kann jemand nur so sexy sein? Selbst in Bärchenklamotten.*

»Es verwirrt dich auch jetzt, richtig?«, hake ich nach.

Mit großen Augen sieht sie mich an, und ich drücke provozierend meinen Schwanz an ihren Schritt, registriere, wie ihr Körper reagiert, mehr will.

»Ja, tut es«, sagt sie.

»Was genau?«, forsche ich nach und knabbere an ihrem Ohrläppchen, spiele nicht fair, finde Schummeln jedoch okay, um aus dieser Frau schlau zu werden.

»Das ist kompliziert.«

»Gib dir Mühe ...«

»Du bist ein Arsch«, haut sie raus.

Ich lache.

»Ich meine das ernst. Ich sehe, dass du auch anders sein kannst, aber wenn du dieser Vollidiot bist ...«

»Dann findest du mich noch heißer?«, rate ich grinsend.

»Verdammt ja, das auch!«, sagt sie und sieht mich frustriert an. »Ich hab wirklich keine Ahnung, warum ich pausenlos an dich denken muss. Das sollte ich nicht. Nicht *so*.«

»Stimmt, das solltest du nicht«, wiederhole ich, muss jedoch lächeln, weil mir gefällt, was sie sagt.

»Und trotzdem tue ich es.« Wieder reckt sie sich, um mich zu küssen. »Und werde dabei feucht.«

Fuck! »Immer?«

»Immer«, sagt sie, und das Verlangen in ihrem Blick raubt mir den Atem und sorgt für blaue Eier.

»Ich will dich«, sage ich, will nicht über sie herfallen, aber muss sie haben. Dieses Mal richtig.

»Wie soll das gehen? Ich gebe beim Sex den Ton an«, sagt sie, während ihr Körper unter meinem zerfließt und sich einfach nehmen lässt.

»Okay, dann sag mir, was ich tun soll!« Die Rolle ist neu für mich, aber – keine Ahnung, was an ihr so anders ist – ich muss sie haben. Unter jeder Bedingung.

»Du willst mich wirklich?«, fragt sie.

Alter! Ich lehne mein Gesicht neben ihr ins Kissen, weil ich nicht weiß, wie lange ich noch nett sein kann. Dann koste ich ihre Lippen. Nur so kurz, dass sie ihren Kopf hebt und mehr einfordert, doch es nicht bekommt. »Ja, wirklich, Audrey«, bringe ich so ruhig wie möglich hervor.

Ihre Hand greift an meinen Schritt, als müsste sie das erst nachprüfen. Sie schiebt sich unter den Stoff meiner Hose, und ich atme schwer, als ich spüre, wie sie meine Erektion entlangstreift. Ich schaffe es, sie machen zu lassen, bis sie meine Eichel berührt.

»Du solltest mir den Befehl geben, dich auszuziehen, andernfalls kannst du deinen Overall vergessen«, informiere ich sie zwischen zusammengepressten Zähnen.

»Vergewal–«

Ich küsse sie, um diesen dämlichen Vorwurf zu ersticken.

»Wenn der andere es auch will, ist es keine Vergewaltigung. Nenn das nie wieder so!«, sage ich warnend. »Also? Was soll ich tun?«

Für die Dauer eines Wimpernschlags fürchte ich, dass sie doch noch kneift, aber da zieht sie mir mein Unterhemd über den Kopf und sagt: »Okay, dann mach kurzen Prozess mit meinem Overall.«

Ohne zu zögern, reiße ich an der Bärchen-Knopfleiste. Ein paar Knöpfe lösen sich, ein paar springen ab, und da liegt sie nackt unter mir. Gehört mir.

»Und jetzt?«, frage ich, gleite mit der Hand über ihren Oberkörper, umfasse sanft ihre Brüste, fahre ganz zart über ihre harten Nippel, woraufhin sie leise wimmert – und tief stöhnt.

»Mach kurzen Prozess mit mir!«

Ich genieße, wie sie mich anschaut, bade in ihrem Verlangen und muss grinsen, als ich von ihr abrücke und sie einen protestierenden Laut von sich gibt.

Ich ziehe meine Boxershorts aus, gehe zu meinem Sakko und hole aus der Innentasche mehrere Kondome. Als ich mich zu ihr umdrehe, trifft mich ihr heißer Blick, der über meinen Körper wandert.

Das alles gehört mir, sagen ihre Augen.

Und das alles mir, denke ich, als ich Audrey ansehe.

Bis auf ein Kondom lege ich alle auf den Nachttisch. Mit einer routinierten Bewegung rolle ich es mir über den

Schwanz und steige wieder zu ihr ins Bett, küsse ihren Fußknöchel, ihre Kniekehle, die glühende Haut ihrer Innenschenkel.

»Worauf wartest du?«, fragt sie.

»So ungeduldig?«

Obwohl ich mir sicher bin, dass sie feucht ist, berühre ich testend ihre Pussy. Sie ist mehr als bereit. Dennoch ziehe ich folternde Kreise um ihren Kitzler, bis sie nicht länger unter mir stillliegen kann und sich aufbäumt.

Ich bringe meinen Schwanz in Position, lasse sie spüren, wie hart ich bin, und dringe langsam in sie ein, damit sie sich an mich gewöhnen kann.

Meins, hämmert im Takt meines Herzens eine Stimme in meinem Kopf. *Alles meins.*

Und so als würde ich ihr gehören, schlingt sie ihre Beine um mich, zieht mich näher und will, dass ich sie tiefer nehme.

Ich zwacke sie in ihre Unterlippe, damit sie das lässt. Sonst wird das hier der schnellste Sex seit der Highschool. Daraufhin krampft sich ihre Pussy allerdings enger um meinen Schwanz und verrät mir, dass Audrey harten Sex genießt.

Meine Instinkte sind gänzlich geweckt, und während ich sie nehme, küsse ich erst nur ihren Hals, beiße sie dann jedoch.

Wieder zieht sie sich enger zusammen; sie mag das.

»Oh Gott«, stöhnt sie.

›Oh Gott‹ trifft es. Zum einen, weil ich gleich komme, wenn sie weiter so ist. Zum anderen, weil ich nicht glauben kann, was ich gerade entdecke.

Ohne zu fragen, greife ich ihre Hände und drücke sie neben ihrem Kopf ins Kissen. Sofort erwidern ihre Finger den Druck, sie windet sich und stemmt sich gegen meinen Griff. Allerdings nicht, um sich zu befreien, sondern weil sie genießt, mir unterlegen zu sein.

Wieder und wieder stoße ich in sie, benutze sie, aber liebe sie auch. Bin hart und sanft, bekomme nicht genug von ihr und möchte sie immer tiefer erobern, ganz in ihr sein.

»Nein!«, ruft sie plötzlich und wirft den Kopf hin und her. »Oh Gott! Nein, nein, nein!«

Sie kämpft, verliert jedoch, denn Millisekunden später spüre ich, wie sich ihr Unterleib um meinen Schwanz zusammenzieht und sie ihr Orgasmus für einen Moment völlig mitreißt. Sie leidet unter der Heftigkeit, gleichzeitig will sie mehr, und ich kann mich nicht länger zurückhalten, ramme mich tiefer in sie, nehme, was sie mir gibt, und explodiere ebenfalls.

Als ich wieder zu Atem komme, zieht sie meinen Kopf zu sich. Ich küsse sie sanft, genieße das Gefühl ihrer weichen Lippen und merke, dass es nicht lange dauern wird, bis ich erneut hart werde.

»So läuft das normalerweise nicht ab, Kleines«, sage ich und fahre ihr durch die Haare. Ich kuschele nicht mit einer Frau, und ich habe nicht einfach so Sex. Nie. Bis eben.

»Bei mir auch nicht«, meint sie.

»Du schläfst mit Männern erst nach dem zehnten Date?«

»Das auch«, gibt sie zu und wird rot, was mir sagt, dass da mehr ist.

»Und?«

»Und so einen Orgasmus zu haben! Wahnsinn!«

Stolz erfüllt mich bei ihren Worten, und ich werde wieder hart, bewege mich in ihr, entlocke ihr dieses kehlige Stöhnen, das mich verrückt macht.

»Wenn du wüsstest, was ich mit dir anstellen will ...«, murmele ich, streiche mit dem Daumen über ihren Nippel und muss grinsen, als sie sogar von dem bisschen wimmert. Erneut mit einer Mischung aus Ärger und Lust in der Stimme.

»Was denn?«, fragt sie.

Mir schießen zig Szenarien durch den Kopf. Audrey als meine Sub ... Sie wäre etwas ganz Besonderes ... Immer eine Spur aufmüpfig ... Und gleichzeitig absolut hingebungsvoll ...

»Zum Beispiel dich fesseln«, sage ich und werde das Bild nicht mehr los, wie diese Frau fixiert in meinem Bett liegt, mir komplett ausgeliefert, jeden Zentimeter ihrer Haut mir anbietend, ohne dass sie etwas verbergen kann.

Ich rechne nicht damit, dass sie die Vorstellung reizt, doch unverhofft spüre ich die steigende Hitze ihres Körpers, ihre Aufregung und dass sie das kickt. *Was, wenn sie Switcher ist, sprich nicht nur dominant, sondern auch devot? Nur dass sie das vielleicht nicht weiß.*

»Was dann?«, seufzt sie und beißt sich auf die Unterlippe, was mich ärgert. Aber ich halte mich zurück. Wir spielen hier nicht.

»Ich würde dich stundenlang nicht kommen lassen, aber genießen, wie sehr du es willst.«

»Wie gemein!«, keucht sie. Erregt.

»Ich kann noch viel gemeiner sein«, sage ich.

Statt auf meinen spielerischen Ton einzugehen, sieht sie mich plötzlich entsetzt an. Ernsthaft entsetzt. *Fuck!*

Mir wird bewusst, dass ich zu weit gehe. Sie hat für einen Tag genug Auf und Abs mitgemacht. Egal ob sie nun meine Sub ist oder nicht, ich fühle mich für sie verantwortlich. Sehr sogar.

»Aber heute passiert nichts mehr«, sage ich deshalb, beuge mich zu ihr, nehme mir den Kuss und lasse umgekehrt zu, dass sie sich Küsse von mir raubt und sich beruhigt.

Unsere Körper umschlingen sich, und jede Berührung von ihrer Haut an meiner macht mich ganz verrückt, erfüllt mich aber auch mit einem tiefen Frieden. Obwohl ich sie erneut will, ziehe ich mich aus ihr zurück und entferne das Kondom.

»Was ist los?«, fragt sie, als ich kein neues überstreife.

»Nichts«, lüge ich und schlinge meine Arme um sie.

Sie greift nach meiner Erektion. »Das ist nicht nichts.«

»Hör auf«, knurre ich und habe Mühe, die Beherrschung zu behalten. Denn ich bin es nicht gewohnt, dass Frauen mich so necken. Wenn sie meine Sub wäre, könnte sie jetzt was erleben.

Provozierend streicht sie meinen Schaft entlang. »Und was, wenn nicht?«

Fuck!

Blitzschnell drehe ich sie wieder auf den Rücken, packe ihre beiden Hände und halte sie fest. Bis mir klar wird, was ich tue und sie einfach nur schwer atmend anschaue und die Lust in ihrem Blick genieße.

»Du hast genug für heute, Kleines.«

»Ich hab nicht genug, wenn du nicht genug hast. Also sag schon, Reece, was willst du?«

Der Gentleman in mir fleht mich an, die Klappe zu halten. Aber ich bin mit Audrey im Bett, und ich erinnere mich zu gut daran, wie sie sich eben angefühlt hat.

»Ich will dich noch mal ficken. Hart, Kleines. Richtig hart. Damit du morgen bei jedem Schritt, den du machst, an mich denkst.« Ich streiche ihr durch die zerstörte Frisur, liebe diesen mitgenommenen Look. Sie ist selbst dominant, sie wird wissen, warum mir das so wichtig ist, irgendwas auf ihr zu hinterlassen. Ein Andenken an die Session. Eine Erinnerung an die Nacht.

»Und was noch?«, fragt sie, woraufhin ich zum Nachttisch lange, ein weiteres Kondom greife und es mir überziehe. »Sag es mir, Reece!«

Der unterwürfige Tonfall kickt mich mächtig. Ich drücke ihre Beine weit auseinander und dringe in sie. Erstickt schreit sie auf. »Dass du dabei leise bist, Kleines.« Wieder ziehe ich mich zurück und stoße tief in sie. »Schaffst du das?«

»Was hab ich davon?«, fragt sie und verdreht die Augen, als ich erneut in sie gleite und zusätzlich ihren Kitzler berühre. »Mistkerl!«

Lachend beuge ich mich an ihr Ohr, während ich sie weiter nehme. »Als Gegenleistung erlaube ich dir, dass du mich mit deinen Fingernägeln kratzen darfst.«

Statt Ja zu sagen, krallt sie sich in meinen Rücken. Ich spüre den Schmerz, aber viel heftiger betört mich, wie sehr sie mich braucht.

Ja, Kleines, gib dich mir hin …

Ohne sie aus den Augen zu lassen, nehme ich sie erneut und werde noch härter, als sie, wenn ich zu tief komme, die Augen zusammenkneift und sich ihre Pussy eng um mich zusammenzieht. Mit jedem Stoß werde ich verrückter nach ihr, will mehr, muss mich tiefer vergraben.

»Oh Gott, Reece!«, ruft sie und kommt erneut.

»Leise, hab ich gesagt.«

»Ich kann nicht … oh Gott!!!«

Obwohl der erste Orgasmus noch nicht vorbei ist, baut sich bereits der nächste auf und mit ihm ein Gefühl der Lust, wie sie es nicht kennt. Ihr Körper fordert mehr, gleichzeitig versucht sie, sich mir zu entziehen. Aber da ist sie mit dem falschen Mann im Bett. Seit unserer ersten Begegnung tanzt sie mir auf der Nase herum, und es wird Zeit für die süßeste Strafe überhaupt: dass ihr Körper tut, was ich will. Und nicht das, was sie will.

»Nein! Ja! Nein!«, keucht sie und kommt erneut. Unglaublich schnell nach dem ersten Mal.

»Sag bloß, du willst immer noch nicht deinen hübschen Mund halten?«, raune ich ihr zu.

Sie versucht es, sieht mich mit schierer Verzweiflung und unendlicher Lust an. Aber schafft es nicht. Schreiend explodiert sie wieder, klammert sich dabei an mich, sucht meine Nähe, und auch um mich ist es unvermittelt geschehen. Ihr Anblick macht mich schwach, das Gefühl ihrer Pussy ist der Wahnsinn, und dass sie mir nichts entgegenzusetzen hat, gibt mir den Rest. Ich verliere völlig die Kontrolle und komme ebenso, heftig und lang und wild. Und weiß plötzlich, dass ich die Finger nicht von ihr lassen kann. Egal wer sie ist. Egal worauf sie steht. Das eben war zu gut.

»Alles okay mit dir?«, frage ich sanft, als ich wieder ruhiger atme. Langsam gleite ich aus ihr heraus und muss grinsen, als sie dabei das Gesicht verzieht. Ich rutsche von ihr herunter und entferne das Kondom, nehme sie aber gleich darauf erneut in den Arm.

»Reece …«, sagt sie nur und schmiegt sich enger an mich.

»Ich bin hier«, flüstere ich ihr ins Ohr und muss lächeln, weil sie nun doch ganz leise ist. Und zahm wie ein Kätzchen.

Obwohl mir unglaublich warm ist, angle ich nach einem Deckenzipfel, lege ihn ihr über die Schultern und warte, bis sich ihr Atem beruhigt hat und sie einschläft.

Was für eine Frau!

Tiefe Zufriedenheit strömt durch meine Adern, weil sie hier neben mir liegt, weil sie mir vertraut, weil sie für diesen Moment mir gehört. Ich kann mich nicht erinnern, wann ich mich zuletzt so gut gefühlt habe. Auch die Probleme im Klub kommen mir plötzlich viel kleiner vor. Fast als hätte Audrey meine Sicht auf die Welt ein bisschen verändert. Sie, die potenziell für mich arbeitende Domina! Sie, die vielleicht auch devote Neigungen hat.

Dann schlafe ich ebenfalls ein.

7. Kapitel

AUDREY

Ich werde wach, weil ich auf die Toilette muss, und wundere mich, was so schwer auf meinem Rücken drückt. Bis mir wieder einfällt, wer mit mir im Bett liegt und dass die Gewichte, die ich spüre, Arme sind.

Reece Randall.

Mein zukünftiger Boss.

Der Mann, den ich bespitzeln und verraten will.

Und mit dem ich den besten Sex meines Lebens hatte …

Vorsichtig löse ich mich, um ihn nicht zu wecken, merke jedoch schnell, dass ich mir die Mühe sparen kann. Er schläft wie ein Stein.

Ich ziehe mir meinen Bademantel über und verschwinde ins Bad. Als ich wieder rauskomme, ist Nikki schon wach.

»Waren wir laut?«, frage ich.

Sie grinst. »Selbst ich bin gekommen. Der Mann ist eine Maschine.«

Ich verziehe das Gesicht. Ja, kann man so sagen. Meine Mitte pulsiert warm und erinnert sich verdammt gut daran, wie er sich in mir angefühlt hat. Aber das Merkwürdige ist, dass mir das gefällt. Das kenne ich gar nicht von mir.

»Du hättest mir ruhig sagen können, dass dir neulich nicht vom Truthahnsandwich übel war, sondern weil deine Hormone durchgedreht sind.«

Ertappt werde ich rot. Wir haben sonst nie Geheimnisse voreinander.

»Vielleicht wollte ich es selbst nicht wahrhaben. Ich meine: Er ist *der* Dom! Ihm gehört das Tease & Please! Weißt du eigentlich, was das bedeutet?«

»Dass deine Reportage in Gefahr ist?«

»Genau!« Aufgewühlt laufe ich in der Küche auf und ab, denn erst jetzt wird mir bewusst, dass ich meine seit Wochen vorbereiteten Infiltrierungsmaßnahmen torpediere. »Wenn er rauskriegt, dass ich nicht dominant bin … und er sieht mich sowieso schon so seltsam an … dann …«

»Aber der Sex war gut?«

Ich gehe kurz in mich. »Der beste meines Lebens.« Und nicht nur das. Jede Berührung hat sich gut angefühlt. Richtig. Jeder Blick ging tief. »Aber darum geht es nicht. Was mache ich denn jetzt?«

Gerade als ich mich mit meiner Schwester beratschlagen will, wie ich aus dieser Situation wieder herauskomme, öffnet sich meine Zimmertür, und Reece steht nur in seinen Boxershorts und mit einer eindeutigen Beule im Schritt vor uns, als wäre nichts dabei.

Nikki grinst mich breit an, und ich merke, wie ich erneut rot werde.

»Kann ich bei euch duschen?«, fragt er.

Ich unterdrücke den Impuls, zu ihm zu gehen, mit den Fingern durch seine Haare zu kämmen, ihn zu küssen, mich an ihn zu pressen …

»Audrey?« Grinsend kommt er näher, und so als könnte er Gedanken lesen, packt er mich, küsst mich und beugt sich dann an mein Ohr. »Das Bad, Kleines? Jetzt!«

Ein Schauer wandert über meinen Rücken, und es fällt mir schwer, klar zu denken. »D-d-die Tür am Ende des Ganges.«

»Danke«, sagt er, löst sich und geht los. Woraufhin ich ihm ungeniert auf seinen Hintern starre und mich ärgere, dass ich den gestern gar nicht nackt zu Gesicht bekommen habe.

Nikki stößt mir den Ellenbogen in die Seite.

»Was?«, fauche ich, höre auf, Reece mit Blicken zu verschlingen, und funkele sie sauer an.

»Sei eine gute Gastgeberin und gib ihm ein Handtuch! Oder soll ich etwa?«

»Wehe!«

Ich renne Reece hinterher und hole ihn ein, als er gerade im Bad verschwindet.

»Sehnsucht nach mir?«, fragt er, dreht sich um und mustert mich mit einer Hitze im Blick, die mich in Flammen aufgehen lässt.

»Das hättest du wohl gerne!«, ziehe ich ihn auf und zeige auf einen Schrank. »Dort sind die Handtücher. Nimm dir einfach eines und häng es dann an der Heizung auf. Und hier —«

Bevor ich ihm erklären kann, wo Zahnbürsten sind, packt er mich, drückt sich an mich und greift durch den Schlitz des Bademantels an meine Mitte.

»Übrigens: Guten Morgen, Kleines!«

Ich schmelze dahin, will nicht seine Finger in mir spüren, sondern seinen Penis.

»Wie geht es dir?«, fragt er.

»Gut …«, seufze ich und genieße die Berührung seiner Finger. Viel zu sehr. Bis mir wieder klar wird, was hier passiert. »Wir sollten das lassen, Reece.«

Sofort zieht er seine Hand zurück. »Bereust du es?«

Ich überlege zu lügen, aber ich kann nicht. »Nein. Der Sex war traumhaft, wild, verrückt. Der ganze Abend lief völlig aus dem Ruder. Doch dabei sollten wir es belassen. Das alles gestern … Vielleicht kannst du dir für die nächste Demonstration jemand anderen aus der Gruppe nehmen.«

Aufmerksam sieht er mich an, und ich habe das Gefühl, er weiß alles. Dass ich ihn ausspioniere, dass ich keine dominante Frau bin, dass ich gerade dabei bin, eine Seite an mir zu entdecken, die ich bisher nicht kannte. Stattdessen sagt er nur: »Duschgel?«

REECE

Audrey zeigt auf verschiedene Sorten, und ich greife die Sportmarke, da der Duft am männlichsten riecht. Dann geht sie sichtlich aufgewühlt davon. Als wäre das hier so einfach beendet!

Da ist etwas zwischen uns, etwas Starkes. Ich habe mich zurückgehalten, doch je länger ich sie ansehe, desto mehr will ich sie auf Knien vor mir, den Blick gesenkt, den Atem schwer und tief. Bereit zu nehmen, was immer ich ihr gebe.

Aber niemand wechselt mal eben die Seiten … Scheiße!

Ich dusche und durchwühle danach die Schränke nach Rasierklingen. Dabei finde ich Cremes, Lotions, Slipeinlagen, Tampons. Frauenkram. Doch gleichzeitig fühle ich mich ihr dadurch näher als je einer Frau vor ihr. Audrey macht mich wirklich schwach.

Letztlich entdecke ich unbenutzte Einwegklingen und rasiere mich.

Während Audrey mit ihrer Schwester in der Küche ist, gehe ich zurück in ihr Zimmer, um mich anzuziehen.

Mir fällt auf, dass auf dem Arbeitstisch jede Menge Infomaterial zum Klub liegt, was mir seltsam vorkommt. Natürlich bereitet sich jeder auf einen Job vor. Aber so gut?

In meinen Klamotten vom Vortag gehe ich in die Küche und muss lächeln, als Audrey mir, ebenfalls angezogen, Kaffee anbietet, mich bedient. Was eigentlich total harmlos ist, mir jedoch erneut zu Kopf steigt.

Seit wann machen mich kleine Gesten so verrückt?

»Warum hast du in deinem Zimmer all das Zeug zu meinem Klub?«, frage ich sie.

»Damit habe ich gelernt.«

»Gelernt?«, bohre ich nach.

»Für den Theorieteil. Ich will den Job wirklich.«

»Warum?«, frage ich und erinnere mich vage an ihr Interview.

»Die Bezahlung ist gut, und ich kann meine Neigung ausleben.«

»Also wegen des Geldes?«

»Und wegen meiner Neigung«, wiederholt sie hartnäckig, als hätte ich sie beim ersten Mal nicht gehört.

»Und weswegen noch?«, forsche ich nach und genieße es, sie ein bisschen ins Schwitzen zu bringen.

»Es gibt keinen anderen Grund.«

Wenn sie nicht so schuldig schauen würde, könnte ich ihr glatt glauben, aber so … »Sag es, Kleines. Oder ich greife zu ganz anderen Methoden.«

»Ja, also … ähm …«

Mist, ihre Unsicherheit schießt heiß in meine Lenden.

»Dein Kaffee wird kalt ...«, sagt sie.

»Den kann man wieder warm machen. Sag es einfach! Wie schlimm kann es schon sein? Solange du keine Spionin bist, die Informationen an die Presse verkauft.«

Sie läuft knallrot an, und fast glaube ich, dass sie genau das gestehen wird. Stattdessen gibt sie mir eine Erklärung, mit der ich gar nicht gerechnet habe.

»Ich wollte auch mal in den Klub. Als Normalsterblicher kommt man ja nicht rein.«

Keine Ahnung, ob das die Wahrheit ist oder nicht, aber die Antwort gefällt mir. Das Tease & Please ist schließlich mein Baby, und dass sie diesen Aufwand betreibt, um reinzukommen, schmeichelt mir.

»Ich kann dich gerne mal rumführen, wenn du willst«, schlage ich vor.

»Wirklich?« Sie macht große Augen, als hätte ich ihr eine Reise zum Mond angeboten.

»Ja, kann ich machen. Immerhin bin ich der Besitzer, und den Backgroundcheck hast du schon bestanden. Keine Leichen im Keller.«

Sie schluckt. »Stimmt, keine Leichen im Keller.«

»Also haben wir ein Date?«, frage ich, weil ich sie unbedingt zwischen all den Spielzeugen sehen möchte – und weil ich mich plötzlich frage, ob ich sie nicht erneut dazu bringen kann, nach meinen statt nach ihren Regeln zu spielen.

»Abgemacht«, sagt sie. »Wir haben ein Date.«

8. Kapitel

AUDREY

Abgemacht.

Eigentlich müsste ich jetzt aus dem Grinsen nicht mehr herauskommen. In den Klub zu können ist schließlich genau das, was ich wollte – und dabei in Begleitung von Reece Randall zu sein, öffnet mir garantiert weitere Pforten. Ich würde den Einblick bekommen, den ich für die Reportage brauche, und kann mir die Arbeit als Lady Dom sparen.

Leider kann ich mich nicht freuen, weil ich viel zu nervös bin. Und das liegt an diesem Mann und an der Tatsache, dass wir wahnsinnig tollen Sex hatten, und daran, dass er in verdammt kurzer Zeit immer weiter in meine Gedanken dringt, als wäre mein Gehirn ein Schwamm, der nur auf Reece Randall gewartet hat und nun jedes Quäntchen von ihm aufsaugt.

Außerdem bin ich nervös, weil in meinem Hinterkopf wie eine Warnung grell aufleuchtet, dass dieser Mann ein Dom ist und für ihn eine nicht BDSM-Beziehung nach allem, was ich über ihn weiß, nicht infrage kommt.

Ich wünschte, ich könnte nur einen Bruchteil von dem, was mich beschäftigt, mit demjenigen besprechen, der all das in mir auslöst. Aber dann würde meine Tarnung auffliegen – und so dumm, für einen Kerl meine Karriere aufs Spiel zu setzen, bin ich nicht. Vorhin wäre er mir beinahe auf die Schliche gekommen. Zum Glück hat er mir abgekauft, dass die Berichte auf dem Schreibtisch nur die Vorbereitung auf den Einstellungstest für das Tease & Please seien.

Während wir mit seinem Wagen zum Randall Tower fahren, herrscht gespannte Stille. Ich wünschte, ich wüsste, wie man die Musikanlage bedient. Aber soweit ich sehe, gibt es nur ein dunkles Display ohne Schaltfläche. Also bleibt es still, und das einzige Geräusch kommt vom Motor, was nicht wirklich dazu beiträgt, meine Stimmung zu heben.

»Alles okay?«, fragt er, legt seine Hand auf mein Knie und sieht kurz zu mir, dann wieder auf die Straße, so als würde er spüren, dass mich etwas beschäftigt.

»Sicher doch. Wieso fragst du?«, gebe ich möglichst unbekümmert zurück, reagiere jedoch auf seine Berührung. Meine Haut kribbelt.

»Du wirkst nachdenklich.«

Das kann ich schlecht abstreiten. »Ich war noch nie mit einem meiner Chefs im Bett. Was werden die anderen denken?«

»Sie werden nichts merken.«

Ich muss lachen. »Reece, wir mögen zwar dominant sein, aber vor allem sind wir immer noch Frauen. Wir haben ein Radar für Klatsch und Tratsch, und ich kann dir versichern, dass ich nach dem, was bereits während der Testsessions passiert ist, ganz oben auf der Gossip-Liste stehe.«

»Ich behandele dich einfach wie alle anderen.«

Ich schlucke, weil ich sofort an die Nippelklemmen denken muss, aber verkneife mir jeglichen Protest. »Wird wohl das Beste sein«, murmele ich.

»Fast wie alle anderen«, korrigiert er sich, so als könnte er Gedanken lesen, grinst dabei jedoch. »Es wird schon alles gut gehen.«

***

Im Leben nicht, denke ich mir, als wir den Seminarraum betreten und Reece erklärt, dass wir heute demonstrieren sollen, wie wir mit Rohrstöcken und Peitschen umgehen.

Während jeder zu seinem Arbeitsplatz und Partner geht, klopft mein Herz immer schneller, weil ich panische Angst habe, dass ich mich dumm anstelle. Das einzige Mal, das ich eines dieser Spielzeuge in der Hand gehalten habe, war in einem Laden für BDSM-Equipment. Benutzt habe ich so was noch nie.

»Brauchst du eine Extraeinladung, Audrey?«, fragt Reece, während ich unschlüssig das Arsenal von Rohrstöcken, Peitschen und Paddles betrachte und mich an das erinnere, was ich dazu gelesen habe. Je größer die Fläche, desto weniger tief der Schmerz, je kleiner, desto stechender … Ich hab es mit einem Kochlöffel an mir selbst ausprobiert, konnte dem allerdings nichts abgewinnen. Das hier ist eine andere Hausnummer.

»Ich denke nach«, antworte ich. »Oder soll ich einfach drauflosschlagen?«

»Gut, dann denk nach«, sagt er und wartet mit verschränkten Armen ab, wofür ich mich entscheide.

Am liebsten würde ich ihn daran erinnern, dass er versprochen hat, sich ganz normal zu verhalten. Das Dumme ist nur, dass ich jetzt, mit allen anderen im Raum, wohl kaum darüber diskutieren kann. Außerdem benimmt er sich ja ganz normal. Den anderen hat er bereits zugesehen, und nun bin ich dran. Um auf Nummer sicher zu gehen, entscheide ich mich als Erstes für ein Paddle. Ich vergebe den ersten Schlag meines Lebens und bemühe mich, nicht selbst zusammenzuzucken, als das Leder die Haut meines Übungspartners trifft.

Klatsch!

»Gut«, sagt Reece.

Ach ja?

»Noch vier«, kündige ich an, steigere die Intensität, merke, wie mein Partner reagiert, tief durchatmet – und erregt ist.

Klatsch, klatsch, klatsch.

»Wenn das in Ordnung war, dann kannst du doch jetzt wieder zu jemand anderem gehen«, sage ich zu Reece, weil es mich nervös macht, wie er mir auf die Finger schaut.

»Ich will sehen, wie du die Peitsche benutzt.«

Ich nehme sie und habe das Gefühl, mich gleich übergeben zu müssen. Es gibt Stäbe, an denen obendrein ein kleiner Fortsatz dranhängt, und es gibt klassische Peitschen. Für beide braucht man Übung. Und die habe ich nicht.

Wer weiß, vielleicht habe ich ja ein heimliches Talent?, rede ich mir selbst Mut zu und vollführe einen ersten Schlag.

Die Spitze trifft mich, und ich kreische auf. »Autsch!«

Reece lacht.

»Das war nicht lustig!«, fauche ich.

»Hast du dir wehgetan?« Sofort ist er bei mir und greift nach meinem Arm.

»Nein«, sage ich, entziehe mich ihm, schaue zur Sicherheit aber selbst nach. Man sieht nur einen winzig kleinen roten Strich, der zum Glück schon wieder verblasst. Nicht schlimm.

»Wie man unschwer erraten kann, kann ich mit Peitschen nicht wirklich umgehen«, improvisiere ich, um meinen Mangel an Talent zu erklären. »Ich bin eher die Rohrstock-Frau. Ich hoffe, das ist kein Problem?«

»Nein. Das hättest du auch gleich erwähnen können. Dann zeig mir mal, was du damit draufhast«, sagt er unerwartet locker, nimmt mir die Peitsche ab und drückt mir einen Rohrstock in die Hand. »Aber wenn du willst, können wir das mit der Peitsche üben«, raunt er mir ins Ohr. »Nur du und ich …«

»Du lässt mich dich also verhauen?«, ziehe ich ihn auf.

Er beißt mir spielerisch ins Ohr. Was wohl Nein heißt. »Los, zeig mal mit dem Rohrstock, was du kannst.«

Ich rufe jede Information ab, die ich gelesen habe. Nicht immer die gleiche Stelle bearbeiten. Kräftige und schwache Schläge variieren. Und vor allem: richtig treffen. Das sollte ich hinkriegen.

Ich lege los. Um weniger wie ein Amateur und mehr wie eine Meisterin ihres Fachs zu wirken, probiere ich, ein Muster zu hinterlassen. Ein A für Audrey – was Reece ein Grinsen entlockt.

»Darf ich doch, oder?«, japse ich etwas außer Atem.

»Es hat was für sich. Wenn sich das rumspricht, könnten wir dich total gut vermarkten.«

Statt weiterzumachen, greife ich mir eine kleine Wasserflasche, trinke in einem Zug so viel, wie nur geht, und zupfe an meiner verschwitzten Bluse.

»So schnell erschöpft?«, fragt Reece nach.

»Ich dachte, ich bewerbe mich hier als Lady Dom, nicht als Schläger.«

Er lacht, aber lässt es im Raum stehen.

»Genug?«, frage ich.

»Genug. Aber du solltest unbedingt an deiner Kondition arbeiten. In meinen Playrooms keuchen nur die Masochisten, nicht die Doms«, sagt er mit einem Zwinkern und trommelt uns alle zusammen. »Soweit ich sehe, habt ihr den Test bestanden. Jetzt möchte ich bloß noch mal sicherstellen, dass jeder von euch umgekehrt weiß, wie es sich anfühlt, mit dem Rohrstock, der Peitsche oder beidem verhauen zu werden. Ich weiß, das ist ungewohnt, mir jedoch wichtig. Testet die andere Seite, denkt an die Spielregeln und habt euch danach lieb. Ich werde die Sessions beobachten.«

Was?! Ist das sein Ernst?

Niemand sonst protestiert, als wäre das eine Selbstverständlichkeit, doch ich kann nicht an mich halten. »Muss das wirklich sein?«, frage ich. Ja, er hat auch sehen wollen, wie wir uns in den devoten Part einfühlen können. Aber das hier geht mir zu weit.

»Genauso empfindlich am Hintern wie an den Brüsten?«, kontert er.

»Was, wenn es so wäre?«, frage ich.

Der Humor verschwindet aus seinem Blick. »Es muss trotzdem sein. Ich lasse niemanden in meinen Klub, der nicht selbst mal einstecken musste. Meiner Meinung nach gibt einem das ein einzigartiges Verständnis von dem, was man macht, und es erhöht den Respekt für den Partner.«

»Toller Grundsatz«, gebe ich übellaunig von mir. »Nur der Boss ist ausgeschlossen, richtig?«, fauche ich, weil ich mir nicht vorstellen kann, dass er das mit sich hat machen lassen.

»Nicht einmal der Boss«, überrascht er mich. »Und wen es hier interessiert: Ich teste alles, was ich mache, immer vorher an mir. Die Schmerzlevel sind verschieden, aber wir sind alle Kontrollfreaks, und ich kann am besten kontrollieren, was ich kenne. Weitere Einwände, Audrey?«

Ich schweige. *Was soll man dagegen noch sagen?*

»Wunderbar! Dann findet euch in Zweierteams zusammen und fangt an.«

Ich bilde mit Nancy ein Team, und sie hat kein Problem damit, sich zuerst verhauen zu lassen. Was mir recht ist.

Als würde sie das jeden Tag machen, schiebt sie ihren Rock hoch, kniet sich vor das Bett hin und wartet.

Da mir alles, womit man jemanden schlagen kann, nach wie vor nicht geheuer ist, bin ich dankbar, dass sie selbst ansagt, was ich an ihr ausprobieren soll. Sie will als Erstes das Paddle.

Wie schon zuvor steigere ich auch jetzt die Intensität, möchte ihr schließlich nicht wirklich wehtun, sondern ihr nur einen Eindruck vermitteln, was die einzelnen Dinge bewirken und wie unterschiedlich der Schmerz ist.

»Gut, Audrey«, lobt mich Reece. Er geht von Bett zu Bett und überwacht die Übungen und legt, als er bei mir ist, nur kurz seine Hand auf meinen Rücken.

Die Geste ist flüchtig, dennoch breitet sich Wärme in mir aus. Weil er mich für einen Moment nicht wie jede andere behandelt, sondern meine Nähe sucht, so wie ich seine brauche.

»Du findest doch nur sexy, dass zwei Frauen miteinander rummachen«, murmele ich, weil ich Angst habe, dass den anderen auffallen könnte, dass zwischen uns mehr läuft als an den anderen Tagen.

»Vorsicht«, warnt er mich und beugt sich an mein Ohr, damit nur ich höre, was er gleich zu sagen hat. »Sexy finde ich hier im Raum nur eine Sache.«

»Was denn?«, frage ich unschuldig nach.

»Dich.«

»Ich bin aber kein Ding.«

»Das ist Ansichtssache, Kleines …«

Wie bitte?! Bevor ich etwas entgegnen kann, beendet er die Runde und verlangt, dass wir nun die Seiten tauschen.

Er findet mich sexy. Und ich bin sein Ding … Ich sollte nicht erregt auf seine Worte reagieren, doch mein Körper hat einen eigenen Willen in Bezug auf diesen Mann und glüht. *Weil dir die Vorstellung gefällt.*

»Audrey, worauf wartest du? Extraeinladung hiermit erteilt. Eine zweite Aufforderung wird es nicht geben!«, ruft Reece durch den Raum, weil ich immer noch nicht in Position bin.

Also gut, Augen zu und durch!

Mein Herz schlägt schneller und schneller. *Wie es sich wohl anfühlen wird? So als würde ich eine Rolle spielen? Oder anders? Ganz anders? Schon das Hinknien hat irgendwas mit mir angestellt. Was wird jetzt passieren? Oder kann ich es vielleicht einfach nur über mich ergehen lassen?*

Angespannt positioniere ich mich vor dem Bett, schiebe meinen Rock hoch, lege die Arme möglichst entspannt seitlich neben mich, so wie es eben Nancy gemacht hat, und warte.

Dann höre ich das Sausen, als der Rohrstock die Luft zerteilt, und zucke zusammen, als ich getroffen werde. Heftig, ohne etwas zurückzuhalten.

»Au!«, rufe ich.

Es folgt sofort ein erneuter Schlag.

»Sag mal, spinnst du, Nancy? Sei vorsichtiger!«

Weitere Schläge folgen.

»Stopp, verdammt!«, fauche ich, fahre unachtsam herum und werde an der Seite getroffen, dort wo meine Bluse ist. Als ich sehe, wie meine Partnerin wieder ausholt, bringe ich mich instinktiv in Sicherheit und ziehe mir den Rock tiefer. »Rot!«, rufe ich, benutze zum ersten Mal ein Safeword.

»Was ist hier los?«, fragt Reece, der mein Gekreische gehört hat.

»Mir den Hintern grün und blau schlagen und selbst jammern!«, beschwert sich Nancy, bevor ich sagen kann, was wirklich passiert ist, und lächelt mich böse an. *Dieses Biest!*

»So war es doch gar ni—«, beginne ich, um meine Version zu erzählen.

»Ein bisschen musst du schon aushalten«, sagt Reece.

»Aber sie hat mich an der Seite erwischt und weitergemacht!«, protestiere ich.

Er rollt mit den Augen, nicht von mir angetan. Bestimmt hat er noch die Situation mit den Nippelklemmen im Kopf.

»Also gut, zeig mal her, wie schlimm es ist!«, sagt Reece.

»Hier? Vor allen?«

Er sieht mich genervt an, und mir wird klar, dass ich mich gerade auf dünnem Eis bewege. Reece mag mich, und irgendwas ist zwischen uns, aber er hat auch gesagt, dass er sich mir gegenüber so benehmen wird wie bei allen anderen. Und das heißt, dass er mich jederzeit nach Hause schicken kann.

Beschämt ziehe ich meine Bluse aus dem Bund meines Rockes, hebe sie an und sehe selbst, dass ich kaum eine rote Strieme habe. Anscheinend bin ich einfach nur schmerzempfindlicher als der Durchschnitt.

»Sag ich doch. Es war wirklich nicht schlimm«, ruft Nancy.

»Aber es hat wehgetan«, sage ich leise. Höllisch, und zwar weniger an der Seite, sondern vor allem auf meinem Hintern, der wie Feuer brennt.

Reece fährt über meine Seite, und mir entschlüpft ein Schluchzen.

Scheiße, gleich breche ich in Tränen aus. Als Domina. Warum habe ich mich denn schon wieder nicht im Griff?

»Sicher, dass das der richtige Job für dich ist?«, fragt er.

Ich nicke. So kurz vorm Ziel darf er mich nicht wegschicken. »Bei den anderen Übungen war ich bisher immer eine der Besten. Und ich mache gute Schläge. Das hast du selbst gesagt.«

»Aber du solltest umgekehrt auch wissen, wie sie sich anfühlen.«

»Das ist mir klar, doch das eben …«

»Ich passe auf. Wie klingt das?«

»Nein«, sage ich, weil ich nicht will, dass Nancy mich noch mal schlägt.

»Audrey?«

»Nein«, wiederhole ich, habe allerdings Mühe, Reece dabei in die Augen zu schauen, weil ich seine Missbilligung spüre.

»Audrey, das ist Teil der Ausbildung. Entweder du machst mit, oder du kannst gehen. Nancy hat bestimmt auch einen wunden Hintern. Alle hier.«

»Bis auf dich«, entweicht mir.

»Irgendeinen Vorteil muss es ja haben, der Chef zu sein. Na los, noch zwei Runden, danach ist Pause.«

Widerstrebend stehe ich auf. Ich will die Infos für meine Reportage. Doch als ich mich wieder vor dem Bett positioniere und warte, läuft mir der Schweiß über den Rücken, und ich spanne meinen Körper an, weil ich weiß, was mich erwartet, und weil ich das nicht will.

Die ersten Schläge folgen. Schwächer. Doch da meine Haut bereits brennt, zucke ich trotzdem jedes Mal zusammen.

Am Rande höre ich, wie Reece die Technik von Nancy absegnet und dann bei dem Paar neben uns etwas korrigiert. Er entfernt sich, und sofort steigert Nancy die Intensität wieder.

Warum macht sie das?

Als wäre sie auf mein Wohl bedacht, erklärt sie laut und deutlich, was sie verwendet. Aber egal was sie nimmt, am Ende tut es weh. Sehr sogar. Wenn ich in den Klub komme, werde ich Leute nur mit der Hand spanken oder andere Wege der Erniedrigung finden, beschließe ich. Ich werde kein sadistischer Lady Dom, nur ein dominanter. Das hier kann ich niemandem antun.

Mit jedem Schlag fühle ich mich gedemütigter, verletzlicher, angreifbarer, schwächer. Und der Schmerz breitet sich wie ein glühendes Kissen über meinem Hintern aus. Brennend, unangenehm, schrecklich.

Wann ist endlich Schluss?

Noch ein Sausen durchdringt die Luft, wieder folgt der Schmerz. Heftig. Alles durchdringend. Heiß wie Feuer.

»Scheiße! Was hatte ich gesagt? Mit den Rohrstöcken aufpassen! Finger weg, Nancy«, ruft da Reece.

Statt sofort von diesem Bett wegzugehen, warte ich dieses Mal, ziehe schnell meinen Rock tiefer, bin jedoch nicht so dumm, mich erneut zu früh umzudrehen und einen Treffer an einer Stelle zu riskieren, die nichts abbekommen soll.

»Hey?« Eine große Hand fährt vorsichtig über meinen brennenden, bedeckten Hintern. »Alles okay?«

Ich nicke, kann aber nicht sprechen, sonst heule ich los. Gleichzeitig beruhigt mich seine Berührung, und eine andere Art Hitze, gepaart mit tiefer Zufriedenheit, einem merkwürdigen Gefühl von Stolz und dem Drang, diesem Mann nahe sein zu wollen, durchdringt mich. Jetzt. Sofort. Intim. *Hilfe, was stimmt nicht mit mir?*

»Komm, steh auf! Wir haben Creme hier, die dir helfen wird«, sagt Reece, als würde er nichts davon merken.

»Arnika?«, bringe ich heraus.

»Besser«, sagt er und hilft mir hoch.

Ich ringe mir ein Lächeln ab. »Da bin ich ja gespannt!«

Reece wirft mir einen eindringlichen Blick zu, und ich denke an Erdbeertorte, Einhörner und die Karibik, um ihm standzuhalten und gefasster zu wirken, als ich bin.

Auf wackligen Beinen folge ich ihm. Er reicht mir einen Tiegel mit Pferdebalsam. Ich nehme ihn und gehe zu den Waschräumen.

Sobald ich allein bin, entschlüpft mir ein leiser Schluchzer, den ich nicht länger zurückhalten kann. Ich schiebe meinen Rock hoch und betrachte meinen Hintern. Er sieht nicht schlimmer aus als bei den Leuten, die ich selbst eben bearbeitet habe. Vielleicht hat Nancy wirklich nur mit moderater Kraft geschlagen, und ich bin hier die Mimose.

Den Tränen nahe verteile ich vorsichtig die Salbe. Schwindel erfasst mich, und als ich fertig bin, lehne ich mich an die Kabinenwand. Niemals wieder könnte ich jemandem so etwas antun. Ja, der Schmerz strahlte warm in meine Mitte aus, und als Reece bei mir war, da hatte ich kurz das Gefühl, dass sich etwas verändert, aber jetzt wechseln sich Hitze und Kälte erneut in mir ab, und ich fühle mich elend. *Wie kann jemand den Schmerz mögen?*

»Alles in Ordnung?«, fragt Reece von draußen.

»Mmh«, antworte ich.

»Dann mach auf.«

»Moment«, sage ich, weil ich noch etwas Zeit brauche.

»Sofort«, verlangt er in diesem Tonfall, dem ich so wenig entgegenzusetzen habe.

Ich atme tief durch, wische meine Augen trocken, ziehe meine Kleidung zurecht und verlasse die Kabine. *Auf dass ich ganz normal aussehe!*

»Geht's?«, fragt er, als ich ihm den Tiegel zurückgebe und mir die Hände wasche, als wäre nichts gewesen.

»War das denn die letzte Übung, in der wir als Lady Doms nachempfinden sollen, was unsere Schützlinge durchmachen?«

»War es.«

»Dann geht es«, sage ich.

»Gut«, meint er und gibt mir einen spielerischen Klaps auf den Hintern.

Augenblicklich ist der Schwindel zurück, und alles, was ich mir gerade zurechtgelegt habe, um so zu tun, als ginge es mir gut, fällt wie ein Kartenhaus in sich zusammen.

»Hey, Kleines, Vorsicht!« Sofort greift mir Reece unter die Arme, und ich lasse mich dankbar halten, sauge jedes Quäntchen Kraft auf, das er mir spendet, brauche ihn wie die Luft zum Atmen.

»Tut mir leid«, murmele ich an seinem Kragen.

»Das macht nichts. Lass mich mal sehen, wie schlimm es ist.«

»Was? Nein!«

»Audrey?!«

Mir wird heiß, und ich atme hektischer. »Ich kann das nicht.«

»Mach schon, Kleines, sonst ...«, murmelt er an meinem Nacken.

Reece muss nicht sagen, was sonst passiert. Es spielt keine Rolle. Er befiehlt, und ich muss folgen. Obwohl ich ihm in anderen Situationen nur zu gerne Kontra gebe, will jetzt ein Teil von mir tun, was er sagt. Ein mächtiger Teil, der das hier braucht. Langsam schiebe ich meinen Rock hoch.

Sieh es locker, rede ich mir ein.

»Hier, bitte schön!«, sage ich und wackele mit dem Hintern. »Zufrieden? Macht dich das an? So schön rosa! Willst du ein Foto knipsen oder –«

»Scht«, murmelt er, legt behutsam seine Hand direkt auf meine flammende Haut, zieht mich enger, und ohne dass er etwas sagen muss, schlinge ich meine Arme um seinen Hals.

»Lass das! Eine Domina braucht keinen Trost!«, versuche ich zum letzten Mal, mich in den Griff zu kriegen und die Situation zu kontrollieren.

»Halt die Klappe!«

REECE

Subs, die gerade zu viel eingesteckt haben, brauchen das hier, denke ich mir.

Mein Kopf sagt mir immer noch, dass Audrey Bestnoten hatte und diese tolle Schlagtechnik und diese Art, Männer in die Knie zu zwingen. Ich habe sie gesehen. Als Domina war sie herausragend. Doch ich kann meinen Instinkt nicht länger ignorieren, und der sagt mir, dass Audrey zwar widersprüchliche Signale aussendet, aber devot ist. Um jedoch sicherzugehen ...

»Ich bin unglaublich stolz auf dich, dass du das ausgehalten hast, obwohl du so schmerzempfindlich bist, Kleines.«

Ihre Finger krallen sich fester in meinen Nacken. Nicht vor Ärger über meine Worte, sondern vor Verlangen. Und ich muss sie enger halten, bin hart und lasse sie das spüren, meine kleine Sub. *Meine.*

»Es tut mir leid, dass ich dir nicht gleich geglaubt habe, dass Nancy zu heftig schlägt«, sage ich.

»Ein paar Mal ging es.«

»Ach ja?«, forsche ich nach. »Was, wenn ich dir sage, dass die ersten Schläge nach der Unterbrechung von mir gewesen sind?«

Eine Hitzewelle, die sie nicht aufhalten kann, brandet durch ihren Körper. Ich registriere ihre Verwirrung und wie sie sich gegen ihre Gefühle wehrt. Aber bei mir bleibt nur eine Information hängen: Das ist Lust. Sie mag die Vorstellung. Sehr sogar.

Trotz leichten Widerstands lege ich meine Hände auf ihren glühenden Hintern, genieße ihre weiche, warme Haut, massiere die Salbe vorsichtig tiefer ein und drücke dabei immer fester zu.

Ein Wimmern entweicht ihrer Kehle, und ich spüre ihre Anspannung, bis ihr Körper plötzlich nachgibt, sie ganz anschmiegsam wird und ihr ein lustvolles langes, tiefes Stöhnen über die Lippen kommt. Weil es ihr gefällt, fester berührt zu werden. Von mir.

»Audrey?«, murmele ich leise, weil mir klar wird, wie viel ihr der Kurs die letzten Tage abverlangt hat, aber auch, dass ich mit diesem Verdacht nicht länger so weitermachen kann wie bisher. Egal wie gern ich sie habe. Das Tease & Please ist mir zu wichtig.

»Mmh?«, murmelt sie an meiner Brust.

»Warum bist du wirklich hier?«

»Um für dich zu arbeiten.«

Sehr spezielle und vor allem sehr exklusive Arbeiten, die sie für mich verrichten könnte, schießen mir durch den Kopf, und ich werde hart.

»Du bist aber keine Domina«, konfrontiere ich sie mit ihrer Lüge.

»Bin ich wohl!«, protestiert sie, stöhnt jedoch lustvoll, als ich sie mit dem Gesicht zur Wand gefangen nehme und sie mit der Reaktion ihres Körpers auf mich überführe. Denn da ist Lust, jede Menge Lust.

»Vorsichtig, Kleines. Die Regeln zwischen uns ändern sich ab sofort. Wer mit mir spielt, sollte ehrlich sein.«

»Ich weiß nicht, worauf du hinauswillst«, keucht sie.

»Sag mir die Wahrheit, oder mach dich auf eine empfindliche Strafe gefasst.« Ich ziehe ihre Bluse zurück und küsse sie zwischen den Schulterblättern. Die Geste ist betörend sanft, unterstreicht jedoch zugleich meine Drohung.

»Ich lüge nicht«, presst sie hektisch atmend hervor. »Ich stehe auf beides. Macht mich das nicht zu einer noch besseren Kandidatin für den Job als Lady Dom?«

»Tust du nicht«, sage ich mit absoluter Sicherheit. »Du wirst nicht nass, wenn du Kontrolle ausübst, sondern sobald du sie abgibst, Kleines. Dein Körper verrät dich.«

Sie versucht, sich aus meinem Griff zu befreien, aber ich drücke sie fester gegen die Wand und knabbere weiter an ihrer Haut. »Verdammt, Reece, lass mich!«

»Dass sich meine Subs wehren und mir nicht gehorchen, mag ich übrigens noch weniger, Kleines.«

»Ich bin nicht deine —«

Ich beiße sie in den Nacken, sodass meine Zähne einen Abdruck auf ihrer Haut hinterlassen, und gebe dem Drang nach, sie für mich zu markieren. Falls ich mich doch irren sollte, müsste sie jetzt heftig protestieren. Stattdessen spüre ich, wie ihr Körper vor Erregung zittert, mehr will.

»Ich bin nicht deine Sub«, sagt sie nach einem tiefen Luftholen und führt den Satz zu Ende, den sie gerade sagen wollte, fordert meine Geduld damit heraus.

»Und trotzdem wirst du feucht, oder?«

Ich könnte sie anfassen, mich selbst davon überzeugen, aber ich warte ab, will die Antwort von ihr hören.

Audrey schweigt, presst ihre Lippen zu einer schmalen wütenden Linie zusammen und würdigt mich keines Blickes.

Ich muss lächeln. *Glaubt sie, damit übersteht sie das hier? Sie vergisst, wie gut ich sie und ihren Körper kenne. Wie genau ich weiß, was in ihrem Kopf vor sich geht. Und wie wichtig mir das Tease & Please ist.*

»Ich betrachte dein Schweigen als Zustimmung«, sage ich ihr. »Also noch mal: Warum willst du den Job?«

»Um für dich zu arbeiten«, wiederholt sie.

»Provozier mich nicht!«, hauche ich ihr ins Ohr. »Du hast keine Ahnung, wie unnachgiebig ich sein kann.«

Sie murmelt etwas, das wie »stimmt« klingt, nur um dann lauter zu sagen: »Aber es ist die Wahrheit. Bitte, darf ich jetzt gehen?«

Bitte? Mein Schwanz zuckt, und fast komme ich in meine Hose.

»Die Domina bettelt also?«, frage ich amüsiert nach.

»Ja, bitte, lass mich gehen. Ich nehme weiter an dem Kurs teil, alles ist gut.«

»Das wird es erst, wenn du die Wahrheit sagst.«

»Aber ich sage dir die ganze Zeit die Wahrh–«

Mit der Hand schlage ich ihr auf den Hintern, dieses Mal kein bisschen spielerisch. Sie kreischt erstickt. Ich weiß, ich gehe zu weit, doch ich kann jetzt nicht aufhören. Ich habe sie gewarnt. Wer mit mir spielt und nicht gehorcht, der muss mit Strafen rechnen – egal wie empfindlich er darauf reagiert. Was sein muss, muss sein, und es zerreißt mich genau wie sie.

»Bitte nicht«, schluchzt sie.

»Und wieder fleht mich eine Domina an. Was stimmt daran nicht, Audrey?«, setze ich sie weiter unter Druck, will, dass sie endlich nachgibt, damit ich auch lockerlassen kann.

Sie kneift die Augen fest zusammen, während ihr Tränen über die Wangen laufen.

»Antworte! Oder ich stell Dinge mit dir an …«

Sie schüttelt einfach nur den Kopf, bringt kein Wort über die Lippen. Ich merke, wie ihre Knie weicher werden und wie sie beinahe zu Boden gleitet.

»Wehe, du sackst jetzt zusammen!«

Sie gehorcht und hält sich aufrecht, obwohl es sie sichtlich Mühe kostet.

»Braves Mädchen.« Stolz durchfährt mich und eine Woge der Zuneigung. Ich beuge mich zu ihr und küsse unendlich sanft ihren Hals, lasse sie spüren, was ich fühle, dass ich ihr nicht wehtun will, sondern dass ganz viel Lust und Freude auf sie warten, wenn sie gehorcht.

Eine Mischung aus Schluchzen und Seufzen kommt ihr über die Lippen. »Ich werde damit zur Polizei gehen«, wimmert sie.

Ich lache in ihrem Nacken. »Kleines, du hast einen Vertrag unterschrieben, wonach diese Woche alles passieren kann, ohne dass du rechtlich dagegen vorgehen kannst. Die Polizei wird dir nicht helfen. Sag mir einfach, warum du diesen Job willst. Warum eine kleine sexy Sub wie du sich auf die Spielwiese der Doms traut. Warum, Audrey?«

»Ich kann nicht mehr, Reece«, flüstert sie und sinkt wieder tiefer.

»Bleib verdammt noch mal stehen«, herrsche ich sie an, packe sie nicht, aber drücke sie an mich, lasse sie spüren, wie hart ich bin, und halte sie mit der Kraft meines Körpers fest. »Oder ich sorge dafür, dass du die nächsten Wochen jedes Mal, wenn du dich hinsetzt, an mich denkst, so sehr versohle ich dir den Hintern«, bluffe ich, weil ich merke, dass sie kurz davor steht, mir alles zu gestehen, was ich wissen will.

»Warum bist du plötzlich so?«, fragt sie schluchzend.

»Weil es hier um mein Unternehmen geht.«

»Ich dachte, du magst mich.«

»Sehr sogar.« Ich drücke meinen Schwanz an ihren Po. »Aber Geschäft ist Geschäft«, sage ich und warte, dass sie endlich redet, weil ich es selbst nicht mehr lange aushalte, sie so unter Druck zu setzen.

»Bitte lass mich gehen!«, brabbelt sie wieder heftiger zitternd.

»Nicht bevor ich Antworten habe.«

»Reece, bitte, bitte, bitte.«

Jedes Wort schießt heiß in meinen Schwanz, und es kostet mich alles, nicht einfach ihren Slip wegzuziehen und mich in ihr zu versenken. Gerade als ich ein weiteres Mal den Druck auf sie erhöhen will, geben ihre Beine nach. Ihr ganzer Körper macht schlapp, und selbst als ich ihr befehle, sich zusammenzunehmen, tut sie es nicht.

Was zum Henker ist hier los?!

»Sag es endlich, Audrey!«, fahre ich sie an, wütend und sauer und gleichzeitig alarmiert, packe sie an den Schultern und schüttele sie. »Verdammt, na los!«

»Ich bin keine Domina«, bricht es da plötzlich aus ihr heraus.

Wir gehen zu Boden, und ich ziehe sie auf meinen Schoß und halte sie, erleichtert, dass sie es zugegeben hat.

»Ich bin keine«, redet sie weiter. »Das alles hier … Ich kann nicht … Das ist alles zu viel … Es ist so neu … Was passiert mit mir, Reece?«

Audrey dreht sich und sieht mir in die Augen, und die Hilflosigkeit in ihrem Blick packt mich an den Eiern. Eine Welle der Zärtlichkeit durchfährt mich.

Ich muss ihre Haut berühren, muss ihr zeigen, dass ich für sie da bin, dass jetzt alles gut ist.

Gleichzeitig hämmert es wild in meinem Kopf: *Sie ist devot und hatte bisher keine Ahnung davon, und ich bin gerade mit ihr viel zu weit gegangen. Ich Arsch!*

9. Kapitel

AUDREY

Vorbei! Ich weiß nicht mal genau, wie und warum. Ich weiß nur, dass da Reece Randall ist, der irgendwas mit mir anstellt, und dass es einfacher ist, dem nachzugeben, als dagegen anzukämpfen.

»Du weißt, was jetzt passiert, oder?«, fragt er mit einem ungewöhnlich wütenden Tonfall, schlingt aber gleichzeitig meine Beine um seine Hüften und hält mich herrlich eng.

Keine Ahnung, was er meint. Mein Kopf ist leer. Ich atme nur seinen Duft ein, spüre ihn, fühle mich leichter, beschützt, sicher, dabei bin ich mir vage bewusst, dass dieser Mann mich erst in all das Chaos gestürzt hat.

»Ich muss wieder zurück in den Kurs«, murmele ich.

Er lacht, steht auf und zieht mich mit sich hoch, lässt mich jedoch nicht gehen. »Sorry, du bist raus, Audrey.«

Ich sollte schockiert sein. Doch wenn er mich so hält, kann ich nicht klar denken. Er packt mich und trägt mich aus dem Waschraum. Ich frage mich, wohin er mich bringt, mache mir aber keine Sorgen. Er ist sauer auf mich, gleichzeitig zeigt mir sein Verhalten, dass ich ihm wichtig bin.

Wir fahren mit dem Fahrstuhl und halten wenig später in einem lichtdurchfluteten Apartment, in dem ich mich sofort wohlfühle – weil der Geruch von seinem Aftershave in der Luft liegt.

Vorsichtig setzt er mich auf einem Bett ab, und ich verspüre einen Anflug von Panik, dass er mich alleine lassen könnte.

»Reece?«

»Ich bin hier, Kleines.«

Bevor ich fragen kann, ob er bleibt, legt er sich zu mir, zieht mich an sich, umschließt mich mit seinen Armen, und binnen Sekunden schlafe ich vor Erschöpfung ein.

***

Als ich wieder zu mir komme, fühle ich mich seltsam. Da ist etwas Feuchtes an meinen Brüsten. Ich will es wegwischen und stutze, als ein tiefes Männerlachen ertönt. Ich schlage die Augen auf und sehe Reece, der mir mit einem langsam schmelzenden Eiswürfel erneut über meinen Nippel fährt.

»Was soll das?«, frage ich immer noch etwas benommen, werde aber wacher. »Habe ich lange geschlafen?«

Er legt den Eiswürfel in eine Schale, die neben dem Bett steht. Es klirrt. So als lägen weitere darin.

»Ein paar Stunden.«

»Und du warst –?«

»Du hast die Rollenspiele verpasst. Ich hab den Kurs beendet und bin seitdem hier, bei dir«, beantwortet er meine Frage, bevor ich sie ganz stellen kann. »Geht es dir besser?«

Vage erinnere ich mich an die Szene auf der Damentoilette und dass er weiß, dass ich nicht dominant bin, weil ich es ihm heulend gestanden habe. Ich war total durcheinander und wusste nicht mehr, was los ist, aber jetzt fühle ich mich, als wäre mir eine Last von den Schultern genommen worden. »Ja«, sage ich daher so bestimmt wie möglich.

»Gut.«

Ehe ich kapiere, was los ist, packt Reece zunächst mein eines Handgelenk und bindet es über meinem Kopf am Bettgestell fest, dann das andere.

»Was soll das? Mach mich wieder los!«, rufe ich überrascht und zappele herum.

Reece beugt sich über mich, so nah, dass ich die Wärme seines Körpers erahnen kann, aber nicht nah genug, damit wir uns berühren können. Was ich unbedingt will.

»Das mache ich erst, wenn ich alle Antworten habe, Kleines.«

»Du verhörst mich?«

»Genau.«

Eigentlich müsste ich weglaufen wollen, doch alles in mir wird wärmer, und ich ertappe mich dabei, wie ich mir über die Lippen lecke. Total falscher Moment!

»Was willst du denn wissen?«, frage ich.

»Du bist nicht dominant?«

»Nein«, sage ich und werde nervöser.

»Das vorhin war dein erstes Spanking?«

»Ja.«

»So kooperativ?«, fragt er amüsiert nach.

»Ich bin gefesselt, also ja, ich bin kooperativ.«

»Macht es dich an, gefesselt zu sein?«

Lust schießt bei seinen Worten durch meinen Körper. Reece wartet auf eine Antwort, aber trotzig beiße ich mir auf die Lippe. Ein Teil von mir weigert sich immer noch zu akzeptieren, dass ich gerne das Spielzeug von jemandem bin.

»So willst du es also …«, murmelt er grinsend, greift mir ohne Vorwarnung zwischen die Beine und schiebt seine Finger in mich. »Erregt es dich, dass du mir ausgeliefert bist? Dass ich alles mit dir machen kann, was ich will? Dass das hier …« Er krümmt die Finger in mir und reibt gleichzeitig meinen Kitzler. »… mir gehört, dass ich damit tun und lassen kann, was ich will und dass ich dich jederzeit nehmen kann und werde?«

Meine Pussy zuckt verräterisch.

Er lächelt. »Das genügt mir nicht, Kleines. Rede!«

»Ja«, hauche ich und schäme mich sofort dafür.

»Ja?«

»Ja!«, wiederhole ich lauter, hasse und liebe seine Berührungen, sehne mich nach sinnlicher Erlösung und frage mich, wann ich bekomme, was ich mir wünsche. Ihn. In mir. Seine Lippen auf meinen. Seinen Geruch mit meinem vermischt.

»Warum wolltest du den Job?«, fragt er mich weiter, und mir wird klar, dass wir weit davon entfernt sind, dass er mich erlöst, denn es gibt jede Menge, zu dem er mich befragen muss. »Antworte mir!«

Fieberhaft überlege ich, was ich ihm sagen soll. Aber wie wird er reagieren, wenn er erfährt, dass ich die Geheimnisse des Tease & Please in einer exklusiven Reportage veröffentlichen will … wollte? Wie mir noch vertrauen?

Ich schweige.

»Oh, Kleines, sicher, dass du es auf die Tour angehen willst?«

Ich schüttele den Kopf.

»Dann kooperierst du also?«

»Lass mich einfach gehen.« Das wäre das Beste für uns beide.

»Auf keinen Fall.« Sein Blick funkelt, und er spielt mit meinen Brustwarzen, wechselt zwischen sanftem Druck und harten Berührungen und versetzt meinen Körper mehr und mehr in einen rauschhaften Zustand, was genauso effektiv ist, wie Wahrheitsdrogen zu verabreichen. Mein Verstand wird ausgeschaltet.

»Warum nicht? Was ist an mir so anders?«, frage ich. »Jemand wie du kann doch jede haben.«

»Würde dir das denn gefallen?« Seine Finger umkreisen meine Klit. »Wenn hier statt dir eine andere Frau in meinem Bett liegen würde? Mal davon abgesehen, dass ich Antworten brauche.«

Ich winde mich immer heftiger, spüre schon den Orgasmus herannahen, da entfernt er seine Hand und streicht mir mit den Fingern, die eben noch an meiner Klit gewesen sind, durch die Haare.

»Rede, Kleines!«

Ich schließe die Augen und denke angestrengt nach, genieße dabei seine Nähe, atme seinen Duft ein, nehme seinen aufmerksamen Blick auf mich wahr. Nie zuvor habe ich so etwas wie das hier mit einem Partner erlebt. Diese Nähe, diese Verbundenheit, die ich mir immer gewünscht, aber nie gefunden habe. Außerdem ist Reece ein faszinierender Mann. Er steht mit beiden Beinen im Leben, hat diesen Klub, und dann hat er diese spielerische, dunkle Seite.

Seine Zähne an meinem Nippel bringen mich zum Keuchen. »Denk schneller nach, Kleines!«

»Nein, ich will nicht, dass eine andere Frau an meiner Stelle in deinem Bett liegt. Ich will, dass du mich willst, Reece.«

»Und das tue ich.«

»Warum?«, frage ich.

»Ich kann der Erste sein.«

Ich verdrehe die Augen. »Das ist alles?«

»Und ich schätze, dass du schlagfertig bist und klug und dich nicht so leicht einschüchtern lässt. Ich kann es gar nicht erwarten, immer mehr von dir zu entdecken. Doch zuallererst muss ich wissen, weshalb du im Tease & Please anfangen wolltest.«

»Du würdest mich hassen.«

»Ich glaube nicht, dass ich das je könnte.«

»Dann mich eben quälen.«

»Möglich«, sagt er mit einem Lächeln auf den Lippen. »Aber denkst du, es wird schlimmer als jetzt?«

Ich weiß genau, was er meint.

Während wir reden, reizen seine Hände meine Haut. Allein seine Präsenz genügt, damit ich glühe. Ich habe jegliches Zeitgefühl verloren und brenne. Mir war gar nicht klar, dass ich jeden Quadratzentimeter meiner Haut fühlen kann, aber dem ist so.

Die Stelle unterhalb der Armbeuge? Yepp, spüre ich. Zwei Handbreit über dem Knie? Nehme ich wahr. Und die Wölbung oberhalb des Bauchnabels? Himmel, die ist am schlimmsten. Ich will ihn, brauche ihn, sehne mich mit einer krankhaften Intensität nach seiner Nähe.

»Reece! Bitte, lass mich kommen!«, flehe ich.

»Sag mir erst, was ich wissen will. Die Regeln haben sich nicht geändert.«

Ich schließe die Augen, versuche nachzudenken, aber alles verschwimmt. Nur ein Gedanke steht dort glasklar: Er wird nicht aufhören, bis er hat, was er will. Und was dann passieren wird …

»Versprich mir, dass du mir nicht wehtust, wenn du es weißt.«

»So schlimm?«, fragt er.

»So schlimm«, gebe ich zu und spüre Tränen in den Augenwinkeln.

Sanft wischt er sie weg. »Kleines, was stellst du nur mit mir an?«

Verwirrt mustere ich ihn. Was *ich* mit *ihm* anstelle?

»Gut, ich verspreche, dir nicht wehzutun«, sagt er.

Ich atme erleichtert auf.

»Aber ...«

Ängstlich sehe ich ihn an. »Aber?«

»Was es auch ist, Strafe muss sein, wenn es mit uns weitergehen soll. Das verstehst du doch?«

Neue Tränen laufen über meine Wangen, aber ich verstehe, was er meint, und nicke.

»Also, sag es, Kleines!«

Ich hole tief Luft und gestehe: »Ich bin Journalistin und hab hinter die Kulissen sehen wollen, um eine Reportage zu schreiben. Es sind nur wenige Fakten über den Klub bekannt. Du hältst alles zurück. Dabei hab ich so viele Fragen ...« Die gesamte Wahrheit purzelt aus mir heraus. Ich kann kein einziges Wort zurückhalten. Bis ich merke, dass er mich nicht länger berührt, ich nicht länger sein Spielzeug bin, er sich distanziert, was sich für mich furchtbar anfühlt. »Du hast versprochen, mir nicht wehzutun«, sage ich leise, sobald ich meine Geschichte gebeichtet habe.

Er betrachtet mich ungewohnt reserviert. »Ja, habe ich.«

»Gerade jetzt tust du es aber.«

REECE

Fuck!

Audrey ist die perfekte Sub. Und sie hat geglaubt, mich als Dom reinzulegen. Am liebsten würde ich sie rauswerfen. Ich sehe zwar, wie fertig sie ist, und ich weiß genau, was sie braucht, aber verdient hat sie die Erlösung kein bisschen.

»Reece?«, murmelt sie, atmet schwer, sieht mich an, wartet. Mir ausgeliefert.

Nachdenklich streiche ich ihr Haare aus dem Gesicht, genieße, wie sich ihre Haut unter meinen Fingerspitzen anfühlt. Wie perfekt sie ist. Wenn sie nicht vorgehabt hätte, was sie vorgehabt hat. Mich verarschen. Wut strömt durch mich, und meine Faust trifft die Wand über dem Kopfteil des Bettes, bevor ich weiß, was ich da tue.

»Reece?«, fragt sie noch mal. Ängstlicher.

»Kann irgendjemand deine Geschichte bestätigen?«, frage ich und ignoriere, wie dringend sie den Orgasmus jetzt braucht.

Sie zittert.

»Audrey!«

»M-m-meine Schwester.«

Ich seufze. Keine gute Quelle. »Noch jemand? Denk nach!«

»N-n-nein«, schluchzt sie.

»So ein Mist!«, fluche ich leise und hasse es, so machtlos zu sein.

»1 Einhorn K S 8 llein«, sagt sie plötzlich leise.

»Wie bitte?« Ich wende mich zu ihr. Die Verzweiflung steht ihr ins Gesicht geschrieben.

»So lautet mein E-Mail-Passwort. 1 Einhorn K S 8 llein. Das steht für: Ein Einhorn kommt selten allein.«

Sprachlos sehe ich sie an – und das passiert nicht oft.

»Mein Handy kannst du außerdem m-m-mit meinem Finger entsperren. Ich bin gef-f-fesselt. Ich werde nicht protestieren. Mach es! Es gibt bisher nur drei Sprachmemos zum Randall Tower. M-m-mehr nicht. Sie müssten bereits im Ordner mit den gelöschten Dokumenten sein. Lösch sie richtig.«

Ich zögere.

»Reece!« Die Dringlichkeit in ihrer Stimme erschüttert mich.

Würden wir uns länger kennen, so könnte ich ihr einfach vertrauen. Wer verrät schon seine Passwörter, wenn er etwas zu verbergen hat? Aber dem ist nicht so, also stehe ich auf, suche ihr Handy, finde es, komme damit zurück und entsperre es mit ihrem Fingerabdruck.

So wie sie gesagt hat, finde ich die Memos im Ordner mit den gelöschten Sprachnotizen. Ich höre noch mal rein, erkenne ihre Stimme, die genau das festhält, was Audrey mir gerade gesagt hat: harmlose Informationen zum Randall Tower. Ich lösche alles und schaue nur zur Sicherheit in die App mit ihren Notizen. Keine Auffälligkeiten. Dann in ihre Banking-App. Ebenfalls keine ungewöhnlichen Transaktionen und der Beweis dafür, wie knapp bei Kasse sie ist und dass sie sich keine Extravaganzen leistet.

Meine Wut verraucht. Allmählich.

»Du hast versprochen –«, beginnt sie wieder, mich daran zu erinnern, ihr nicht wehzutun – und mir zu sagen, wie sehr sie gerade leidet.

»Bettele!«, sage ich streng. Meine Hand gräbt sich fest in ihre Haare, und ich beuge mich zu ihr. »Sofort!«

»Bitte«, haucht sie, und Tränen laufen ihr heftiger über die Wangen. »Du siehst, dass ich die Wahrheit sage! Dass ich dir nicht schaden will. Lass mich kommen! Berühr mich! Liebe mich! Bitte, Reece!«

Ihre Worte rütteln mich endgültig auf.

Audrey ist diese Art Spiele nicht gewohnt. Sie hätte diese Tortur, gereizt zu werden und den Orgasmus nicht zu bekommen, auf Stunden verdient. Doch die wenigen Minuten genügen. In ihren Augen steht so viel Schmerz. Ihr Körper sehnt sich nach Erlösung, und sie war letztlich ehrlich zu mir, so wie ich es gewollt habe. Ich verhalte mich jetzt ungerecht, wenn ich nicht aufpasse.

Vorsichtig löse ich ihre Fesseln und muss schlucken, als sie ihre Hände neben sich ins Kissen fallen lässt, obwohl sie mich berühren will.

»Bi–«, beginnt sie wieder, doch bevor sie zu Ende sprechen kann, beuge ich mich über sie und küsse sie. Normalerweise mache ich mir nicht so viel daraus, aber bei ihr fühlt es sich einfach richtig an. Und als sie ihre Hände in meine Haare gräbt und ich ihre Erleichterung spüre, lässt auch in mir ein großer Teil einer Anspannung nach, von der ich bis eben nicht gewusst habe, dass sie da ist.

»Ich bin hier, Kleines«, sage ich, halte sie und fahre langsam mit meiner Hand zwischen ihre Beine.

Ein gequälter Laut folgt. Gleichzeitig presst sie sich enger an mich.

»Gleich vorbei!«, murmele ich ihr ins Ohr, während meine Finger ihre nasse Pussy finden und in sie dringen.

Ein sinnliches Stöhnen löst sich aus ihrer Kehle, und ich merke, wie ihr Innerstes zuckt, kurz davor steht zu explodieren.

»Darf ich?«, fragt sie. *So perfekt.*

»Ja, komm für mich«, hauche ich ihr zu, während ich sie mit der Hand nehme. »Komm, Audrey!«

Mit einem unerwartet leisen Wimmern gibt ihr Körper nach, ich spüre, wie sich ihre Pussy um meine Finger krampft, bemerke die Anspannung, und plötzlich wird jede Faser von ihr zu Wachs.

»Gut gemacht«, flüstere ich ihr zu, löse mich, um aufzustehen, doch sofort umklammert sie mich stärker.

»Nein, halt mich!«, wispert sie mit einer vom Sex ganz rauen Stimme.

Unsere Blicke treffen sich, und ich sehe ihre Angst davor, dass ich gehen und sie allein lassen könnte. Für immer. Jetzt, da ich weiß, wer sie ist.

Um sie zu beruhigen, lehne ich mich zurück, ziehe sie halb auf mich und lege ein Bein über sie, schwer und kräftig, und das genügt schon, damit sich ihr Gesicht entspannt.

»Es tut mir leid«, flüstert sie. »Das alles war wirklich nicht geplant, und mit den Infos, die nach draußen gedrungen sind, habe ich nie was zu tun gehabt.«

Ich glaube ihr. Hitze fährt durch mich. »*Dir* tut es leid? Oh Kleines, mir tut es leid, dich so heftig behandelt zu haben.«

»Das heißt, ich bin nicht aus dem Kurs raus?«

Ich drehe sie wieder auf den Rücken, fühle ihre verschwitzte Haut und atme ihren Duft ein. »Doch, bist du.« *Was denkt sie denn?* »Aber das heißt nicht, dass ich dich gehen lasse.« Ich kann es nicht. »Jeder Blick von dir, egal ob lustvoll, verärgert, ängstlich, sinnlich, verführerisch, frech … Jeder stellt etwas mit mir an.« Ich küsse ihre glühende Haut und spüre ihre Zufriedenheit. »Willkommen in meiner Welt, Kleines.«

Es ist wirklich verrückt, doch ich kann ihr nicht böse sein. Sie ist hier und einfach nur perfekt, und ich kann es nicht erwarten, mehr mit ihr anzustellen, sie weiter zu verführen und diese Lust in ihren Augen zu sehen – und ihre weiteren Schritte zur Sicherheit rund um die Uhr zu überwachen, was einfach ist, da sie eh bei mir ist.

Ineinander verschlungen liegen wir im Bett, bis sie leise gähnt und mir klar wird, dass sie für einen Tag genug mitgemacht hat. Ich hätte unheimlich gerne Sex mit ihr, aber der muss warten.

»Wir sollten baden«, sage ich. »Vor allem du. Morgen wirst du mir dankbar dafür sein.«

Sie runzelt die Stirn, und ihr unschuldiger Gesichtsausdruck macht mich erneut hart, sodass ich sie küssen muss, mit ihr viel zärtlicher und liebevoller bin als je mit einer anderen Sub vor ihr.

»Du wirst wahnsinnigen Muskelkater haben, vor allem in den Schultern«, erkläre ich und grinse. »Was ich sehr schade finden werde.« Weil ich sie dann bis auf Weiteres nicht fesseln werde.

»Können wir nicht einfach so liegen bleiben?«, fragt sie.

»Wasserscheu?«

»Eher Reece-verrückt.«

Fast werde ich schwach. Aber da ich hier der erfahrenere Partner bin, lasse ich nicht mit mir diskutieren.

Gemeinsam gehen wir ins Bad und ziehen uns aus. Ich lasse die Wanne volllaufen, gebe Badezusatz ins Wasser und wasche ihr mit einem Tuch die Tränenspuren und das verschmierte Make-up von den Wangen.

»Geht's wirklich wieder?«, frage ich sie.

Kurz huscht ein Schatten über ihr Gesicht, und instinktiv hält sie mich fester, nickt dann jedoch.

»Es ist wohl meine Schuld. Ich hätte mich eben nicht mit dem Oberdom anlegen dürfen«, antwortet sie leichthin, was mich beruhigt.

»Hopp!«, sage ich nur, weil die Wanne langsam genug vollgelaufen ist, warte, bis sie im Wasser ist, nur um sofort zu folgen und sie in Bergen aus Schaum an mich zu ziehen.

»Hast du solche Undercover-Reportagen schon öfter gemacht?«, frage ich neugierig nach, da sie bereits so viel von mir weiß, ich dagegen zu wenig über sie.

»Das war die erste«, erklärt sie. »Aber anscheinend bin ich nicht besonders gut.«

Meine Hände streichen über ihre Haut, ich glaube ihr, greife ihr zwischen die Beine und genieße ihre Hitze. »Also, in meinen Augen bist du perfekt«, sage ich.

Sie keucht und krallt sich an den Wannenrand. »Lass mich nicht im Wasser kommen!«, quiekt sie entsetzt.

»Warum nicht?«, frage ich und verwöhne sie weiter.

»Weil …! Weil …! Oh Gott …!« Sie kommt erneut. »Weil ich das Wasser schmutzig mache.«

Mit ihrer Lust? Ich lache leise.

»Keine Sorge, ich mag es schmutzig, Kleines«, antworte ich und kann meine Finger unmöglich von ihr lassen. »Außerdem habe ich das Gefühl, noch einiges wiedergutmachen zu müssen.«

»Wie meinst du das?« Sie legt ihren Kopf in den Nacken, um zu mir zurückschauen zu können, und streckt dabei so den Hals, dass ich einfach zugreifen muss.

Ihr Puls rast unter meinen Fingerspitzen. Ich kann ihre Leidenschaft förmlich spüren, merke, wie sie auf mich reagiert, fühle mich mit ihr verbunden. *Perfekter Scheiß!*

»Ich hätte die Wahrheit nicht so aus dir herauskriegen und dich auch nicht im Bett dafür bestrafen sollen. Lust und Liebe gehören ins Bett, aber Betrug kläre ich sonst zivilisiert am Schreibtisch. Außerdem bist du Anfängerin, und ich hab dich komplett überfordert. Zwei Mal sogar. Ja, ich hatte schon den Verdacht, dass du nicht dominant bist. Aber dass du all das nie zuvor ausprobiert hast …«

Neben Lust durchdringt mich erneut dieses warme Gefühl, für sie verantwortlich zu sein. Sie zittert bei meinen Worten, aber ich küsse sie, und augenblicklich beruhigt sich ihr Atem wieder.

»Warum hast du nicht dein Safeword gesagt, als ich bei meinem kleinen Verhör zu weit gegangen bin … dich zu sinnlich gequält habe?«, frage ich sie leise.

»Ich dachte, ich halte es noch aus. Und als ich es nicht mehr ausgehalten habe —«

»War es bereits zu spät«, beende ich ihren Satz und will sie erneut, nehme sie jedoch nicht, sondern drücke sie nur an mich, genieße, wie uns das Wasser umschließt und wie sie sich an mich lehnt, mir vertraut. »Versprich mir, dass du es in Zukunft, ohne zu zögern, sagst.«

»Du würdest sofort aufhören?«

»Auf jeden Fall.«

»Was, wenn ich es zu früh sage?«

»Lieber zu früh als zu spät.« Ich umschließe sie fester. »Ich will nicht, dass dir was passiert.«

»Okay, ich versuche es«, sagt sie und schmiegt sich an mich.

»Wie fühlst du dich jetzt?«, frage ich.

»Müde.«

»Dann bringen wir dich mal ins Bett.«

Ich helfe ihr aus der Wanne und schlinge ein Handtuch um sie, so wie sie eines um mich legt, mich trocken reibt und mich dadurch erneut hart werden lässt.

»Du musst damit aufhören«, raune ich ihr zu, während ich ihre Haare frottiere.

»Warum?«

»Weil ich dich dann wieder will. Aber du hast genug für heute.« Ich stülpe ihr eines meiner Shirts über den Kopf. In dem Moment glitzern Tränen in ihren Augen, und sie sieht schnell zur Seite. »Nicht doch!«, murmele ich und drücke sie an mich.

»Ich weiß, das ist dumm«, schnieft sie. »Keine Ahnung, was mit mir los ist. Zu wissen, dass du mich brauchst, sorgt dafür, dass ich dich brauche. Und dann abgewies—« Sie schluckt, kann den Gedanken nicht zu Ende sprechen.

»Scht, Kleines, das ist total in Ordnung. Ich hab nicht Nein gesagt, um dich zu bestrafen, sondern weil ich das Beste für dich will. Und jetzt, ab ins Bett mit dir!«

Ich schiebe sie durchs Bad und dirigiere sie zurück ins Schlafzimmer. Gehorsam krabbelt sie unter die Decke, ist aber immer noch ganz aufgelöst.

»Sorry«, murmelt sie.

Ich seufze und greife mir gleichzeitig an den Schwanz, weil das Verlangen nach ihr heftig ist. »Du willst mir also noch was Gutes tun?«

Sofort leuchten ihre Augen.

»Oh fuck, Kleines.« Ich massiere meinen Schwanz heftiger. »Also gut, heb das Shirt bis zum Hals hoch!«

Ohne zu zögern, zeigt sie mir ihren perfekten Körper und ihre harten Nippel.

»Darf ich an mir …?«

»Ja, berühr dich!«, erlaube ich ihr und knie mich zwischen ihre Beine. Im gleichen Rhythmus, in dem ich wichse, massiert sie sich, und je näher ich meinem Höhepunkt komme, desto mehr von ihr muss ich anfassen, in Besitz nehmen, bis ich mit ihren Nippeln spiele und mal wieder faszinierend finde, wie empfindlich sie ist und dass schon eine einfache Berührung ausreicht, damit sie diesen lustvoll wimmernden Ton von sich gibt.

Immer schneller pumpe ich, bis ich es nicht länger aushalte und auf ihren Brüsten komme, ihre Haut mit meinem Sperma benetze. Und sie kommt ebenfalls nass an ihrer Hand.

»Leck deine Finger ab!«, sage ich, als sie fertig ist.

Sie gehorcht. *Sexy Biest.*

Dann nehme ich mit dem Zeigefinger einen der kleinen Spermaflecken von ihrem Dekolleté. »Und nun meinen.«

Ihre Lippen umschließen meinen Finger, saugen dran, doch bevor mein Schwanz erneut steht, nehme ich meine Hand weg, wische mit einem Taschentuch den Rest meines Spermas von ihrer Haut und ziehe ihr das Shirt wieder richtig an, sodass alle ihre Reize bedeckt sind.

»Und jetzt schlafen wir, Kleines.«

Ich befehle Alexa, meinem Heimsystem, das Licht auszuschalten, greife nach Audrey und merke, wie sich binnen Sekunden ihre Atemzüge beruhigen und sie schläft, während ich wieder hart werde. Weil mir plötzlich zig Varianten durch den Kopf gehen, was ich alles noch mit ihr anstellen kann und werde.

10. Kapitel

AUDREY

Autsch!

Ich komme zu mir, fühle, wie steif meine Glieder sind. Schlagartig fallen mir die Ereignisse vom Vortag ein, und ich stöhne gequält.

»Ich hab dir gesagt, dass du mich hassen wirst, Kleines.«

Ich schlage die Augen auf, und über mir ist Reece Randall, soweit ich beurteilen kann, nackt und wach und mit diesen sexy funkelnden Augen und – ich rühre mich – hart. Meinetwegen.

Augenblicklich recke ich mich, will ihn aus der Reserve locken, doch er bremst mich, unmissverständlich kraftvoll.

»Sei ein braves Mädchen und versuch es erst gar nicht.«

»Weil du mir nicht widerstehen könntest?«, ziehe ich ihn auf.

Er greift nach meinen Händen und drückt sie neben mich ins Kopfkissen. »Weil das Konsequenzen hätte.«

Sofort beschleunigt sich mein Atem, nicht aus Angst, sondern weil es mich unglaublich erregt, wenn er sich so benimmt.

»Und hör auf, mich so anzuschauen«, sagt er.

»Hätte das sonst auch Konsequenzen?«, frage ich und lecke mir über die Lippen, provoziere ihn.

»Hätte es«, entgegnet er ruhig und packt meine Brüste andeutungsweise einen Hauch fester, weil er weiß, wie sensibel ich dort bin.

Die Berührung tut gar nicht weh, dennoch steigen mir Tränen in die Augen, und alles in mir zieht sich unangenehm zusammen.

»Siehst du, mach besser, was ich will«, sagt er und geht sofort dazu über, mich wieder sanfter, zärtlicher, liebevoller zu streicheln. »Diesen Ausdruck eben mag ich nämlich nicht an dir.«

Fragend sehe ich ihn an.

»Du reagierst so empfindlich auf Strafen, Kleines.«

»Und du übst sie nicht gerne aus?«

»Es gibt Doms, die das mögen, aber ich bin kein Fan davon«, sagt er und lächelt sexy. »Ich mag es lieber, wenn meine Sub gehorcht.«

»B-b-bin ich jetzt deine Sub?« Zum ersten Mal wird mir wirklich klar, was das hier bedeutet. Ich bin devot, muss es schon all die Jahre gewesen sein. Mich macht es an, beim Sex die Kontrolle abzugeben, mich fallenzulassen, mich der Lust, die mir dieser Mann verschafft, hinzugeben.

Reece sieht mich nachdenklich an. »Ich weiß nur eines: Ich will dich, und ich kann dich nicht gehen lassen.«

Alles in mir reagiert, möchte, dass er bekommt, was er will. Nur von mir. Von keiner anderen.

»Und dir gefällt das«, stellt er schwer atmend fest und umschließt seinen Schwanz, der hart ist. Verlockend hart. »Ja, du bist eindeutig meine Sub, Kleines.«

Mein Verlangen wird stärker, und ihn so zu sehen, wie er mich begehrt, sich jedoch zurückhält, weil er mir nicht zu viel auf einmal zumuten will, bringt mich zum Dahinschmelzen.

»Darf ich?«, frage ich und lecke mir wieder die Lippen, zeige ihm, was ich im Kopf habe, setze die Idee allerdings nicht sofort um, sondern warte.

Leidenschaftlich greift Reece in meine Haare, und ein Schauer läuft mir über den Rücken. Dann drückt er mich tiefer, ohne den Blick von mir abzuwenden, und er holt scharf Luft, als ich meine Lippen um seinen Schwanz schließe.

Er ist groß, unheimlich groß, und ich muss würgen.

»Mehr!«, knurrt er, lehnt sich an das Kopfteil des Bettes, während ich vor ihm knie, und krallt sich in meine Frisur. »Tiefer!«

Das Verlangen in seiner Stimme erhöht mein eigenes und lässt mich erschauern. Er drückt mich nach unten, und im ersten Moment wehre ich mich. Ich bekomme keine Luft. Aber immer wenn ich glaube, es nicht länger aushalten zu können, zieht er mich zurück, lässt mich durchatmen, und das Spiel beginnt von vorne.

Sein Stöhnen durchdringt mich, feuert mich an, steigert meine Erregung. Ich schmecke den salzigen Geschmack seines Spermas, diesen ersten Lusttropfen, der zeigt, wie sehr ich ihn anmache. Und plötzlich habe ich nur noch einen Gedanken. Ich will das hier gut machen, richtig gut, ich will besser sein als jede Frau vor mir, er soll sich an diesen Augenblick erinnern. Bis in alle Ewigkeit. Ich sauge erneut kräftiger an ihm. Und streife seine empfindliche Stelle ganz vorsichtig mit den Zähnen, neugierig, aber auch ängstlich, ob ihm das gefällt oder nicht.

»Fuck, Audrey!« Reece greift mich fester, fickt meinen Mund und kommt warm.

Eine tiefe Zufriedenheit erfasst mich, fast so als würde seine Befriedigung auf mich übergehen. Sorgfältig lecke ich jeden Tropfen von ihm auf. Etwas, was ich mir vor einer Woche noch nicht vorstellen konnte. Aber mit ihm ist es okay. Mit diesem Mann ist es mehr als das.

»Und jetzt, Meister?«, frage ich keck von unten zu ihm aufschauend.

In seinen Augen blitzt es. Allerdings amüsiert. Als würde er von mir nichts anderes erwarten. Er packt mich unter den Achseln und zieht mich zu sich hoch und umschlingt mich wie etwas, das er sehr lieb hat. »Jetzt ruft das Leben.«

»Das Leben? Was meinst du damit?«

»Du solltest mit deiner Schwester sprechen. Sie wird sich Sorgen machen, warum du gestern Abend nicht nach Hause gekommen bist. Und ich habe mich um das Tease & Please zu kümmern. Heute steht ein weiterer Kurstag an, und die Geschäfte warten auf mich.«

Seltsam, wie ich bis eben verdrängen konnte, was los ist. Doch nun wird mir wieder bewusst, dass ich mit dem Mann im Bett bin, den ich hintergehen wollte. Den ich ausspionieren wollte. Was ich nun nicht mehr kann. Wodurch sich auch mein Job erledigt hat.

»Verdammt!«, fluche ich, setze mich auf die Bettkante, wickele mich in eines der Laken und fahre mir über das Gesicht. Was tue ich denn nun? Ich hatte alles auf die Reportage gesetzt, aber die kann ich jetzt vergessen.

»Ich merke schon, du freust dich darauf genauso wie ich.«

Reece steht auf, und ich verschlinge ihn mit meinen Blicken, bewundere ihn, begehre ihn, sehne mich nach ihm, obwohl es keine Minute her ist, dass wir uns berührt haben.

»Hör auf, mich so anzuschauen, Kleines!«

»Wie sehe ich dich denn an?«

»So als wolltest du mich wieder in dieses Bett bekommen. Und wenn du das noch länger machst, kann ich der Einladung nicht widerstehen.«

Ich grinse, weil mir klar wird, dass sich das zwischen uns nicht nur auf sein Bett erstreckt. Es ist immer da. So war es von Anfang an. Diese spezielle Chemie, die zwei Menschen miteinander verbindet.

»Auch damit solltest du aufhören!«, sagt er, kommt zu mir und ordnet meine durchgefickten Haare.

»Ich mach doch gar nichts«, protestiere ich. »Aber alternativ könnte ich ja versuchen, dich mit meinen Blicken zu ermorden. Wäre das besser?«

»Wehe«, sagt Reece und küsst mich sanft.

Nackt läuft er erneut durchs Schlafzimmer und sucht aus seinen Schränken Sachen zusammen.

Seufzend lasse ich mich zurück auf das Bett fallen, weil ihm zuzusehen mich mal wieder ganz wuschig macht.

Wenig später höre ich das Wasser der Dusche rauschen und überlege, ihm Gesellschaft zu leisten, verkneife es mir jedoch.

Denk nicht nur an Sex, Audrey!

Reece hat recht. Ich sollte mich unbedingt bei Nikki melden. Und jetzt, da ich für den Job disqualifiziert bin, muss ich meine Ideen durchgehen, über welches andere Thema ich eine Reportage schreiben könnte.

Ich hasse das Leben!

»Was ist los?«, fragt Reece, ist plötzlich aus dem Bad zurück und bereits komplett umgezogen, beugt sich über mich und nimmt mich gefangen.

Eine Wolke mit seinem herben Parfüm steigt mir in die Nase, die ich gierig einatme, und jede Faser meines

Körpers vergisst Nikki und meine Jobprobleme und hat wieder nur diesen Mann im Kopf.

»Nein! Denk nicht mal dran!«, sagt er warnend.

Und doch denke ich an Sex und sehe, dass er es ebenfalls tut.

»Du machst mich echt schwach. Weißt du das, Audrey?«, murmelt er und fährt mir zärtlich durch die Haare. Nur dass die Berührung für einen unerwarteten Knoten in meinem Magen sorgt.

Verwirrt schließe ich die Augen, und mir wird erneut klar, was los ist. Reece und mich verbindet etwas, durch ihn habe ich erkannt, wer ich wirklich bin, aber wir haben keine Zukunft. Ich muss zu Nikki, meine Sachen packen und zurück nach Portland fahren. Dorthin, wo ich eigentlich wohne.

Und dann ist das hier vorbei.

Ein scharfer Schmerz schießt durch mich, und ich ziehe die Luft ein. Plötzlich fühle ich mich so ähnlich wie gestern Abend. Mir ist, als würde sämtlicher Sauerstoff aus meinen Lungen gepresst werden, obwohl ich weiterhin atmen kann.

»Hey, ruhig, Kleines. Ich bin da.«

»Ja, jetzt …«, entweicht mir schluchzend.

Er setzt sich, will mich auf seinen Schoß ziehen, wie er es immer macht und was sich so unendlich gut anfühlt, doch ich wehre mich dagegen. Besser, ich gewöhne mich daran, ohne ihn zu sein.

Reece ist jedoch stärker und setzt seinen Willen durch. »Sag mir, was los ist, oder es gibt Ärger, Kleines. Richtig großen Ärger!«

»Musst du ständig diese Dom-Nummer abziehen?«, beschwere ich mich. »Können wir uns nicht wie Erwachsene verhalten?«

»Können wir, wenn du dich auch erwachsen verhältst. Andernfalls machen wir es auf meine Tour.« Die Intensität seines Blickes nimmt zu. »Ich halte dich für eine selbstbewusste Frau, die für ihre eigenen Sachen einsteht. Sag mir, was dich so traurig macht.«

»Siehst du es denn nicht?«, rufe ich frustriert.

Abwartend sieht er mich an.

»Verdammt, Reece, ich bin Journalistin. Nicht alles in meinen Bewerbungsunterlagen ist gelogen. Ich komme wirklich aus Portland und wohne nur für die Dauer der Recherche bei Nikki. Da sich dieser Job aber nun erledigt hat, hab ich hier nichts mehr verloren. Ich muss zurück. Und es wäre doch absurd zu glauben, dass das zwischen uns von Dauer ...« Ich kann den Satz nicht zu Ende sprechen.

»Wie sieht dein Leben in Portland aus?«

»Musst du nicht zum Kurs?«, frage ich ausweichend zurück.

Reece wickelt das Laken enger um mich und umschlingt mich. »Keine Sorge, ich bin der Boss und kann später kommen. Du bist gerade wichtiger. Also antworte!«

So kurz und dennoch so genau wie möglich erzähle ich Reece von mir. Dass ich nach meinem Studium für diverse Regionalzeitungen gearbeitet habe und dass ich, weil die Branche in der Krise steckt, beschlossen habe, als freie Journalistin zu arbeiten, mich als Kellnerin über Wasser zu halten, beziehungsweise für die Dauer dieser Recherche auf Kosten meiner Schwester zu leben, hochwertige Reportagen zu schreiben und die danach zu verkaufen, statt auf Aufträge zu warten.

»Kannst du dann nicht von überall arbeiten?«, fragt er und reibt sanft über meinen Rücken, was mir ein klein wenig von der Angst nimmt, die ich spüre.

»Theoretisch schon. Aber erst mal muss ich nach Hause, um zu sehen, ob neue Anfragen aufgetaucht sind. Ich muss meine Notizen durchgehen und entscheiden, auf welches Thema ich mich als Nächstes stürze. Und dann bin ich wochenlang weg.«

Ich schmiege mich enger an ihn, weil der Abschied sich zunehmend unausweichlicher anfühlt. Weg. *Ich werde weg sein von diesem Mann. Für immer.*

»Sorry, Audrey, aber ich kann dich nicht gehen lassen.«

»Was?!«

Wärme breitet sich in mir aus, gleichzeitig will ich zurückweichen, doch Reece hält mich und beweist einmal mehr, wie stark er ist.

»Ich kann dich nicht gehen lassen. Und ich werde es auch nicht.«

»Du kannst mich nicht festhalten.«

Er grinst, und ich muss daran denken, wie er mich letzte Nacht gefesselt hat.

»Gut, du kannst mich festhalten. Aber nicht gegen meinen Willen. Das ist kriminell.«

»Falls es dir entfallen sein sollte, Kleines: Neben meiner anständigen Seite existiert noch eine verdammt dunkle. Und die flüstert mir momentan zu: Wer wird Audrey Montgomery wohl vermissen?«

Stimmt, ich hab ihm gerade mehr oder weniger mein Leben erzählt. Es ist nicht so, dass man Suchtrupps losschickt, wenn ich nicht zu Hause auftauche.

»Nikki wird nach mir fragen«, wende ich ein.

»Und wie wird sie wohl reagieren, wenn ich dich total durchgevögelt mit ihr sprechen lasse?«

»Sie wird grinsen und mir viel Glück wünschen«, murmele ich, weil sie eh findet, dass jede Frau so einen Kerl verdient hat. Sie wäre mir keine große Hilfe. »Reece, im Ernst. Ich kann nicht bleiben.«

»Du könntest hier in der Stadt Recherchen machen.«

»Das stimmt. Aber gute Themen fallen nicht vom Himmel. Es wird dauern, bis mir was Neues einfällt, und ich hab nicht genug Geld, so lange zu warten.«

»Du könntest —«

»Nein, ich werde keinen einzigen Cent von dir annehmen.«

»Und ob!«

»Reece!«

»Audrey!«

Der Ton in seiner Stimme ist so, als würde er keinen Widerspruch akzeptieren. Aber ich kann für einen Mann nicht einfach alles aufgeben, wofür ich bisher im Leben gearbeitet habe. Selbst wenn das, was ich dadurch gewinne, fantastisch ist. Das muss er doch verstehen! Er würde das Tease & Please schließlich auch nicht ohne Weiteres abgeben, um zu mir zu ziehen.

»Was, wenn ich einen neuen Rechercheauftrag für dich hätte?«, fragt er nach. »Würdest du dann mein Geld nehmen?«

»Du musst dir meinetwegen nichts ausdenken.«

»Tue ich nicht. Ich hatte eh vor, jemanden zu beauftragen. Warum nicht dich?«

Ich bin überrascht, wie einfach es plötzlich ist, normal mit Reece zu reden. Auf Augenhöhe. Abgesehen davon, dass ich nach wie vor nackt bin.

»Was dagegen, wenn wir weiter darüber sprechen, wenn ich mich angezogen habe?«

»Ja«, sagt er, drückt mich aufs Bett und hält mich gefangen. »Wenn du nichts anhast, wirst du mir auch nicht weglaufen.«

»Ich hab noch nie nackt verhandelt.«

»Gewöhn dich dran. Wird dir mit mir in Zukunft öfter passieren.« Vorsichtig fährt Reece über meinen Nippel. Sofort ziehe ich scharf die Luft ein, doch bevor ich ihm sagen kann, dass er sich solche Verhandlungsmethoden sparen kann, senkt er seine Lippen auf die gleiche Stelle, saugt daran und streift meine empfindliche Haut mit den Zähnen. Dann sieht er zu mir hoch. »Wie stehen meine Chancen jetzt, dass ich dich rumkriege?«

»Worum geht es also?«, keuche ich und fahre mit den Händen über seinen Rücken, spüre durch den Stoff des Hemdes seine Wärme, seine Muskeln, seine Kraft, ihn.

»Konzentrier dich, Kleines!«, knurrt Reece.

»Das ist verdammt schwer«, sage ich. »Wie schaffst du das?«

»Ich zwinge mich, nicht an meinen kurzfristigen, sondern an meinen langfristigen Vorteil zu denken.«

»Und der wäre?«

»Dich immer in meiner Nähe zu haben.«

Seine Worte überwältigen mich. »Okay, ich konzentriere mich. Aber mir würde dabei helfen, wenn du mir vor Augen hältst, was ich verliere, wenn ich unaufmerksam bin.«

Seine Lippen streifen mein Schlüsselbein. »Meinst du so was hier?«

»Mmh«, murmele ich und genieße, was dieser Mann mit mir anstellt. »Was soll ich für dich tun?«

»Ich könnte jemanden gebrauchen, der mein Sicherheitsteam verstärkt und für mich Recherchearbeit erledigt. Allerdings wäre die nicht so, wie du gedacht hast.«

»Ich bin neugierig, gleichzeitig jedoch verwirrt«, sage ich und raube mir einen Kuss.

»Ich nehme den Klub sehr ernst. Was im Tease & Please passiert, bleibt auch im Tease & Please.« Er kämmt mir sanft durchs Haar, doch sein harter Blick sorgt für einen eisigen Schauer. »Sollte irgendjemand was verraten, dann hat das Konsequenzen. Verstanden, Kleines?«

»Sag bloß, du hast einen Folterkeller«, kann ich mir nicht verkneifen und bin froh, dass ich schon aufgeflogen bin, bevor ich meine Reportage schreiben konnte.

»Hab ich«, sagt er ohne jeden Humor. »Ich mag nett und zivilisiert sein, aber wenn es um die Sicherheit meiner Gäste geht, verstehe ich keinen Spaß.« Er streichelt meine Wange. »So wie ich in Bezug auf deine Sicherheit keinen Spaß verstehe. Nenn es pervers, krank, mir egal. So bin ich eben. Und da das mein Klub ist, kann ich mir so ein Verhalten leisten.« Er wartet, während ich die Warnung verdaue. »Nicke, wenn du mich verstanden hast, Audrey.«

Ich nicke und speichere mir im Stillen ab, dass ich diesen Mann vor mir nie hintergehen darf.

»Mein Rechercheauftrag betrifft den Klub?«, schlussfolgere ich und erinnere mich an die Infos, die in den letzten Monaten immer wieder aus dem Klub an die Öffentlichkeit gedrungen sind. Infos, die ich gesammelt habe, um mich im Vorfeld schlauzumachen. »Du willst wissen, wer deine undichte Stelle ist?«

»Richtig«, sagt er und knabbert an meinem Ohrläppchen.

»Kannst du das lassen?«, sage ich. »Oder hast du Angst, dass ich ablehne?«

»Ich kann dir eben nicht widerstehen. Und ja, dich ein bisschen mehr zu überreden, kann nicht schaden.«

»Hast du einen Verdacht?«, frage ich.

»Ich habe bereits zwei Lady Doms, den Kursleiter und einen Mann von der Einlasskontrolle vor die Tür gesetzt.

Aber heute Morgen war trotzdem schon wieder etwas in der Zeitung.«

»Also nein.« *Kein Verdacht.*

»Nein.«

Ich küsse Reece noch mal, und während ich seine Lippen spüre, weiß ich, dass ich nicht mehr in mein altes Leben zurückkehren kann. Mit ihm und diesem neuen Job habe ich alles, was ich brauche, um glücklich zu werden. Außerdem wäre meine Schwester in meiner Nähe. Ich wäre nicht allein, sondern umgeben von Menschen, die mir wichtig sind. In Portland wartet nur eine zu kleine eingestaubte Wohnung auf mich, hier jedoch ...? Sicher, der neue Job ist nicht ganz das, was ich ursprünglich im Kopf hatte, aber die Wirtschaftslage ist zu schlecht, um nicht was Neues auszuprobieren. Und manchmal muss man eine Liebe loslassen, um eine viel größere zu finden.

»Was sagst du, Kleines?«, fragt Reece mich schließlich, und ich glühe vor Leidenschaft für diesen Mann, der so sehr möchte, dass ich bei ihm bleibe.

»Siehst du die Antwort nicht längst in meinem Gesicht?«

»Vielleicht ist dem so. Doch ich will sie hören.«

»Ach ja?«, sage ich plötzlich voller Elan, mache mich frei und suche das Bad auf.

Reece folgt mir. »Audrey!« Er will eine Antwort und fängt mich ein.

Lächelnd schmiege ich mich an ihn, will ihn so unbedingt. »Ja, ich übernehme den Job. Was denkst *du* denn?!«

»Konntest du mir das nicht schon im Bett sagen?«

»Ähm, nein. Weil ich mich beeilen muss, sonst komme ich zu spät zu deinem Dominakurs und kriege von dir Ärger.«

Irritiert, aber auch grinsend sieht er mich an.

»Ja, dachte ich mir doch, dass dir das gefällt. Was ich jedoch eigentlich meine …« Während ich unter der Dusche stehe, erkläre ich Reece meine Idee. Ich kann mich am besten im Klub umhören, wenn ich dort arbeite. Nur kann er mich nicht einfach so einstellen, ohne dass jemand Verdacht schöpft. Also bleibt mir nur, die restlichen Tests für den Job als Lady Dom zu bestehen. Ich trete aus der Dusche und lasse mich von Reece in ein Handtuch wickeln. »Also zieh mich weiter auf, aber nur ein bisschen.«

Sein Schwanz wird hart, weil ihm die Vorstellung gefällt.

»Du Sadist!«

»Schuldig«, sagt er nur, hält mich jedoch trotz allem ganz sanft. »Zumindest ein bisschen.«

Wieder verspüre ich Lust, müsste mich lösen, kann es allerdings nicht.

»Na los, Audrey, meld dich kurz bei deiner Schwester und dann mach dich auf den Weg. Wenn du vor mir da bist, hab ich nämlich keinen Grund, dich vor allen anderen zusammenzustauchen.«

REECE

Fasziniert sehe ich Audrey zu, wie sie sich fertig macht, und muss an mich halten, sie nicht ständig zu berühren.

Sie gehört mir. Und es erfüllt mich mit unglaublichem Stolz. Und ich gehöre auch ihr. Sie hat mich in der Hand, kann mich um den kleinen Finger wickeln und mit einem Augenaufschlag dazu bringen, alles für sie zu tun. Zumindest außerhalb des Bettes.

Während sie sich anzieht, wirft sie mir immer wieder Blicke zu, so als wollte sie sichergehen, dass ich noch da bin. Und jeder einzelne davon schießt heiß durch mich hindurch direkt in meinen Schwanz.

»Ich würde jetzt gehen«, sagt sie, als sie fertig ist, und wartet in der Tür.

»Komm noch mal her!«, sage ich.

Sofort gehorcht sie, zwingt sich, nicht zu rennen, dabei verrät das Strahlen in ihren Augen, wie sehr sie sich freut.

Sobald sie vor mir steht, packe ich sie an der Hüfte.

»Kleines, wenn du mich nachher so anschaust wie gerade, weiß jeder Bescheid, was hier läuft.«

Sie lockert ihre Gesichtsmuskeln, doch das Verlangen bleibt in ihrem Blick. Roh. Heftig. Heiß. Es müsste mich ärgern, weil es ihre Mission gefährdet, aber das tut es nicht. Ich liebe es, dass sie sich mir gegenüber nicht verstellen kann.

»Bis nachher«, sage ich ruhig.

»Bis nachher«, wiederholt sie, atmet schwer, wartet.

Ich küsse sie zärtlich und tief und lege all die Gefühle hinein, die ich so schnell noch nie für eine Frau entwickelt habe. Dann lasse ich sie los, sie weicht zurück, dreht sich um, geht, hält an der Tür inne, fährt sich über das Gesicht, dreht sich ein letztes Mal nach mir um und ist schließlich weg.

Himmel!

Da ich ihr genügend Vorsprung geben muss, verschwinde ich in mein Arbeitszimmer und kümmere mich um zu bezahlende Rechnungen.

Sobald es Zeit wird, stehe ich auf und gehe ebenfalls zum Übungsraum.

***

»Entschuldigt die Verspätung«, begrüße ich alle und muss mir Mühe geben, nicht permanent zu Audrey zu schauen. Die mit den verfluchten Seilen, die nun auf dem Programm stehen, spielt. »Heute möchte ich sehen, wie gut ihr euch mit den verschiedenen Möglichkeiten zur Fixierung auskennt. Normalerweise haben wir dafür Partner aus dem Klub. Wegen einer Veranstaltung letzte Nacht ist jedoch nicht genügend Personal da. Bitte bildet daher erneut Zweierpaare und tauscht dann die Rollen.« Ich gehe zu einer Anrichte, auf der Handschellen, Fesseln, Seile und Fixierstangen liegen. »Fangt mit den Handschellen an.«

Ich erkläre, welche Modelle wir im Klub nutzen, und dass die Teile nur nach dem expliziten Einverständnis der Subs benutzt werden dürfen, da sie je nach Intensität der Session tiefe Einschnitte in der Haut hinterlassen können.

Es bilden sich Zweiergruppen, jeder öffnet und schließt die Handschellen einmal. Ich muss mich sehr zurückhalten, nicht einzugreifen, denn zu sehen, wie eine Sub mit ihrem eigenen Spielzeug spielt, hat was für sich. Aber ich darf Audreys Tarnung nicht gefährden. Dafür ist mir zu wichtig herauszukriegen, wer hinter meinem Rücken den Klub ausspioniert.

Als Nächstes macht sich jeder mit den Ledermanschetten vertraut, und der Druck in meiner Leiste wird schlimmer. Audrey mit den Teilen zu sehen … Ihre zarten Glieder umgeben von den massiven Polstern und den metallenen Karabinern … *Heiß!*

»Mittagspause!«, verkünde ich nach gerade einmal einer Stunde, weil ich dringend aus dem Raum raus muss, sonst falle ich über sie her.

Obwohl ich versuche auszublenden, was sie macht, nehme ich jede ihrer Bewegungen wahr. Wie sie die Manschetten wieder löst, wie sie sich über das Gesicht fährt, wie zufrieden sie wirkt. Wie rosig ihre Wangen sind. Wie es ihr gefällt. Ich kann ihre sinnlichen Gedanken förmlich sehen ...

Mit einem mörderischen Ständer gehe ich und wichse auf der Toilette. Danach hole ich mir was zum Essen und setze mich an meinen Schreibtisch, um meinen Verstand mit Arbeit von Audrey abzulenken.

Akribisch sammele ich die Infos, die ich zu meinem Leck bereits habe, um sie nachher mit Audrey zu besprechen. Vielleicht kommt ihr eine Idee, wer es sein könnte. In jedem Fall werden ihr die Informationen bei ihrer eigenen Recherche helfen.

Ein Klopfen an der Tür lässt mich aufschrecken, und dann zerrt Ian Audrey in mein Büro.

»Ich gebe es nur ungern zu, aber ich fürchte, es war ein Fehler, Mitleid mit Ms Montgomery zu haben.«

Ihr Gesicht wird rot. Was ich ziemlich niedlich finde.

»Was meinst du?«, frage ich und genieße, wie sie sich windet, dabei jedoch versucht, Haltung zu bewahren.

»Statt bei der Gruppe zu sein, habe ich sie im Treppenhaus aufgegabelt. Keine Ahnung, was sie dort zu suchen hatte. Sie weigert sich, es mir zu sagen.«

Oh Kleines!

Ich ahne, was ihr Plan gewesen ist, aber ich will ihre Tarnung noch nicht auffliegen lassen. »Zweite Verwarnung, Ms Montgomery«, sage ich ruhig.

Sie schnappt empört nach Luft.

»Sie haben hoffentlich eine verdammt gute Erklärung parat.«

»Ich hab mich verlaufen«, sagt sie.

»Oh bitte!«, schnaubt Ian neben ihr, und sie blickt mich Hilfe suchend an.

Ich setze meine finsterste Miene auf. »Sie brauchen eine bessere Ausrede. Viel, viel besser. Also?«

»Ich wollte zu Ihnen. Sie waren eben so schnell weg. Und ich hab mich erinnert, wo Ihr Büro war. Aber mit meiner Zugangskarte komme ich nicht in diese Etage und …« Sie atmet tief durch. »Ich wollte mit Ihnen sprechen.«

»Und warum das? Das hätte doch warten können!«, blafft Ian sie an und schüttelt sie, woraufhin sie das Gesicht verzieht, weil sein Griff sehr fest ist.

Dann sieht sie mich wieder an. *Meinetwegen. Sie wollte meinetwegen zu mir.* Sie erklärt jedoch: »Ich wollte mit Mr Randall sprechen, weil ich nicht bis zum Ende bleiben kann. Der gesamte Workshop verschiebt sich heute nach hinten. Ich habe aber einen Termin und muss pünktlich weg.«

»Was für einen Termin?«, fragt Ian misstrauisch nach.

»Das ist privat«, antwortet sie ausweichend.

»Ich sage Ihnen mal was: Ich wette, es gibt gar keinen«, sagt er. »Und wenn doch, dann rücken Sie sofort mit der Sprache raus. Sonst ist hier Schluss.«

»Ich bin zum Essen verabredet. Mit einer Freundin«, improvisiert sie weiter.

»Und das können Sie nicht absagen?«

»Ich —«

Ich schreite ein. »Schon gut, Ian. Ich hab heute wirklich später begonnen, und es hat uns nichts anzugehen, was für Verabredungen unsere Angestellten haben. Und jetzt lass sie los!«

»Bist du dir sicher?«

»Ian!«

Mein Bruder ist offensichtlich nicht einverstanden, gibt sie jedoch frei, und Audrey reibt sich die Handgelenke, an denen Ians Griff rote Abdrücke hinterlassen hat. Was mich ziemlich ankotzt und weshalb ich nachher doch mit meinem Bruder sprechen und ihm in Grundzügen erklären werde, was zwischen Audrey und mir läuft.

»Sonst noch was?«, frage ich ihn finster.

»Nichts«, sagt er nur.

»Gut, dann geh wieder an deine Arbeit. Ich bin hier auch gleich fertig und nehme Ms Montgomery mit. Wäre ja zu schade, wenn sie sich erneut verläuft, nicht wahr?«

Mit einem Nicken geht Ian und schließt die Tür lautstark hinter sich. Audrey zuckt zusammen, aber rührt sich nicht, hält den Blick schuldbewusst gesenkt und ist sichtlich aufgewühlt.

»Es tut mir leid«, sagt sie leise, schnieft plötzlich und wischt sich über die Wange.

»Komm her, Kleines.«

»Es tut mir leid«, murmelt sie wieder, kommt jedoch näher. »Ich weiß, ich hätte nicht … Aber ich konnte nicht anders … Das hier ist schwerer als gedacht.«

Ich überhöre ihr Gemurmel. Sobald sie bei mir ist, ziehe ich sie auf meinen Schoß und halte sie einfach, warte, bis sie sich beruhigt hat.

»Gut gemacht«, sage ich ihr und verteile Küsse auf ihrem Hals. »Sehr gut gemacht.«

»Ja?«

»Ja«, sage ich und wische ihre Tränen von den Wangen, will sie schon wieder.

»Du warst so schnell in der Pause … Ich war mir nicht sicher …«

Statt zu erklären, was in mir vorgeht, umschlinge ich sie enger, genieße ihre Wärme und dass es ihr durch mich besser geht.

Als sie endlich ganz normal atmet, lockere ich meinen Griff und inspiziere ihre Handgelenke. Die Abdrücke, für die Ian gesorgt hat, sind so gut wie verblasst, aber die Handschellen haben wie erwartet Kerben hinterlassen.

»Wie kommst du mit den heutigen Übungen zurecht?«, frage ich sie.

»Ich hatte mir Handschellen immer anders vorgestellt. Benutzt die Polizei die gleichen? Die Teile tun richtig weh.«

Sanft reibe ich mit dem Daumen über die Haut. »Ja.«

»Auf dass ich niemals was anstelle«, murmelt sie.

Breit grinsend knabbere ich an ihrer Unterlippe. »Auf dass du es doch tust«, sage ich. *Weil ich dann mit dir Dinge tun kann ...*

»Keine Handschellen«, stellt sie trotzdem klar.

»Sag bloß, die findest du schlimmer als die Nippelklemmen?« Nur zur Erinnerung streife ich ihre Brustwarzen und werde hart, als sie zusammenzuckt. Vor Lust.

»Keine Ahnung«, gibt sie zu. »Aber das eben war noch keine Session, und ich sehe schon so aus. Ich will nicht wissen, wie geschunden meine Handgelenke sind, wenn es ernst wird. Also nein, bitte nicht.«

»Okay, ist als Tabu registriert.«

»Gut.«

Ich will sie länger halten, doch die Zeit drängt. »Kleines, wir müssen ...«

»Reece ...« Sie schlingt ihre Arme enger um meinen Hals und atmet meinen Duft ein, will sich nicht lösen. Und ich will es auch nicht. Dann lacht sie leise. »Verdammt, so ist es mir bisher nie ergangen.«

»Was meinst du?«

»Dass ich so verrückt nach einem Mann bin. Die ganze Welt ist mir egal, wenn du mich nur so hältst.«

Ich werde härter, und obwohl sie es merken muss, sagt sie nichts. »Geht mir ähnlich«, gestehe ich. »Aber trotzdem ...«

»Ich verstehe«, sagt sie.

»Heute Abend sollten wir uns übrigens besser auch nicht sehen. Geh, so wie du es eben gesagt hast, eine Stunde eher.«

»Reece!« Zahlreiche Widerworte liegen ihr auf der Zunge, doch sie schluckt sie hinunter, weil sie genau weiß, dass es so am besten ist.

»Es ist wichtig für die Tarnung.« Warm lächele ich sie an. »Außerdem hat dein Körper ganz sicher nichts gegen eine Pause von mir.«

Mit ihr in den Armen beuge ich mich vor, greife einen USB-Stick und lade Dateien von meinem Rechner darauf.

»Du solltest die Zeit nutzen und meine bisherigen Ergebnisse zu den Leuten einsehen. Wenn ich mich recht erinnere, hattest du auch schon einige Informationen zum Klub gesammelt. Vielleicht siehst du ja etwas, das ich übersehen habe, und wir finden die undichte Stelle schneller. Tust du das?«

Statt zu antworten, beugt sie sich zu mir und küsst mich. Süchtig machend.

Verdammt, Audrey ...

Es ist nicht so, dass ich sie nicht will. Aber der Moment ist ungünstig. Mit einer fließenden Bewegung lege ich meine Hand um ihre Kehle und drücke sie zurück. Erschrocken, doch zugleich erregt sieht sie mich an.

»Reiz mich nicht, Kleines. Mir geht es genauso wie dir. Aber wir können nicht den ganzen Tag rummachen. Ich hab Verpflichtungen und ein Leben. Genau wie du auch. Also sei jetzt brav.«

Ich spüre, wie ihr Widerstand schwindet, und lockere den Griff. Sie atmet schwer, bemüht sich um Fassung und nimmt den Stick. »Gut, ich schau mir alles an.«

Zögernd rutscht sie von meinem Schoß und ordnet ihre Sachen und ihre Haare.

»Wie sehe ich aus?«

»Deine Mascara ist verschmiert«, sage ich und reiche ihr ein Taschentuch. Sie nimmt es und tupft den dunklen Rand unter ihren Augen weg.

»Und jetzt?«

»Perfekt«, sage ich, sperre meinen Computerbildschirm, stehe auf und mustere sie eindringlich. »Bereit?«, frage ich sie. Und meine damit: ›Bereit, wieder so zu tun, als wäre nichts zwischen uns?‹

»Bereit«, sagt sie.

11. Kapitel

AUDREY

Bereit?

Für diesen Mann ja! Für meinen neuen Job? Keine Ahnung!

Als ich abends nach Hause komme, werfe ich mich aufs Sofa und fühle mich so fertig wie nie zuvor. Nicht nur, dass mir vom Sex mit Reece jeder Muskel wehtut – und das, obwohl ich mich eigentlich für gut in Form gehalten habe –, obendrein ist das Verlangen nach ihm quälend, und zu wissen, dass er zuletzt an Jane demonstriert hat, wann Fesselungen zu fest sind und wie man seinen Partner schnell aus einer misslichen Lage befreien kann, macht es nicht besser. Denn ich bin wahnsinnig eifersüchtig.

Ob er mich auch vermisst?

Ich greife nach meinem Handy und will ihm eine Nachricht schreiben, aber dann fällt mir ein, dass ich seine Nummer nicht habe, und ich spüre, wie sich alles in mir frustriert zusammenzieht.

Bevor ich durchdrehe, raffe ich mich auf, gehe in die Küche und stelle mir einen Salat mit Hähnchenbrust und extra viel Käse zusammen. Ich esse und merke, wie meine Lebensgeister zurückkehren.

Da der ganze Abend noch vor mir liegt und ich nicht pausenlos an Reece denken will, setze ich mich nach dem Snack mit dem USB-Stick an Nikkis Schreibtisch und durchsuche meine bisherigen Recherchen. Vielleicht finde ich ja schon einen Anhaltspunkt, wer Infos über den Klub nach außen trägt?

Die Details, die bisher an die Öffentlichkeit gelangt sind, betreffen meist Vorfälle in den Separees. Ich kenne die Räumlichkeiten noch nicht, aber auf den ersten Blick scheint es tatsächlich so, als müsste einer der Angestellten dahinterstecken. Wer sonst hat dort Zugang?

Konzentriert lese ich mich durch die Informationen von Reece. Auf dem USB-Stick sind sämtliche Profile der Klubmitarbeiter und eine Liste der Zulieferer. So wie ich auch eingangs für den Job bewertet wurde, findet sich bei jedem ein Persönlichkeitsprofil sowie Updates zur Lebenssituation. *Wow!*

Immer wieder ertappe ich mich dabei, dass ich bei den Lebensläufen hängen bleibe, weil sie mich so interessieren. Dass einer von denen Interna verkauft, kann ich mir jedoch nicht vorstellen. Die Bezahlung ist überdurchschnittlich. Reece bemüht sich obendrein, die Sorgen und Probleme seiner Mitarbeiter ernst zu nehmen, und führt permanent Verbesserungen durch.

Müde reibe ich mir die Schläfen, als Nikki ihren Kopf in mein Zimmer steckt.

»Alles okay bei dir?«, fragt sie.

»Sicher«, gebe ich zurück, merke aber in dem Augenblick wieder, wie sehr mir Reece fehlt. Gar nicht mal für Sex, sondern einfach nur seine Nähe.

»Du warst gestern nicht da.« Sie wackelt mit den Augenbrauen. »Warst du bei Reece, und ihr habt all die Schweinereien angestellt, die ihr euch hier nicht getraut habt?«

»Nikki!« Typisch ältere Schwester! Sie weiß genau, wie sie mich aus dem Konzept bringen kann. Ich laufe feuerrot an, kann ihr jedoch nicht erzählen, was wirklich los ist, und bereue, sie nicht einfach angerufen zu haben, so wie es Reece vorgeschlagen hatte. »Ja, wir haben den Abend gemeinsam verbracht.« *Und was für einen Abend!*

»Und jetzt hast du ihn um den kleinen Finger gewickelt, und er sagt dir alles, was du brauchst, um Lois Lane zu spielen?«

»Das nicht …«, antworte ich ausweichend und überlege, wie ich ihr am besten erkläre, inwiefern sich die Situation für mich geändert hat. »Wie würdest du es eigentlich finden, wenn ich in Zukunft auf Dauer hier wohnen würde?«

Nikki schnappt nach Luft und macht große Augen.

»Ich meine nicht hier in deiner Wohnung, sondern in der Stadt«, ergänze ich.

Sie grinst. »Bei ihm?«

Meine roten Wangen verraten mich.

»Was hat er mit dir angestellt, Schwesterherz?«

Sie kommt näher, und ich schließe alle Dateien, damit sie keines der Dokumente sieht, die Reece mir im Vertrauen überlassen hat. »Er ist ein außergewöhnlicher Mann«, sage ich.

»Nenn ihn ruhig Mr Obersexy«, verbessert sie mich. »Mir ist selten ein Typ begegnet, der so eine Präsenz hat. Ich wette mit dir, nicht nur dein Höschen, sondern sämtliche Slips im Umkreis von einem Kilometer werden bei diesem Kerl feucht.«

Ich weiß, sie meint es scherzhaft, aber ich kann nicht lachen. »Er gehört mir«, fauche ich.

»Ich schätze, das hört er nicht gerne.«

»Wie meinst du das?«

»Ist er nicht der bekannteste Dom der Stadt? Bist du dann nicht eher sein Spielzeug und nicht er deines?«

Ich schwitze unter ihrem Blick und sage meiner Schwester damit, was sie wissen muss.

»Hab ich den Verstand verloren, Nikki?«, frage ich sie. »Das alles war nicht so geplant. Dass er auftaucht. Dass wir uns näherkommen. Dass mich diese Welt des Tease & Please so fasziniert.«

»Du warst also letzte Nacht nicht einfach nur bei ihm? Sondern ihr habt auch …? Du hast …?«

Es sollte mich amüsieren, dass meine Schwester mal um Worte verlegen ist, aber dafür bin ich viel zu aufge-wühlt. »Ja und ja und ja«, sage ich.

»Und du bereust es nicht?«

»Es war die beste Nacht meines Lebens und der beste Morgen danach. Ich kann es gar nicht beschreiben, doch es ist, als würde ich, seit ich ihm begegnet bin, alles klarer sehen. Als wäre ein Nebel, den ich vorher nie bemerkt habe, weil er normal war, plötzlich weg. Und endlich wüsste ich, wer ich bin und was ich will und was wichtig ist.«

»Aber?«

Um das Gespräch fortzusetzen, wechseln wir ins Wohnzimmer. Nikki holt Wein, ich Gläser, wir setzen uns, und sie schenkt uns ein.

»Was aber?«, frage ich nach.

»Es gibt immer ein Aber.«

Sie hat recht. »Ein Teil von mir hat Angst, dass ich es überstürze. Das zwischen uns passiert so wahnsinnig schnell.

Alles ist neu und aufregend. Aber vielleicht legt sich das auch wieder?«

»Und außerdem ist er superreich«, sagt sie.

»Richtig. Und ich habe das Gefühl, meine Unabhängigkeit aufzugeben.« Ich lehne mich zurück und leere das Glas. »Das ist alles gerade total verwirrend für mich.«

Nikki lehnt sich ebenfalls neben mir zurück. »Also ich würde mich auf jeden Fall freuen, wenn du in der Stadt bleibst. Außerdem hätte ich nichts dagegen, ein paar von seinen heißen Freunden kennenzulernen.«

»Er hat einen Bruder«, platzt es aus mir heraus.

»Genauso sexy?«

»Definitiv.«

»Dann kann ich dir das jetzt sowieso nicht mehr ausreden. Ich brauche auch mal wieder einen Typen, der weiß, was er mit einer Frau anzufangen hat.«

»Du hältst mich also nicht für verrückt, mich auf Reece einzulassen?«

»Ich halte dich eher für dumm, wenn du diesen Mann von dir stößt. Nutze es aus, dass du mit deinem Job überall arbeiten kannst. Bleib hier und schau einfach, was passiert.«

»Danke dir, Nikki.« Obwohl sie mir nichts gesagt hat, was ich nicht schon selbst wusste, hat es mir unglaublich geholfen, ihre Meinung zu hören – zu wissen, dass sie mich unterstützt und mich nicht dafür verurteilt, mich auf die Welt von Reece Randall einzulassen.

»Apropos Arbeit …«, sage ich, stehe auf und räume unsere leeren Gläser weg.

»Du gehst noch nicht schlafen?«, fragt sie.

»Nein. Ich kriege eh kein Auge zu. Also kann ich mich auch mit ein paar Recherchen ablenken.«

»Und morgen geht es dann in den Klub?«

»Ja, morgen geht es in den Klub.«

***

Am nächsten Morgen wache ich völlig übermüdet in meinen Papieren auf. Ich fühle mich noch verkaterter als am Vortag und vermisse Reece noch schrecklicher. Nichtsdestotrotz verliere ich keine Zeit und kämpfe mich hoch, dusche und ziehe mir ein adrettes dunkles Kostüm und High Heels an, um im Klub einen guten ersten Eindruck zu hinterlassen. Ich stecke mir die Haare hoch, lege knallroten Lippenstift auf und freue mich darauf, Reece wiederzusehen.

Das Tease & Please liegt anders als die Geschäftsräume des Klubs außerhalb der Stadt auf einem Privatgelände, das von der Straße nicht eingesehen werden kann und durch schwere eiserne Tore geschützt wird.

Mit meinem gebrauchten Yaris fahre ich vor, weise mich am Eingang aus und werde dann zu einem Parkplatz für Angestellte gelotst.

»Morgen, Audrey!«, begrüßt mich Jane, sobald ich angekommen bin. »Du hast gestern echt was verpasst. Dieser Mann kann einen fixieren! Wahnsinn! Ich steh gar nicht drauf, und trotzdem bin ich feucht geworden!«, plappert sie drauflos.

»Er hat die Technik an dir vorgeführt?«, frage ich nach, obwohl ich es eigentlich nicht so genau wissen will, denn Eifersucht pulsiert heiß in meinen Adern.

»Ja, hat er. Und jede seiner Berührungen war … Wirklich, dieser Mann hat großartige Hände …«

Oh ja, denke ich sehnsüchtig, verziehe jedoch abschätzig das Gesicht, um mir nichts anmerken zu lassen.

»Schau nicht so! Ich wette, dich hätte er auch bekehrt«, fällt Jane auf meine Show rein.

»Sag bloß, du bist jetzt devot!«, ziehe ich sie auf, da das die Gruppe davon ablenken wird, dass ich es bin.

»Ich überlege tatsächlich, die Ufer zu wechseln«, sagt sie mit großem Ernst, lacht dann aber. »Wobei ... Die Oberhand zu haben macht einfach zu viel Spaß.«

Zusammen mit nur noch vier weiteren Frauen warten wir, sind mittlerweile nur noch zu sechst. Doch zu meiner Überraschung taucht nicht Reece auf, sondern ein anderer Mann mit asiatischen Zügen und langen dunklen Haaren, die akkurat zu einem Man Bun hochgebunden sind. Was mich etwas neidisch macht, denn seine Frisur sitzt besser als meine.

»Ich bin Eric, der Empfangschef und Gästebetreuer des Tease & Please, und ich habe die Ehre, euch heute herumzuführen. Seid ihr bereit?«

Jedes Wort, das ich höre, fühlt sich so an, als würde mich jemand mit feinen Nadeln bearbeiten. Unauffällig suche ich die Umgebung nach Reece ab, weil ich nicht glauben kann, dass er nicht kommt. Aber nirgends entdecke ich seine breiten Schultern, sein kantiges Gesicht und diese aufmerksamen Augen.

»Kommt Mr Randall denn nicht?«, frage ich das Offensichtliche.

»Er ist nur selten vor Ort, die meiste Zeit verbringt er in seinem Büro. Wieso?«

Ich bemühe mich, mir nichts anmerken zu lassen, und setze meine unschuldigste Miene auf. »Sollte er uns nicht weiter beurteilen?«

»Keine Sorge, er verlässt sich auf meine Meinung. Notfalls wird er auf Videoaufnahmen zurückgreifen, die hier den Tag über gemacht und eine Woche gespeichert werden. Sonst noch Fragen?«

»Keine«, sage ich, dabei klopft mein Herz wie wild, denn mir liegen jede Menge Fragen auf der Zunge. Nur dass die allesamt von der Art sind, dass ich sie nicht laut stellen darf.

Warum hat Reece nichts davon gesagt?

Wieso hat er nicht versucht, mich zu benachrichtigen?

Bin ich ihm doch nicht so wichtig?

War der Rechercheauftrag nur ein Vorwand, um mich elegant aus seinem Apartment zu bekommen?

Fand er mich vielleicht doch nicht so toll und sucht sich lieber eine Sub, die weiß, was Sache ist, als eine, die erst alles lernen muss?

Mit jeder Frage, die mir durch den Kopf schießt, wird mir schwindeliger, und ich bohre meine Fingernägel in die Handflächen, um nicht irgendetwas zu sagen, was die anderen daran zweifeln lassen könnte, dass ich hier richtig bin und als Lady Dom arbeiten möchte.

Gerade als wir endlich den Klub betreten wollen, kommt Ian auf uns zu.

»Hi, Ian, ich wusste gar nicht, dass du heute kommst«, sagt Eric überrascht.

»Morgen schaffe ich es nicht. Wenn es geht, triff mich doch nachher kurz in meinem Büro.«

»Sicher.«

Mein Blick verhakt sich mit dem von Ian. Hätte ich telepathische Fähigkeiten, ich würde ihn fragen, ob er etwas von Reece gehört hat. So aber sehen wir uns nur im Vorbeigehen an, er nickt kaum merklich, und dann ist er auch schon verschwunden. Und ich konzentriere mich wieder auf meine Gruppe.

Das hier läuft nicht so, wie ich es mir erhofft habe. Überhaupt nicht.

»Willkommen im Tease & Please!«, ruft Eric.

Wir betreten den Klub und passieren die noble Rezeption, an der wir später die Kunden abholen werden. Eric zeigt uns den Umkleidebereich, wo jeder Gast ein Zimmer mit Dusche hat, in dem er seine Sachen verwahren und sich frisch machen kann. Während wir uns durch den Klub bewegen, weist uns Eric unentwegt auf versteckt angebrachte Kameras hin und erklärt uns, wo sich Erste-Hilfe-Koffer und Notfall-Buttons befinden, die, wenn man sie drückt, sofort jemanden von der Sicherheit kommen lassen.

Ich versuche, den Ausführungen aufmerksam zu folgen und mir alles zu merken, aber dadurch, dass ein Teil meiner Gedanken bei Reece ist, raucht mir der Kopf.

Stöhnend massiere ich mir die Schläfen, um den Druck zu lindern. Was würde ich für eine Aspirin geben! Oder für fünf Minuten, die ich kurz die Augen schließen kann!

Nach einer Stunde ist der Rundgang beendet. Eric hat uns die öffentlichen Spielzimmer, das Restaurant, die Bar und die Bühne gezeigt, auf der an manchen Abenden Musiker auftreten. Außerdem hat er uns erklärt, wo sich die Separees und abgeschiedenen Bereiche befinden, die Hotelräumen ähneln und so wie die Zimmer am Empfang mit Bädern ausgestattet sind.

»Ich schlage vor, jeder von Ihnen schwärmt nun aus und macht sich selbst mit allem vertraut. Wir treffen uns dann in zwei Stunden erneut hier an der Bar und ich beantworte eventuelle Fragen.«

Mit einem Nicken geht die Gruppe auseinander, so als hätte jeder nur auf den Moment gewartet, während ich zögere und plötzlich als Einzige bei Eric stehe.

»Was ist mit Ihnen? Kommen Ihnen Zweifel, ob der Job das Richtige für Sie ist?«, fragt er. »Der Klub kann einen ganz schön einschüchtern. Die gesamte Ausstattung liegt schließlich in der Luxusklasse, und die Gäste, die hier verkehren, sind allesamt Größen aus Politik, Gesellschaft und Medien.«

Ich schüttle den Kopf. »Keine Zweifel.«

Statt mich weiter zu erklären, ziehe ich ebenfalls los und erkunde das Tease & Please auf eigene Faust. Ich weiß, was als Domina von mir erwartet wird. Deshalb überprüfe ich, wie hart oder weich der Fußboden ist. Wo man Sessions durchführen kann, deren Ort man nachher gut reinigen kann, wo einen jemand sehen oder nicht sehen kann und wo sich Ösen, Haken und Spielzeuge befinden, die man einbauen kann. Auch Kondome und Gleitgel entdecke ich immer wieder. Beides in neuen Packungen, so als würde das gesamte Equipment alle vierundzwanzig Stunden ausgetauscht werden.

Als ich eines der privaten Spielzimmer betrete, mache ich mich dort ebenfalls mit allem vertraut, bis ich – nach einem Blick auf die Uhr und weil ich noch Zeit habe – einfach stehen bleibe und alles auf mich wirken lassen. Nicht mehr als dominante Frau, sondern als devote.

Wie wäre es, mit Reece hier zu sein?

Würde er mich ermuntern, etwas von den Sachen auszuprobieren?

Würde er selbst etwas vorschlagen? Wenn ja, was?

Ich muss daran denken, wie sein Schlafzimmer ausgesehen hat. Ein normales Bett, eine Kommode mit Spielzeug, kein wirkliches Spielzimmer. Nicht wie das hier …

Ich stelle mir vor, wie es wäre, hier vor dem Bett zu knien, das Gesicht auf die teure, seidenweiche Bettdecke zu legen, diesen angenehm wohltuenden, holzig-warmen Duft zu inhalieren, der in der Luft liegt. Seine Präsenz zu spüren, sein Parfüm zu riechen. Ihn. Nicht zu wissen, für welches Spielzeug er sich entscheidet, zu warten …

Schwer atmend stütze ich mich am Bettpfosten ab und schließe die Augen. Ich will mich beruhigen, aber die Sehnsucht nach Reece presst mir plötzlich die Luft aus den Lungen.

Die letzte Nacht war schon schrecklich, doch ihn jetzt, da ich ihn brauche, wieder nicht zu spüren, bringt mich um. Meine Haut brennt. Alles tut weh, und ich empfinde einen Grad der Erschöpfung, wie ich ihn bisher nicht von mir kannte.

Ich schaue auf die Digitalanzeige auf meinem Handy. Mir bleibt noch eine Stunde, bis ich zu den anderen zurück muss. Eine Stunde, in der ich mich weiter umsehen kann. Oder eine Stunde, um mich auszuruhen …

Obwohl ich weiß, dass ich das nicht tun sollte, lösche ich das Licht in dem Raum, warte, bis sich meine Augen an die Notbeleuchtung gewöhnt haben, und schlüpfe dann unter die schwere Bettdecke. Ich atme tief durch und bilde mir ein, dass Reece bei mir ist, was leicht ist, da alles hier seine Handschrift trägt. Und binnen Sekunden siegt die Müdigkeit, und ich schlafe ein.

REECE

Ich hasse es, Audrey nicht sehen zu können. Aber Eric übernimmt immer den Job, die Kandidaten herumzuführen. Es gibt keinen Grund, das selbst zu machen.

»Ich hoffe, du weißt, was du tust«, meint Ian nur, als er mittags in mein Büro kommt.

»Wie meinst du das?«

»Ich hab sie heute Vormittag im Klub gesehen. Sie sieht furchtbar aus, als hätte sie die Nacht kaum geschlafen. Ein bisschen wie du.«

Ian habe ich mittlerweile eingeweiht in das, was zwischen Audrey und mir läuft. Was er sagt, beunruhigt mich deshalb. Alles in mir weiß, dass Audrey mich hat sehen wollen, und ich fühle mich schlecht, weil ich nicht da sein kann.

»Du meinst, ich sollte in den Klub fahren?«

»Ich meine, du solltest dir überlegen, wie ihr das auf Dauer durchziehen wollt. Du weißt, ich kenne mich im Vergleich zu dir nur oberflächlich mit BDSM aus, aber wenn das, wie du mir ja neulich knapp erklärt hast, wirklich alles neu für sie ist, dann sollte sie nicht allein sein.«

»Sie ist bestens mit der Materie vertraut. Im Theorieteil hat sie exzellent abgeschnitten.«

»Willst du *mich* damit beruhigen oder dich?«, sagt Ian nur und lässt mich alleine.

Mich, ganz klar.

Für einen Moment ringe ich mit mir, dann klinke ich mich in das Überwachungssystem des Klubs ein. Ich sehe Audrey, wie sie sich ein Lächeln abringt, während sie den Klub inspiziert, meinen Klub. Das Zimmer, das sie sich genauer anschaut, ist eines der romantischeren. Sie macht sich mit dem Bedienpanel vertraut, probiert mehrere Licht-, Sound-, Temperatur- und Sicherheitseinstellungen aus, schaut sich alles an und schaltet schließlich die große Kamera aus. Ich warte, dass sie sie wieder anschaltet, aber das passiert nicht.

Nanu? Hat sie die Suite verlassen?

Schnell wechsele ich den Bildschirm, doch auf dem Gang erscheint Audrey nicht.

Was tut sie dort?

Bevor ich lange herumrate, schalte ich meinen Computer aus, nehme mir meine Autoschlüssel und mache mich auf den Weg. Ich könnte auch Eric bitten, nach ihr zu sehen, aber ich muss mich selbst davon überzeugen, dass es ihr gut geht.

***

»Hi, Reece, alles okay?«, fragt mich Eric überrascht, als ich eine Stunde später das Tease & Please betrete.

»Sicher, ich muss nur was für heute Abend vorbereiten«, lüge ich.

»Spezielle Gäste?«, fragt er.

»Kann man wohl so sagen.« *Nur dass der Gast schon da ist.*

Ich suche den Raum auf, in den Audrey gegangen ist, drehe stückweise das Licht hoch und entdecke sie schlafend.

Leise schließe ich die Tür hinter mir und spüre eine Welle der Lust, als mir klar wird, dass wir ungestört sind – in einem meiner Playrooms.

Langsam schlage ich die Decke zurück und sehe, wie sie eingerollt in ihren nun zerknitterten Sachen dort liegt.

Ich setze mich zu ihr auf die Bettkante, nehme ihren Anblick in mich auf, genieße dieses Gefühl, dass sie mir gehört. Mir allein.

»Hey?«, murmele ich an ihrem Ohr und küsse sie, bis sie zu sich kommt.

»Du bist hier?«

»Bin ich«, sage ich und merke, wie sie beruhigt wieder einschläft.

Ich spüre die gleiche Erschöpfung, ziehe mich aus, lege mich zu ihr und schlafe seltsam erleichtert und zufrieden ein.

***

Im Dämmerlicht des Raumes merkt man nicht, wie spät es ist. Aber als ich wieder wach werde, fühle ich mich besser, viel besser. Egal wie, ich kann nicht noch mal einen Tag ohne sie sein. Dafür begehre ich sie zu sehr, dafür vermisse ich zu sehr den Blick aus ihren Augen und ihren Duft und ihr Lachen und die Momente, wenn sie sich gegen etwas sträubt.

Behutsam fahre ich durch ihre Haare und muss lächeln, als sie immer wacher wird. An den Anblick könnte ich mich mehr als nur gewöhnen. Alles in mir will, dass sie kein anderer Mann je so sieht.

Als sie schließlich die Augen ganz aufschlägt, lächelt sie zurück, rückt dichter zu mir, umarmt mich und schmiegt sich an mich.

»Dir geht es gut?«, frage ich.

»Mir geht es blendend. Jetzt.« Ihre Miene wird ernster, doch sie schweigt.

»Was ist los?«

»Nichts, es ist albern.« Sie möchte aufstehen, aber ich halte sie auf, was ihr gefällt. »Reece!«

Ich lasse nicht locker, will wissen, wovon sie redet. Wir kennen uns einfach noch nicht lange genug, dass ich sie einschätzen könnte.

»Ich bin froh, dass du hier bist. Der Tag ohne dich war irgendwie anders.« Sie holt tief Luft. »Und die Nacht auch. Ich hab kaum geschlafen, hab gearbeitet, bin gar nicht zur Ruhe gekommen«, gesteht sie.

»Ging mir genauso«, sage ich.

»Ehrlich?«, fragt sie verblüfft.

»Ehrlich«, sage ich. »Und ich kann dir jetzt schon versprechen, dass wir heute Nacht zusammen schlafen werden, denn noch mal mache ich das nicht mit.«

Sie schlingt ihre Arme um mich und ich meine um sie. Aus irgendeinem Grund passen wir perfekt zusammen. Obwohl für sie alles neu ist und ich nicht so streng sein kann wie bisher, weil ich sie sonst überfordere.

»Und nun?«, fragt sie.

»Was meinst du?«

»Ich habe das Treffen der Lady Doms verpasst. Eric wird sich bei dir über mich beschweren, und wenn du ihm keinen triftigen Grund nennst, warum ich weg war, kannst du mich nicht einstellen, ich kann nicht die Recherche übernehmen und wir –«

Sie bricht ab, aber ich weiß, worauf sie hinauswill. Dass zwischen uns dann auch nichts mehr laufen wird.

Ich taste nach meinem Handy, das ich neben das Bett gelegt habe, und sehe, dass es zwar spät ist, jedoch noch nicht zu spät. »Jetzt duschen wir, ziehen uns vernünftig an, und du arbeitest ab sofort als Lady Dom. Ich wüsste sogar schon einen Kunden, eine Richterin, eine sehr angenehme Person. Mit Eric spreche ich.«

Sie nickt, als wäre sie einverstanden. »Und dann?«

Ich knabbere an ihrem Ohrläppchen. »Du musst aufhören ›Und dann?‹ zu fragen und konkreter werden, Kleines.«

Sie kichert und sieht zu mir hoch. »Ich dachte, im Bett darf ich nicht so forsch sein.«

»Du darfst alles sein, was du willst.« Ich grinse. »Könnte nur sein, dass du ab und zu mit Konsequenzen rechnen musst. Und ab und zu nicht. Aber nur um das klarzustellen: Ich mag sowohl, dass du devot, als auch, dass du eine eigenständige Frau mit ziemlich verrückten Ideen bist.« Denn sich als Lady Dom auszugeben war schon reichlich gewagt!

»Wenn das so ist: Wann sehe ich dich wieder?«, fragt sie ganz unverblümt, stützt sich auf ihre Ellenbogen auf und fährt mir durchs Haar, will cool tun, ist es allerdings nicht.

Ich greife nach ihrer Hand und küsse ihr Handgelenk an der Stelle, an der ihr Puls warm schlägt. »Zu mir kannst du nicht. Das würde sofort auffallen. Jeder weiß, dass ich nur Subs date, keine dominanten Frauen. Außerdem ist das Einstellungsverfahren abgeschlossen, es gibt keinen Grund mehr für dich, in den Randall Tower zu kommen.«

»Dann buchst du uns ein Hotelzimmer?«, fragt sie.

Ich lächele breit. »Besser. Ich dachte, ich könnte heute Abend zu dir fahren und bei dir übernachten. Dein Zimmer bei deiner Schwester ist zwar nicht besonders groß, aber es sollte reichen. Wie klingt das?«

Statt einer Antwort küsst sie mich, mag wohl meinen Vorschlag. »Und du kommst auch wirklich?«, fragt sie.

Ich hasse die Unsicherheit in ihrem Blick und liebe zugleich, wie sehr sie mich an ihrer Seite haben will. »Du und dieser Bärchen-Overall? Um nichts in der Welt würde ich das verpassen.«

Sie klettert von mir herunter, steht auf, dreht sich an der Tür zum Bad jedoch erneut um. »Wirklich, wirklich?«

»Willst du etwa eine Sicherheit haben?«

»Hast du eine?«

Ich stehe auf, packe sie und küsse sie noch mal. »Du hast mich an den Eiern, Kleines. Reicht dir das?«

»Tut es«, sagt sie und verschwindet im Bad.

Während sie duscht, schreibe ich Eric die E-Mail, um ihn darüber zu informieren, dass Audrey bereits eingestellt ist und ihren ersten Kunden hat. Ich warte, bis sie aus der Dusche kommt, gebe ihr Bescheid und erkläre ihr, wo sie alle Infos zur Richterin findet, küsse sie erneut zum Abschied und sehe ihr nach, wie sie sich aus dem Separee schleicht und sich wieder als Lady Dom ausgibt – statt meine kleine Sub zu sein.

Um nicht zu riskieren, dass uns jemand zusammen sieht, dusche ich nun ebenfalls und lasse mir extra lange Zeit, mich anzuziehen. Danach beantworte ich noch weitere E-Mails und beschließe so die Stunden zu überbrücken, bis ich einen der VIP-Kunden empfangen muss, Ashton Kellerhan.

***

»Hi, Reece«, begrüßt mich Kellerhan, als wären wir alte Freunde. »Ist alles für meine kleine Orgie vorbereitet?«

»Immer mir nach!«, sage ich, sorge dafür, dass meine Angestellten Sekt verteilen und niemand auf dem Weg ins Separee unseren Weg kreuzt. »Weitere Sonderwünsche?«, frage ich, weil es nicht ungewöhnlich ist, dass meine Gäste sich kurzfristig umentscheiden.

»Ich hab die Subs und die Doms, beiderlei Geschlechts, richtig?«

Ich nicke. »Mein halber Harem gehört heute Abend Ihnen.«

Er lacht rau, weil ihm der Witz gefällt. »Und alles, was ich mache, bleibt wirklich hier im Klub?«

»Garantiert.« *Hoffe ich.*

Ich öffne eine Tür, er betritt den Raum, und ich sehe, dass mein Personal bereitsteht, ihm zu dienen. Nur ihm.

»Sie sind ein böser Junge, Ashton«, flüstere ich ihm zu.

Erregt atmet er flacher. »Was muss ich tun, um von Ihnen bestraft zu werden?«

Ich grinse, weil ich diese perversen Spiele liebe, auch wenn sie mich keineswegs so anmachen wie die mit Audrey. »Seien Sie ein guter Junge. Wenn Sie es schaffen, für die Dauer einer Sitzung keinen Orgasmus zu haben, kriegen Sie mich.«

Wieder schluckt er, will es versuchen, aber ich weiß bereits, dass er das nicht hinkriegen wird.

»Viel Spaß!«, sage ich zum Abschied, schließe die Tür hinter mir und gönne es ihm, sich nach allen Regeln der Kunst erniedrigen zu lassen oder andere zu erniedrigen.

Ich gebe Janet die Anweisung, zwischendurch für Essen und Getränke zu sorgen, und beschließe, an der Bar kurz zu schauen, ob der Klub so läuft, wie er soll. Nach wie vor ist im Tease & Please jemand, der die Geheimnisse meiner Kunden ausplaudert. Vor Ort zu sein, könnte helfen, dass wenigstens heute keine Informationen nach außen dringen.

Gerade als ich von Frank, unserem Barmann, einen Orangensaft gereicht bekomme, erscheint Eric.

»Du bist noch hier?«, frage ich überrascht.

»Wieder hier«, korrigiert er mich. »Nichts für ungut, aber statt eine E-Mail zu erhalten, die mich vor vollendete Tatsachen stellt, hätte ich gerne mit dir gesprochen, bevor du Audrey für den ersten Job einteilst. Ich hätte ihr noch den zusätzlichen Eingewöhnungstag morgen gegeben.«

Ich zucke mit den Schultern, als würde ich es nicht so streng sehen. »Du weißt doch, wie das Geschäft läuft: Was unsere Perversen wollen, kriegen sie.«

»Mit wem spielt sie?«, fragt er.

»Der Richterin.« Was nicht gelogen ist, ich hab Audrey wirklich der Frau zugeteilt.

»Wo sind sie? Im gesicherten Bereich?«

Ich schüttele den Kopf. »Da die Dame auf Zuschauer steht, sind sie in einem der Samtzimmer.«

»Was dagegen, wenn ich mir das anschaue?«

»Nein, gar nicht«, sage ich, folge ihm aber, weil mich sein Interesse stutzig macht. Ob er die Richterin anstarrt, ist mir egal. Wenn er Audrey schöne Augen macht, allerdings nicht. »Ich sollte mir auch mal ansehen, wie gut Ms Montgomery sich in echt schlägt.«

»Was hältst du sonst von den Neuen?«

»Gab es noch Vorkommnisse?«, frage ich zurück, bevor ich antworte.

»Nein.«

»Dann würde ich alle nehmen. Jede hat einen anderen Schwerpunkt und ist ein anderer Typ Mensch, das erleichtert die spätere Einteilung. Wenn Leute wie Ashton Kellerhan kommen, können wir außerdem jeden verfügbaren Mitarbeiter gebrauchen.«

Wir besprechen auf dem Weg zur Session der Richterin weitere spezielle Arrangements unserer Gäste und beschließen, für jemanden am Wochenende die Sicherheit zu erhöhen.

Dann finden wir die beiden Frauen. Soweit ich sehe, neigt sich die Session bereits dem Ende. Nach nur einer Stunde. Nicht schlecht.

Audrey hockt sich gerade neben die Richterin, die auf allen vieren auf dem Boden krabbelt, streicht ihr das Haar aus dem Gesicht, vergewissert sich, dass es ihr gut geht, und lächelt schließlich mit diesem teuflischen Blitzen in den Augen, bei dem ich ihr immer sofort einen Klaps auf den Hintern geben will.

»Süße, ich weiß, wie gerne du meine Füße lecken willst ...«, sagt sie sanft.

Was? Eric und ich tauschen einen überraschten Blick aus. Bisher wusste ich nichts von diesem Spleen, mein Gästebetreuer anscheinend ebenso wenig. Aber die Reaktion der Richterin spricht Bände. Sie ist unheimlich erregt und kommt fast allein von der Aussicht darauf.

Audrey richtet sich auf und bemerkt uns. Kurz strauchelt sie in ihrer Rolle, weil sie sich sichtlich freut, uns – beziehungsweise mich – zu sehen. Dann ist sie wieder professionell, sieht sich um und lässt sich nicht von all den anderen Leuten, die die Session beobachten, aus der Ruhe bringen.

Sie sucht sich einen Auflegevibrator aus und lässt ihn auf den Boden fallen.

»Den hier!«, sagt sie nur.

Übereifrig krabbelt die Richterin auf allen vieren hin und hebt das Spielzeug auf, während Audrey sich in einen der weichen Ledersessel setzt. Sie gibt eine Art Pfiff von sich, und die Richterin kommt sofort zu ihr, den Blick zu Boden gerichtet, doch so, dass sie aus dem Augenwinkel Audreys Füße sehen kann. Wirklich schöne Füße, wie ich gestehen muss.

»Bitte«, haucht die Richterin.

»Sei brav«, befiehlt Audrey streng, weiß genau, wonach sich die Richterin sehnt, will es ihr jedoch noch nicht gewähren.

Die Richterin zögert.

Audrey seufzt verdammt echt klingend, als wäre sie genervt. Ohne eine Erklärung steht sie erneut auf, geht zu dem Schrank mit den Toys und holt nun eines der Höschen heraus, das wir hier intern nur die ›Eiserne Schlampe‹ nennen. Ähnlich wie die Eiserne Jungfrau, das Folterinstrument aus dem Mittelalter, handelt es sich um ein Gestell, in das man steigt und das sich dann mit einem Schlüssel abschließen lässt, sodass es der Partner nicht abnehmen kann. Im Schritt befindet sich allerdings ein leistungsstarker Motor, den man über eine Fernbedienung steuern kann.

»Verabschiede dich von dem kleinen Vibrator und zieh das an!«, sagt Audrey und wirft der Richterin das Teil hin.

»Aber —«

»Sofort!«

Die Richterin stöhnt, gehorcht jedoch.

»Besser«, lobt Audrey. »Ich will von dir noch drei Orgasmen und zwar …« Sie sieht auf die Uhr. »Innerhalb von fünf Minuten. Wenn du das nicht schaffst …« Sie lässt offen, was dann passiert, eine sehr effektive Methode, jemanden weiter zu pushen.

»Autsch!«, meint Eric neben mir. »Immer wieder faszinierend, sie das erste Mal in Aktion zu erleben.«

»Abwarten! Ms Montgomery ist kurz davor, zu weit zu gehen.«

Gespannt verfolge ich, wie Audrey der Frau die Orgasmen aufzwingt und sie dabei ohne Mitleid anschaut – aber auch ohne viel Freude. Quälen liegt ihr nicht, doch zum Glück fällt das niemandem hier im Raum auf.

Der erste Höhepunkt kommt schnell, wenig später folgt der zweite. Bevor Audrey ihr den dritten verschafft, wartet sie jedoch ab, weil sie merkt, wie fertig die Richterin ist.

»Meine Schöne, einen noch, dann gehören dir meine Füße eine volle Stunde lang«, sagt sie. »Einen schenkst du mir noch, ja?«

Ich selbst wäre vermutlich nicht so weit gegangen, umso überraschter bin ich, als die Richterin nickt. Die Aussicht auf ihre Belohnung treibt sie an. Keuchend kommt sie ein drittes Mal, woraufhin Audrey sie lobt, ihr durch die Haare fährt, sich die Pumps von den Füßen tritt und sich den Händen, Brüsten und dem Mund der Richterin überlässt.

Ich bin wahnsinnig stolz auf sie, aber um keinen Verdacht zu erregen, nicke ich ihr nur wohlwollend zu, sage jedoch nichts.

»Die anderen fangen dann morgen an?«, frage ich Eric.

»Werden sie.«

»Kannst du dafür sorgen, dass Ms Montgomery nachher nach Hause gebracht wird?«

Eric mustert mich überrascht, weil der Shuttle normalerweise nicht für Angestellte ist.

»Kleine Aufmerksamkeit des Hauses«, improvisiere ich. »Dafür, dass sie heute so kurzfristig eingesprungen ist.«

Das scheint Eric einzuleuchten. »Gut, ich kümmere mich darum.«

Am liebsten würde ich Audrey länger zuschauen, aber es gibt keinen Grund zu bleiben. Und in ein paar Stunden habe ich sie ganz für mich.

In ein paar Stunden ...

12. Kapitel

AUDREY

Da ich keine Ahnung habe, wann Reece kommt, arbeite ich, sobald ich wieder bei meiner Schwester bin, weiter. Ich habe nicht nur die erste Session hinter mich gebracht, sondern auch neues Personal aus dem Klub kennengelernt. Offensiv kann ich nicht herumschnüffeln, um herauszufinden, wer Informationen über das Tease & Please an die Presse weitergibt. Doch ich kann Beobachtungen anstellen, daraus Schlüsse ziehen und die überprüfen oder mit Reece besprechen.

Tatsächlich ist es mehr als einmal so, dass mir Mitarbeiter verdächtig vorkommen. Was mir nach dem Abend mit der Richterin jedoch klar wird, ist, dass es genauso gut Kunden sein können, die sich nicht an die Geheimhaltungserklärung halten. Reece wird der Gedanke missfallen, aber je länger ich darüber nachdenke, desto wahrscheinlicher erscheint mir das Szenario.

Jetzt, da ich für den Klub arbeite, habe ich auch Zugang zur Kundendatenbank und durchsuche sie nach Auffälligkeiten. Dabei bin ich überrascht, wie schlampig die Akten teilweise geführt werden. So fehlt zum Beispiel zu der Richterin, die ich am Abend hatte, die Info, dass sie auf Füße steht. In dem Fall nicht schlimm, doch wer weiß, welche Details noch ausgelassen wurden?

Ist Eric dafür zuständig?, frage ich mich und beschließe, das später mit Reece zu besprechen. Unabhängig von dem Leck gefährden unvollständige Informationen das Geschäft des Tease & Please. Und alles in mir zieht sich zusammen, wenn ich mir vorstelle, dass Reece in Schwierigkeiten geraten könnte.

Gründlich lese ich die einzelnen Akten durch, aber komme nicht wirklich weiter. Am liebsten möchte ich mit Nikki darüber sprechen, doch das geht nicht. Sobald sie da ist, erkläre ich ihr nur, dass Reece heute Nacht noch vorbeikommt.

»Du magst ihn?«, fragt sie.

»Unheimlich. Ja.«

Aufmerksam mustert sie mich und nickt dann.

»Was war das denn?«, frage ich.

»Du wirkst unglaublich glücklich, Schwesterherz. Ich mag nicht verstehen, was da im Bett zwischen euch läuft.« Sie schüttelt sich. »Und ich will es mir auch nicht vorstellen müssen, aber ich sehe, wie deine Augen leuchten, wenn du von ihm sprichst, und ich freue mich, dass du endlich jemanden gefunden hast, der dich glücklich macht.«

Schmetterlinge flattern in meinem Bauch. »Stimmt«, sage ich nur, fühle mich jedoch plötzlich aufgekratzter und hoffe, dass Reece bald kommt.

Ich bleibe so lange wach und wälze Akten, wie ich nur kann, weil ich weiß, dass er die halbe Nacht im Klub ist. Doch irgendwann kann ich die Augen nicht länger offen halten und schlafe ein. Bis mich das Klingeln an der Tür hochschreckt und ich müde denke, dass ich Reece unbedingt einen Schlüssel besorgen muss, damit er nicht jedes Mal mich und auch meine Schwester aufweckt, wenn er von der Arbeit kommt.

Verschlafen gehe ich zur Tür, schaue durch den Spion und öffne, als ich sehe, dass es Reece ist.

»Hab ich dich geweckt?«, fragt er, tritt ein, schließt die Tür, zieht mich an sich und küsst mich.

»Nicht so schlimm!«, sage ich und falle ihm um den Hals, atme seinen Geruch und den der Nacht ein und möchte ihn am liebsten nie mehr loslassen.

»Ab ins Bett mit dir! Ich muss nur kurz unter die Dusche, dann komme ich auch.«

Während Reece ins Bad geht, gehe ich wieder in mein Zimmer, schlüpfe unter die Bettdecke und lausche auf die Geräusche im Haus. Sobald er kommt und wir uns auf dem schmalen Bett aneinanderschmiegen, spüre ich endlich diese Ruhe, nach der ich mich so gesehnt habe.

»Wird es immer so spät?«, frage ich.

»Meist«, antwortet er zerknirscht, zieht mich an sich und drückt mich. »Schlaf! Du siehst müde aus, Kleines. Wir reden morgen früh.«

Ich kuschele mich an ihn. »Danke, dass du gekommen bist.«

»Es gibt keinen besseren Ort als bei dir«, murmelt er und döst bereits ein. Ich höre auf seinen gleichmäßigen Atem, genieße die Wärme seines Körpers, schmiege mich enger und schlafe ebenfalls ein.

***

Als ich gegen acht wach werde, schläft Reece noch. Ich gönne mir einen Moment, um ihn einfach nur anzuschauen, und Wärme durchströmt mich. Nicht weil ich scharf auf ihn bin, sondern weil da Gefühle sind, die in mir wild durcheinanderwirbeln. Richtig heftige.

Lächelnd stehe ich auf, stelle fest, dass ich Nikki leider verpasst habe – sie ist schon los zur Arbeit – und beschließe, Frühstück zu machen. Ich setze Kaffee auf, hole Donuts, mache Eier und Speck ...

»Du kochst?«, fragt Reece überrascht, als er eine Stunde später auftaucht. Er umfängt mich von hinten und küsst meinen Nacken.

»Das sind Eier«, informiere ich ihn grinsend. »Die in die Pfanne zu hauen, fällt wohl kaum unter Kochkünste.«

»Daran könnte ich mich gewöhnen«, sagt er.

»Dann tu das«, sage ich strahlend, beiße mir aber schnell auf die Lippe, weil ich das Gefühl habe, viel zu voreilig zu sein.

»Werde ich«, sagt er jedoch nur.

Er hält mich noch einen Moment länger, schaut mir über die Schulter und lässt mich los, als die Eier fertig sind.

»Setz dich!«, sage ich und zeige zu einem Platz, den ich bereits eingedeckt habe.

»Setz du dich auch«, meint er und zieht mich auf seinen Schoß.

»Hier?«

»Natürlich.« Er knabbert an meinem Nacken. »Meine Subs essen nur auf dem Boden, wenn sie was angestellt haben. Aber das hast du ja nicht.«

Ich kichere, winde mich, fange an zu essen, weil ich unglaublichen Hunger habe.

»Das hast du gestern richtig gut gemacht. Eric war begeistert, und ich bin es auch«, sagt Reece.

Ich verziehe das Gesicht.

»Was ist los? Meinst du, er ist mein Leck?«

»Ähm … Nein. Aber irgendwie ist er komisch. Er starrt mich so eindringlich an. Dabei muss er wissen, dass nichts zwischen uns laufen wird.«

Reece versteift sich unter mir. »Wenn doch, dann wird er es bitter bereuen.«

»Ich hab dich gar nicht für einen Mann gehalten, der so überempfindlich reagiert.« Ich verdrehe die Augen, finde es jedoch ziemlich heiß, dass er sich so eifersüchtig verhält.

»Hast du etwa gerade die Augen über mich verdreht?«, fragt er mit dieser Stimme nach, die Warnung, Herausforderung und pure Verführung zugleich ist.

Provozierend mache ich es wieder. »Möglich. Darf ich das denn nicht?«

Lachend knabbert er an meinem Ohrläppchen. »Doch, solange wir nicht im Bett sind.«

»Hatte ich dort zum Glück nicht vor«, sage ich.

»Und was das Überempfindlichsein angeht: Daran bist du schuld. Was auch immer ein Mann mit einer Frau anstellen kann, ich will der Einzige sein, der es bei dir tut.«

»Warum gefällt mir, dass du das sagst?«

»Weil ich ein wahnsinnig toller Typ bin.«

Wieder muss ich mit den Augen rollen.

»Bist du etwa anderer Meinung?«, fragt er bedrohlich.

Ich muss lachen. »Krieg ich Ärger, wenn ich Ja sage?«

»Sei mutig und finde es heraus!«

So wie er mich anschaut, bin ich lieber nicht mutig. »Keine Sorge, du bist toll«, sage ich.

»Du auch«, meint er nur.

Wir frühstücken, necken uns weiter, und ich genieße, dass das unsere erste normale Situation ist. Ab und zu verändert sich zwar sein Blick, aber was immer ihm dann durch den Kopf schießt, er behält es für sich.

»Wann hast du festgestellt, dass Blümchensex nichts für dich ist?«, frage ich, neugierig, Dinge über ihn herauszufinden, die ich noch nicht weiß.

»In der Pubertät«, sagt er. »Mit meinen Freunden ging es ständig darum, wer wie lange kann und wer den größeren hat ...«

Ich grinse, weil Reece in der Kategorie garantiert sehr weit vorne lag.

»... Und es ging darum, wer Brüste gesehen und angefasst hat, wer mit welchem Mädchen geht, wer schon mal randurfte, eine geküsst hat. Solche Sachen.«

»Ich kann mir nicht vorstellen, dass du bei all den Punkten besonders zurückhaltend warst«, ziehe ich ihn auf. An Selbstbewusstsein mangelt es diesem Mann nicht.

»Stimmt, war ich nicht. Ich hab all das auch mitgemacht, aber es hat mich nicht wirklich gekickt. Zumindest nicht so wie die anderen. Bis ich in einer Jugendzeitschrift einen Artikel über Sadomaso-Praktiken gelesen habe.«

»Ich denke, du bist kein Sadist«, unterbreche ich ihn, weil ich weiß, dass er zwar mal härter zulangt, das jedoch in der Regel nur als Strafe einsetzt.

»Bin ich auch nicht«, beruhigt er mich. »Aber zu sehen, wie sich Frauen den Männern unterwerfen, das hat mich quasi sofort zum Orgasmus gebracht. Es war so, als hätte mir jemand eine Tür geöffnet, und ich bin einfach hindurchgegangen und hab alles zu dem Thema aufgesaugt, was es gab.«

»Das war in den Neunzigern, richtig?«, frage ich.

Er nickt. »Und zum Glück gab es da schon das Internet. Das hat einiges erleichtert. Obwohl die Informationen, die man damals dort fand, kein Vergleich zu dem sind, was einem heute angeboten wird, sie waren hilfreich, besser als nichts. Schließlich sind die Praktiken, um die es geht, ohne das gegenseitige Einverständnis kriminell. Sich zu informieren war also recht heikel, sich auszuprobieren noch mehr.«

»Wie alt warst du, als du deine erste Session hattest?«

»Einundzwanzig. Mit einer Switcherin, die sich nur zu gerne als mein Versuchsobjekt zur Verfügung gestellt hat, verhältnismäßig wenig Tabus hatte und deren Grenze so hoch gesteckt war, dass ich sie nie übertreten hätte.«

»Einundzwanzig …«, wiederhole ich. »Wow! Und davor hattest du keinen …?«

»Was denkst du denn von mir? Ich hatte meinen ersten Sex mit fünfzehn.«

»So früh!«, entfährt es mir, und ich merke, wie er mich abwartend ansieht, weil er genau das Gleiche von mir wissen will. »M-m-mit achtzehn«, gebe ich zögernd zu und werde automatisch nervös, wenn ich daran denke.

»Warum nicht eher?«

»Können wir das Thema wechseln?«, frage ich, stehe auf, räume als Ablenkungsmanöver den Tisch ab und sortiere das schmutzige Geschirr in den Geschirrspüler. *Warum musste ich nur damit anfangen?*

Dass ich mit der Strategie bei Reece nicht weit komme, hätte ich mir allerdings denken können. Er stellt mich an der Maschine, gerade als ich nach den Tassen mit dem Besteck weitermachen will, nimmt mich spielend leicht gefangen und wartet geduldig.

»Ich bin sehr konservativ groß geworden«, sage ich. »Und es gab in Baker City, der Kleinstadt, aus der ich stamme, keine tollen Jungs.« Ich stocke. »Oder gut, meine

Freundinnen fanden schon den einen oder anderen heiß, aber in meinen Augen waren alle nur plumpe Aufreißer, die vorlaute Sprüche von sich gaben.«

»So sind wir Jungs in der Pubertät«, sagt er lächelnd, zieht mich an sich, lässt mich einfach seine Nähe spüren, macht mir jedoch auch klar, dass ich nicht eher aus der Situation entlassen werde, bis er genug erfahren hat. »Mich hättest du dann bestimmt auch doof gefunden.«

»Wer weiß ...« Ich lächele und bedauere es, Reece nicht als Teenager gekannt zu haben, er war garantiert ein richtiger Herzensbrecher. »Ich fand jedenfalls niemanden gut. Und selbst wenn ... Meine Mom hätte mir nie erlaubt, mit einem von ihnen auszugehen oder auch nur Zeit mit einem Jungen zu verbringen. Sie hatte panische Angst, dass ich so wie sie zu früh an den falschen Kerl gerate. Ich sollte zunächst meinen eigenen Weg finden, unabhängig sein, wissen, wer ich bin und was ich will, und mich erst dann auf Männer einlassen.«

»Klingt für mich eigentlich ganz gut. Wenn ich mir vorstelle, ich hätte eine Tochter, und die würde mit jedem im Ort herummachen ...«

Ich verdrehe wieder die Augen. »Dann würde sie sich wie eingesperrt fühlen«, rege ich mich auf und merke, dass ich viel zu heftig reagiere und laut gegenüber Reece bin, so wie ich früher laut gegenüber meiner Mutter geworden bin.

»Korrigiere mich gerne, aber du magst es, eingesperrt ... gefesselt zu sein«, erinnert er mich daran, wie ich reagiert habe, als er mich ans Bett gebunden hat.

»Haha«, mache ich trocken, bin allerdings dankbar für den kleinen Scherz und kuschele mich an seine Brust.

»Es war also nicht so leicht?«, fragt er einfühlsamer.

»Nein, war es nicht«, sage ich. »Sex war für mich ein großes Mysterium. Ich hab meine Freundinnen über jedes intime Detail ausgequetscht, weil ich verstehen wollte, wovon sie reden.«

»Und dann kam jemand, der die Sache für dich geändert hat?«, fragt er vorsichtig nach.

»Ja … Nein …« Ich hole tief Luft, um auch den Rest zu erzählen, schäme mich aber jetzt schon, obwohl ich weiß, dass ich dazu keinen Grund habe. »Ich konnte es gar nicht abwarten, nach der Senior High aufs College zu gehen. Ich hatte mich für Portland entschieden, vier Autostunden von zu Hause entfernt, eine völlig andere Welt, neue Leute, hübschere Typen.« Ich schlucke. »Und dieser eine sexy Professor.«

Reece grinst, statt mich zu verurteilen. »Das Szenario würde ich ja gerne mal nachstellen, ich der Professor, du meine gelehrige Schülerin …«

Lachend boxe ich ihn in die Seite. »So war es damals nicht.«

»Wie dann?«

»Wir hatten so ein Flirtding, und nach ein paar Monaten hab ich mir immer öfter gesagt, wie toll es wäre, Sex mit jemandem zu haben, der weiß, wie es funktioniert. Warum mich also nicht auf ihn einlassen? Er war definitiv interessiert. Es war allgemein bekannt, dass er schon mit vielen Frauen geschlafen hatte, und an einem Abend nach einem Vortrag ist es endlich passiert.«

»Es ist passiert«, wiederholt Reece meine Worte eine Spur ratlos.

Beschämt kuschele ich mich enger an ihn, lausche auf sein Herz. »Ich hab ihm gesagt, dass ich noch nie Sex hatte. Wir haben uns geküsst, uns berührt. Ich war, glaube ich, total steif … und dann … Du weißt ja, wie Sex geht … Ich hab es gewollt, aber es war irgendwie anders, als ich gedacht hatte …«

»Kleines, du musst etwas genauer sagen, was du meinst.«

»Ich hab ein Feuerwerk erwartet, Kribbeln, dass ich nicht mehr klar denken kann. Zumindest ein bisschen. Doch nichts davon ist eingetreten. Er ist gekommen. Aber jedes Mal, wenn ich das Gefühl hatte, gleich nimmt er mich richtig, da war es schon wieder vorbei. Es war nicht so, dass ich bis zu dem Tag noch nie einen Orgasmus hatte. Doch mit ihm … Es war so enttäuschend! Das Ganze lief schließlich ein halbes Jahr, weil ich dachte, dass ich mich mit der Zeit entspannen könnte, dass es an mir liegt, aber irgendwie …« Ich will nicht weitersprechen und schmiege mich an ihn.

»Ich kann dir versichern, dass mit dir alles in Ordnung ist«, sagt Reece genau das Richtige und grinst breit. »Oder was immer mit dir nicht stimmt, stimmt mit mir auch nicht. Letztlich geht es ja nicht darum, keine Fehler zu haben, sondern mit seiner Macke perfekt zu einem zweiten Menschen zu passen.«

»Ich glaub, ich muss das noch mehrmals hören, bis ich es glaube.«

»Sollst du«, sagt er und hält mich enger. »Hattest du danach weitere Männer?«

»Ja«, sage ich und versteife mich wieder. »Und außerhalb des Bettes war alles in Ordnung. Aber sobald es zur Sache ging …« Ich sehe zu ihm hoch. »Es war kein bisschen wie mit dir.« Lichtjahre trennen das, was ich bisher gefühlt habe, von dem, was ich mit ihm fühle.

»Das will ich doch hoffen.« Reece greift fest in meine Haare und zieht meinen Kopf zurück in den Nacken, um meine Kehle zu küssen. Sofort schießt Wärme durch meinen Körper, was ich genieße, als würde ich nach einem Leben im Schatten Sonnenstrahlen auf der Haut spüren.

»Mehr«, hauche ich automatisch, und anders als bisher in meinem Leben kann ich mich darauf verlassen, dass dieser Mann hier genau weiß, wie er mir mehr gibt.

Reece küsst mich leidenschaftlich. Ich bemerke seine Erektion, bin selbst ganz feucht und öffne ihm meinen Mund, lasse ihn mich verschlingen, stehle ihm auch ein paar Atemzüge und bekomme nicht genug von ihm. Doch statt mich ins Schlafzimmer zu bugsieren, weicht er nur zurück.

»Noch mehr«, bitte ich.

Er lächelt mich äußerst zufrieden an. »Nein.«

»Nein?!« Ich klinge, als hätte er mir gesagt, er wäre vom Mars.

Sein Lächeln wird breiter. »Wie du unmissverständlich merkst, will ich dich. Seit unserer ersten Begegnung ist das so. Ich bin mir nur nicht sicher, ob ein Tag im Bett das Verlangen nach dir lindert oder weiter entfacht.«

Ich wüsste, was ein Reece-Tag im Bett mit mir anstellen würde ...

Schwer atmend kann ich ihn nur anschauen, sehne mich nach ihm, empfinde diesen leichten Schwindel und habe Mühe, einen klaren Gedanken zu fassen. In meinem Blut ist so viel Adrenalin gemischt mit Endorphinen und Oxytocin, alles in so hohen Konzentrationen, dass ich mich fühle, als würde ich schweben.

»Außerdem muss ich ins Büro«, sagt er. »Zum Wochenende ist die Arbeit immer besonders umfangreich. Montag und Dienstag sind dagegen eher ruhigere Tage.«

Ich will ihn nicht loslassen und kralle mich fester. Mir ist egal, ob meine Nägel Abdrücke auf seiner Haut hinterlassen und ob das Konsequenzen hat. Der Klub braucht ihn, aber ich brauche ihn auch.

»Sei brav!«, sagt er nur und sieht mich streng an. Lange. Widerwillig löse ich meine Finger.

»Ich vermiss dich jetzt schon«, sage ich. Unter anderen Umständen hätte ich gesagt, das ist verrückt. Doch genau so fühle ich mich. Die Aussicht, ihn einen ganzen Tag lang nicht zu sehen, nicht zu riechen, nicht zu spüren, nicht zu hören, macht mich krank.

»Du kannst mich jederzeit auf dem Handy erreichen«, sagt er zärtlich. »Aber ich muss jetzt wirklich los.«

Ich muss ihn einfach noch mal küssen, und als ich zurückweiche, merke ich, dass meine Wangen feucht sind.

»Tut mir leid«, murmele ich total aufgelöst, wische mir schnell über das Gesicht und hole mir ein Taschentuch.

Ich verstehe überhaupt nicht, warum ich so emotional reagiere. Ich sehe Reece spätestens heute Abend wieder. Es ist ja nicht so, als wäre er Seemann und verabschiedet sich für Monate.

Als ich mich endlich im Griff habe, hat Reece sein Handy in der Hand. »Deine Nummer?«, fragt er. Ich sage sie ihm, und Sekunden später vibriert mein iPhone. »So, jetzt hast du auch meinen Kontakt.«

Ich lese in seinem Gesicht, dass er mich erneut in den Arm nehmen will, aber er hält sich zurück und sieht mich mit diesem intensiven Blick an, der mir durch Mark und Bein geht.

Mehrmals atme ich tief durch. »Mach dir keine Sorgen, es geht schon«, sage ich.

»Wir wissen beide, dass das nicht stimmt.«

»Sorry«, murmele ich und ringe mir ein Lächeln ab. »Das ist so idiotisch von mir.«

Finster und leidenschaftlich mustert er mich und zieht mich nun doch an sich, sodass ich ihn ein letztes Mal umarmen und seinen Geruch tief inhalieren kann. »Das ist überhaupt nicht idiotisch, entschuldige dich nie wieder dafür. Ich liebe es, wenn du mich so anschaust. Den Ständer, den ich davon habe, werde ich den ganzen Tag nicht loswerden.«

Nun fällt es mir noch schwerer, mich von ihm zu lösen, und als er zurückweicht, entschlüpft mir ein kläglicher Laut.

»Ich geh jetzt wirklich, Audrey.« Aufmerksam sieht er mich an. »Und du, du solltest dich ebenfalls fertig machen. Heute Abend ist dein erster offizieller Arbeitstag im Klub. Ich gebe dir zwei einfache Kunden. Dazwischen hast du Zeit, dich umzuhören. Kriegst du das hin?«

»Bist du auch da?«, frage ich.

»Zwischendurch auf jeden Fall.«

»Dann ja«, sage ich und beschließe, ihm erst später von meinem Verdacht zu erzählen, dass Kunden des Klubs Infos an die Presse weitergegeben haben könnten. Momentan bin ich zu aufgewühlt von dem, was sich zwischen uns entwickelt.

REECE

Alles in mir will, dass ich umkehre, Audrey packe und einfach mit mir mitschleppe. Noch nie war ich so besitzergreifend, wenn es um eine Sub ging. Noch nie war mir so wichtig, dass sie alles hat, was sie braucht. Und ich habe nicht gelogen: Ich muss nur daran denken, wie sie mich angesehen hat, und ich werde hart. Denn in ihrem Blick liegt so viel … Dass ich sie innerlich erfülle. Dass sie tun wird, was ich sage. Dass sie will, dass ich glücklich bin. Dass sie mir vertraut. Und dass sie mich begehrt, braucht, auf existenzielle Art und Weise.

Fuck! Audrey hat mich an den Eiern!

Ich steige in meinen Wagen und fahre zurück in die Stadt, dusche erneut, sobald ich in meinem Apartment bin, und ziehe mich an, werde meinen Ständer jedoch nicht los. Nicht optimal. Vor allem nicht für den heutigen Tag, wenn Samuel Meyers das Tease & Please besucht, ein noch recht neuer Kunde, der allerdings sehr vermögend ist.

Als ich in mein Büro gehe, nehme ich mir den Stapel Post mit und bin genervt, dass ich meine letzte Assistentin feuern musste und mich jetzt selbst um sämtlichen Papierkram kümmern muss.

Dazu kommt das anhaltende Sicherheitsproblem. Ich weiß, Ian bemüht sich bereits um bessere Technik für den Klub, um unsere Kunden zu schützen. Aber da es mir schwerfällt, Kontrolle abzugeben, recherchiere ich selbst nach Anbietern und vereinbare Termine, um die neuesten Tools vorgestellt zu bekommen – auch alles Sachen, die ein Assistent wunderbar erledigen könnte.

Mit einem Klopfen tritt Ian ein.

»Bereit?«, fragt er, meint Gespräche für meine Assistenz und mustert mich. »Zumindest siehst du aus, als hättest du geschlafen.«

»Hab ich«, bestätige ich.

»Mit ihr?«

»*Bei* ihr, ja.«

»Sag bloß, es kriselt zwischen den Laken?«

Für diesen Kommentar habe ich nur einen strengen Blick übrig.

»Das kannst du dir bei mir sparen, Bruderherz. Sag mir besser, was los ist.«

Ich stehe auf, sodass Ian die Ausbuchtung im Schritt meiner Hose sieht. »Ich kann dir genau sagen, was los ist. Am liebsten würde ich die Frau in eine Höhle schleppen und nach Belieben schänden. Doch leider steht das Wochenende vor der Tür. Ich hab den Klub, und sie hat auch einen Job zu erledigen. Und spar dir irgendeinen Tipp. Das Einzige, was mir hilft, sind Eisbeutel, okay?«

»Okay«, sagt er. »Aber eine letzte Frage?«

»Frag!«

»Ist es ernst?«

»Verdammt ernst. Wenn sie irgendjemand anfasst, kann derjenige was erleben.«

Ich atme tief durch, weil mich schon die Vorstellung unglaublich wütend macht, dass sie jemand anderer berühren könnte. Dazu kommt der Wunsch, sie zu haben. Genau jetzt. In ihr zu sein, mich auf ihr zu hinterlassen, sie zu markieren, damit niemand einen Zweifel daran hat, wem sie gehört. Total primitiv. Ich weiß. Aber bei ihr kann ich nicht anders.

»Ruhig Blut, Bruderherz! Soll ich die Bewerbungstermine für deine Assistenzstelle lieber verschieben?«

»Keine Sorge, es kann pünktlich in einer halben Stunde losgehen.«

»Gut, bis gleich!«, sagt er nur und lässt mich allein.

»Bis gleich.«

Ich überlege, was ich als Nächstes tue, doch habe bereits das Handy in der Hand und wähle Facetime. Ich muss Audrey sehen.

Sofort geht sie ran, setzt sich aufrechter hin, nimmt einen Stift aus ihrem Mund, schreibt noch was auf und lächelt mich an, wie jemand, für den gerade die Sonne aufgeht. »Hi«, sagt sie nur und strahlt.

»Hi, Kleines«, gebe ich zurück.

»Was gibt es?«, fragt sie, und diese Sehnsucht in ihrem Blick wird sekündlich größer.

»Wollte dich einfach nur sehen.«

Sie grinst breit. »Schön.«

»Ist alles in Ordnung bei dir?«

Sie sieht sich um, lehnt sich in ihrem Stuhl zurück, fährt sich über das Gesicht.

»Ich meine mit dir, nicht mit der Arbeit«, sage ich.

»Ach so ...« Sie wird rot.

»Was, Audrey?«

»Nicht sauer werden«, sagt sie sofort.

Ich müsste streng schauen, kann aber nur lachen, weil ich jetzt schon weiß, dass mir gefallen wird, was sie mir gleich erzählt. »Hängt wohl davon ab, was du angestellt hast.«

Sie wird noch röter. Wenn es ein Buch über sie gäbe, man könnte es *Fifty Shades of Red* nennen.

»Audrey?!«

»Ich konnte nicht anders«, sagt sie hastig, und bevor ich tatsächlich sauer werde, weil sie so herumlaviert, dreht sie sich so, dass ich auf ihren Bildschirm sehen kann, und mir stockt der Atem. In ihrem Browser hat sie zahlreiche Shops mit BDSM-Halsbändern aufgerufen. »Es tut mir so leid«, redet sie sofort weiter. »Ich weiß, es ist viel zu früh. Aber jede Sub hat eines. Oder was Ähnliches. Und ich hab mir eines ausgesucht, um zu wissen, wie sich das anfühlt. Natürlich müsstest du es mir geben. Da wir uns allerdings kaum kennen, wollte ich nicht fragen. Aber irgendwie hätte ich doch gerne ...«

»Stopp, Kleines!«

Mein Schwanz steht prall und beult die Hose so mächtig aus, dass ich befürchte, jeden Moment zu kommen. Was bedeuten würde, dass ich mich wieder umziehen muss, bevor ich die Bewerbungsgespräche führen kann.

»Scheiße, du bist sauer«, piepst sie und klickt alle Seiten weg.

»Zeig mir, was du dir bestellt hast«, sage ich gerade so beherrscht.

Nervös macht sie, was ich sage, und öffnet die Bestellbestätigung für ein eher stylishes als praktisches Halsband, das obendrein aus irgendeinem billigen Metall angefertigt sein muss, zumindest wenn ich nach dem Preis gehe.

»Stornier die Bestellung«, verlange ich bemüht ruhig.

»Aber … Es tut mir wirklich leid … Ich …« Sie holt tief Luft. »Nein.«

»Nein?!« Sofort ist mir danach, ihr den Hintern zu versohlen. Und das will was heißen, weil ich den Drang nicht oft verspüre.

»Nein.«

Ich sehe sie tödlich ernst an. »Kleines, so läuft das aber nicht. Solltest du *das* Ding anlegen, wenn ich bei dir bin, kannst du was erleben!« Wenn, dann trägt sie was von mir – und nur von mir.

Sie zuckt zusammen und wird blasser, doch ich habe kein Mitleid mit ihr. Sie kann tun und lassen, was sie will, aber nicht in dem Punkt. »Was hast du sonst noch gemacht?«

»Recherchiert«, sagt sie leise. »Nach deiner undichten Stelle.«

»Gut«, sage ich nur. »Und wegen dieser ersten Sache … Darüber reden wir nachher persönlich.«

»Ich hab nichts falsch gemacht«, ruft sie sofort. »Ich wollte nur wissen, wie es ist, und ich habe keines. Außerdem kann ich bestellen, was ich will. Das ist ein freies Land und —«

»Nur ein weiteres Wort, Kleines, …«, unterbreche ich sie, und augenblicklich ist sie still. »Erstens: Das Teil, das du bestellt hast, ist Müll aus Asien. Das will ich nicht an dir sehen. Zweitens: Es ist unpraktisch, eher Schmuck als ein Halsband, das du stundenlang tragen kannst und an dem ich dich herumführen und fesseln kann. Drittens: Wenn das irgendjemand mitkriegt, ist deine Tarnung weg. Viertens: Halsbänder, Piercings, Tattoos, Brandzeichen – was auch immer – muss sich eine Sub erst verdienen. Du kannst nicht einfach loslaufen und dir selbst so was kaufen. Das müsstest du eigentlich wissen. Und fünftens, Audrey …«

Sie sieht mich stumm an, wartet, wirkt geknickt und ein bisschen durch den Wind.

»Wirst du sehen«, sage ich nur und denke daran, wie es wäre, wenn sie meine Initialen als Tattoo auf ihrer Pussy tragen würde. Ich hab das noch nie bei einer Sub verlangt, aber bei ihr … Bei ihr will ich etwas auf ihrer Haut hinterlassen, das für immer bleibt.

»In Ordnung, ich storniere es«, sagt sie niedergeschlagen.

»Danke«, antworte ich. »Am liebsten würde ich gar nicht auflegen, nur um zu sehen, was du als Nächstes anstellst, aber ich hab einen Termin.«

»Schon gut«, sagt sie, sieht jedoch nicht so aus, als würde das stimmen.

»Du bist so lange brav?«

Sie nickt. »Ich recherchiere weiter für den Klub, bis ich zu meinem nächsten Kunden Mister X losmuss. Bis später, Reece!«

»Bis später, Kleines.«

Ich lege auf, atme tief durch und werde den Gedanken nicht los, wie Audrey das Tattoo trägt. Da ich allerdings zu den Gesprächen muss, stehe ich auf und gehe zur Toilette, wichse, mache mich sauber und betrete dann den Konferenzraum, wo die erste Bewerberin wartet. Wieder mit einer schwachen Erektion, weil Audrey scheinbar ab sofort immer einen Teil meiner Gedanken besetzt hält. *Dieses Biest!*

***

»Hi, Amber«, begrüße ich die erste Kandidatin, die braune lange Haare hat, die glatt für Shampoo-Werbung herhalten könnten. »Warum wollen Sie für das Tease & Please arbeiten?«

»Ich bin schon seit zehn Jahren in der Szene, und der Ruf ist legendär.«

»Sie arbeiten zwar für den Klub, aber nicht im Klub«, erkläre ich ihr. »So hat es auch der Headhunter mit Ihnen besprochen.«

»Oh ... Sicher ... Das macht nichts.«

»Sie sind devot?«, frage ich sie direkt und werfe Ian einen Blick zu, weil genau das mein Problem ist, dass die Bewerber die Stelle als Kontaktbörse sehen, um mich kennenzulernen. Und dann ergeben sich die Probleme daraus von ganz alleine.

»Und masochistisch«, fügt sie nicht ohne Stolz hinzu, senkt jedoch schnell den Blick. Ein Zeichen an mich, dass ich die Führung übernehmen darf. *Toll! Nicht.*

Wir haben noch nicht mal fünf Minuten gesprochen, doch meine Entscheidung ist bereits gefallen. »Danke für Ihre Zeit, Amber, ich melde mich.«

»Aber ... Das war es schon?«

Ich lächele freundlich, stehe auf und reiche ihr die Hand. »Ja, das war es schon. Ich hab gesehen, was ich sehen muss.«

Es dämmert ihr, was ich meine. »Bitte.« Sie wirft sich vor mir auf die Knie. Etwas, bei dem ich in der Vergangenheit durchaus schwach geworden bin, doch dieses Mal spukt mir Audrey durch den Kopf. »Ich tue alles!«, fleht sie.

»Genau das ist das Problem, Amber«, sage ich und weiche zurück. »Ich suche eine Assistentin, die kompetent ihren Job macht, keine Sub.«

»Okay ... Ich kann natürlich auch anders«, sagt sie schnell.

»Das weiß ich«, erwidere ich, schließlich kenne ich ihre Zeugnisse und ihren Lebenslauf, und wäre sie nicht qualifiziert, wäre sie nicht hier. »Aber so wie der Termin lief, war es das. Wenn Sie jetzt bitte gehen würden?«

Unmissverständlich zeige ich zur Tür und warte. Fast befürchte ich, sie bettelt noch mal um eine Chance, doch unter meinem strengen Blick packt sie ihre Sachen ein und verlässt den Raum. *Gott sei Dank!*

»Es gab eine Zeit, da hättest du das Angebot angenommen und sie dann erst weggeschickt«, stellt Ian erstaunt fest.

»Ich werde wohl endlich erwachsen«, bemerke ich trocken. »Wenn die nächste Bewerberin schon da ist, lass uns weitermachen.«

»Gut, ich kümmere mich darum.«

Ich sehe Ian nach, wie er den Raum verlässt, mit einem Tablet in der Hand die nächste Personalakte aufruft und einen Typen reinschickt. Das Gespräch läuft wider Erwar-

195

ten gut, sehr professionell und sogar eine Spur humorvoll. Doch irgendwas an dem Mann stört mich, ohne dass ich mir die Mühe mache, länger darüber nachzudenken. Ich bin lange genug im Geschäft, um zu wissen, wann ich auf meinen Bauch hören kann und wann ich besser noch mal eine Nacht über alles schlafe. Danach kommt eine ältere Dame, die ich sofort ins Herz schließe, die aber leider bei ihren Angaben gemogelt hat. So jemanden kann ich nicht gebrauchen. Dann stellt sich jemand vor, der unglaublichen Mundgeruch hat. Himmel, ich würde es keine zehn Minuten mit diesem Menschen aushalten. Nach einer weiteren Pause spreche ich mit einer Blondine, und schließlich betritt erneut eine Brünette mein Büro. Peach.

Ziemlich frustriert von den bisherigen Gesprächen stelle ich ihr eine spontane Aufgabe. Sie ist sexy, doch ich will sehen, ob sie ihre Reize einsetzt oder sich durch Können hervortun möchte.

»Peach, Sie haben hier die Akten mit den Bewerbern, die ich mir heute angesehen habe, inklusive all meiner Notizen, und ja, Sie selbst sind auch dabei. Ich geb Ihnen eine halbe Stunde, das zu priorisieren.«

»Das ist ungewöhnlich«, sagt sie, nimmt jedoch das Tablet.

»Jeder Tag in Ihrem Job wird in Zukunft ungewöhnlich sein. Und das wäre unter anderen Umständen eine Aufgabe gewesen, die Sie ohne mich übernommen hätten.«

»Na dann …«, meint sie beinahe feierlich und beginnt.

Während die Zeit läuft, unterhalte ich mich mit Ian. Eigentlich ist das gemein. Aber später sind die Situationen ähnlich: Ich arbeite und meine Assistenz erledigt parallel ihren Job.

»Weißt du, ob die neuen Lady Doms bereits im Klub sind?«, frage ich ihn.

Ian nickt. »Sind sie.«

»Wie sieht der Einsatzplan aus?«

»Jane ist für die Peitschensession eingetragen. Phillis wird auf Abruf an der Bar sitzen. Sam wurde für ein Rollenspiel als Polizistin gebucht. Ronja hilft Ryan beim Shibari. Und Audrey hat erst die Session mit Mister X und dann …« Er scrollt tiefer auf der Liste. »Oh! Man hat sie für den Switcher eingeplant.«

»Was?!« Das war keine Anweisung von mir, ich hatte ihr einfache Kunden gegeben. »Wer hat das geändert?«

»Nicht zu sehen«, sagt Ian. »Du hattest was anderes für sie vorgesehen?«

»Natürlich. Sie ist Anfängerin. Wenn sie zwei Sessions pro Abend absolviert, dann zwei moderate. Wir wissen beide, dass der Typ sehr speziell ist.«

Ich scrolle auf dem Bildschirm durch seine Akte und habe ein ungutes Gefühl. Ich kann es nicht erklären, die Papiere sind unauffällig, aber die Vorstellung, dass irgendetwas für Audrey zu viel wird, macht mir zu schaffen.

Mir gegenüber räuspert sich die Bewerberin.

»Jetzt nicht«, knurre ich, nicht mehr darum bemüht, nett zu sein, sondern so angepisst, wie ich immer bin, wenn es im Klub nicht so läuft, wie ich es mir vorgestellt habe.

Wieder ein Räuspern.

»Was, verdammt?« Wütend sehe ich Peach an. »Sie haben noch fünf Minuten für Ihren Job.«

Erstaunlicherweise lässt sie sich nicht aus der Ruhe bringen. »Ich bin aber schon fertig.«

»Ach ja? Und warum warten Sie dann nicht einfach, bis wir Sie wieder ansprechen?«

»Weil ich mitbekommen habe, was es für ein Problem gibt, und weil ich eine Lösung hätte.« Das triumphierende Lächeln auf ihren Lippen gönne ich ihr. »Interessiert, oder soll ich gehen?«

»Interessiert«, sage ich etwas ruhiger.

»Wenn Sie sich um die Sicherheit Ihrer Mitarbeiterin sorgen, buchen Sie einen zweiten Lady Dom dazu.«

Nicht dumm. »Und wie verkaufe ich das dem Kunden?«

»Doppelter Spaß«, schlägt sie prompt vor.

»Mmh«, mache ich nur, dabei mag ich die Idee. Auf meine fordernde Handbewegung hin reicht sie mir das Tablet, auf dem sie ihre Aufgabe gelöst hat.

Sehr zu meinem Erstaunen hat sie die Kandidaten exakt so angeordnet, wie ich sie auch eingeschätzt habe. Nur sich selbst hat sie auf Platz zwei geschoben.

»Zufrieden?«, fragt sie.

»Geht so«, gebe ich zurück, obwohl mir gefällt, dass sie erneut die Initiative ergreift. »Warum ist der Typ auf Platz eins? Probleme, sich selbst zu loben?«, hake ich nach.

»Eher interessiert zu erfahren, wo Sie mich einordnen würden. Aber das weiß ich ja jetzt.«

Gerissen ist sie obendrein! Ich muss lächeln und tausche einen Blick mit Ian aus. Der nickt, ist also ähnlich begeistert wie ich.

»Wunderbar«, sage ich. »Sind Sie denn immer noch an dem Job interessiert?«

»Sie meinen, ob ich es mit Ihnen aushalte?«

»Genau.«

»Werde ich.«

»Gut, dann bespricht Ian mit Ihnen den Vertrag. Die Konditionen sind in der Probezeit nicht verhandelbar, versuchen Sie es erst gar nicht, das wäre Zeitverschwendung.

Wenn Ihnen etwas nicht passt, dann eben nicht. Anfangen können Sie am Montag. Wenn Sie Zeit haben, führe ich Sie nachher gleich im Klub herum. Wir können das allerdings auch nächste Woche machen. Da bin ich flexibel. Fragen bis hierhin?«

»Nur noch eine.«

»Schießen Sie los!«

»Ich gehe nicht davon aus, dass es bei dem Job ein Problem ist, aber ich will es wenigstens ansprechen: Ich bin selbst in der Szene aktiv unterwegs. Ist das in Ordnung?«

»Als was?«, frage ich.

»Switcher.« Sie räuspert sich. »Und ich werde es jetzt einmal sagen, aber ich versichere Ihnen, egal was Sie gleich antworten, es wird nicht meine Arbeit beeinflussen: Sie sind auf eine spröde Art verdammt attraktiv. Ich kenne die Geschichten, die man sich über Sie erzählt, und ich wäre bereit ... Na, Sie wissen schon.«

Nun wird sie doch etwas verlegen, was mich allerdings nur darin bestätigt, dass wir gut miteinander auskommen werden.

»Kein Bedarf an Spielpartnern«, erkläre ich. »War das dann alles?«

»Die Erektion?«, hakt sie nach.

Ian schmeißt sich jede Sekunde weg vor Lachen, weil mir das tatsächlich noch nie passiert ist.

»Kommt von einer anderen«, sage ich knapp.

»Okay, dann keine weiteren Fragen.«

Ich lasse meinen Blick über Peach wandern und merke, wie erleichtert ich bin. Sie ist kompetent, hat Stil, ist direkt und macht keinen großen Bogen um heikle Themen. *Sehr erfrischend.*

Ich verabschiede mich von ihr und gehe in mein Büro zurück, rufe wieder Audrey an, muss sie einfach sehen, aber sie ist nicht mehr da, sondern arbeitet bereits im Tease & Please.

Mist!

Sofort klemme ich mich ans Telefon und organisiere für die zweite Session eine weitere Domina. Und ich beschließe, später im Klub vorbeizuschauen, nur um sicherzugehen, dass sie mit allem klarkommt.

Ich schüttele den Kopf über mich.

Blödsinn! Wem mache ich was vor? Selbst wenn Audrey einen anderen Job dort hätte, hätte ich mich auf den Weg gemacht. Ich fahre ihretwegen hin. Einen anderen Grund brauche ich nicht. Nur sie.

13. Kapitel

AUDREY

Obwohl es, nachdem ich gerade noch mit Mister X das Vergnügen hatte, meine mittlerweile dritte Session ist, bin ich nervös. Wahrscheinlich wird das Gefühl nie ganz weggehen. Oder es liegt einfach daran, dass immer wieder Reece Randall durch meinen Kopf spukt – und die Unterhaltung mit ihm.

»Du hattest schon einen Kunden?«, spricht Jane mich an.

»Sogar zwei! Gestern und eben auch.«

»Und, wer war es?«

Ich sehe sie irritiert an. Weil eine der Klauseln im Vertrag besagt, dass man nicht über Details reden soll.

»Ach komm, unter Kollegen kannst du es doch verraten!«

»Sorry, aber ich habe vor, diesen Job zu behalten.« Ich schlage sie ganz sanft mit meiner kleinen Peitsche. »Und du bist besser brav, sonst kriegst du Ärger. Die nehmen das hier sehr ernst, seit immer wieder Infos nach draußen dringen.«

»Verständlich«, sagt sie.

Jane will sich noch länger mit mir unterhalten, doch jemand von der Security unterbricht uns und holt sie für ihre erste Session im Klub ab, weil ihr Kunde da ist. Mit einem Nicken verabschiedet sie sich, und ich setze mich an die Bar.

»Was darf ich dir bringen?«, fragt mich Frank, der Barkeeper.

»Wäre ein Wasser zu undominant?«, frage ich scherzhaft.

»Ich kann es ja in ein Wodkaglas füllen.«

»Klingt perfekt. Dann gerne einen Drink mit Eis.«

»Kommt sofort, Schönheit.«

Ich warte, bis er mir das Glas reicht, und stürze es in einem Zug hinter, weil ich am Verdursten bin. Außerdem habe ich Hunger. Jetzt jedoch einen Schokoriegel zu essen und nachher mit Resten zwischen den Zähnen die Session zu beginnen, kommt leider nicht infrage.

Heute ist im Tease & Please spürbar mehr los als gestern. Während ich weiter auf meinen Kunden warte, drehe ich mich um und beobachte die Gäste, die kommen und gehen. Ich erkenne einige der Gesichter. Zum Beispiel eine Rockband, von der ich solche Besuche nie erwartet hätte. Aber ich flippe weder aus, noch mutiere ich zum Fangirl, sondern nehme es einfach nur hin. Vielmehr mache ich mir Gedanken, ob heute derjenige hier ist, der zuletzt Infos an die Presse weitergegeben hat, und wer es sein könnte.

»Bereit für die nächste Session?«, reißt mich Ms Blaine aus meinen Gedanken, eine Domina, die seit drei Jahren für den Klub arbeitet und die mich bei der nächsten Session mit dem Bauunternehmer Samuel Meyers unterstützen wird, der beide Richtungen mag, heute allerdings einen Lady Dom gewünscht hat – und zwei bekommt.

»Bereit«, sage ich. »Soll ich den Ton angeben, oder willst du?«

»Da du die erste Buchung warst, besser du.«

Ich nicke, leere mein Glas und gerate ins Straucheln, als ich genau in dem Augenblick Reece an die Bar kommen sehe – und an seiner Seite eine wunderschöne, elegante Frau entdecke, brünett wie ich.

»Ihr geht zum Switcher?«, begrüßt uns Reece, sieht dabei jedoch mich an, bringt mich ganz durcheinander, lässt mein Herz schneller schlagen.

»Tun wir«, sagt Ms Blaine, da ich den Mund nicht aufkriege.

»Dann passt gut auf, dass er nicht die Rollen umdreht. Das wird er nämlich versuchen.«

Was?, schießt mir durch den Kopf, weil ich mich auf einen solchen Fall nicht vorbereitet habe. Wer Schokolade bestellt, wechselt schließlich nicht plötzlich zu Vanille.

Ich würde gerne weitere Fragen stellen, aber zu mehr ist keine Zeit. Ms Blaine ist bereits vorgegangen, und ich muss auch los.

»Danke für den Tipp«, sage ich nur und verwende meine volle Konzentration darauf, ihn nicht zu berühren, ihn nicht anzuhimmeln, ihn nur als Chef zu sehen und meine Tarnung intakt zu halten.

Mit einem Nicken wende ich mich ebenfalls ab, fühle mich jedoch sofort besser, als Reece mich verstohlen am Unterarm berührt. Nur wie im Vorbeigehen. Unauffällig für alle Umstehenden. Doch für mich genau das, was ich jetzt brauche. Obwohl es wie so oft viel zu wenig ist.

***

»Ich hab nur eine Domina gebucht«, sagt Samuel, sobald Ms Blaine und ich ihn abholen und zu einem der exklusivsten und sichersten Separees führen.

»Und heute kriegen Sie als Aufmerksamkeit des Hauses zwei«, sage ich süffisant, lege meine Hand in seinen Nacken und drücke ihn leicht nach unten.

Er sträubt sich dagegen, ist rein vom Körperbau viel stärker als ich, muss also selbst nachgeben, wenn er sich unterwerfen will.

»Oh, und sofort aufmüpfig?«, frage ich nach und erhöhe den Druck. »Nur weiter so, dann wird das eine sehr lange und sehr schmerzvolle Nacht.«

Widerstrebend sinkt er auf die Knie. Aber er sinkt.

»Kein Lob, Mistress?«, fragt er nach.

Ich tausche einen Blick mit Ms Blaine und grinse breit. »Hast du das gehört? Er will ein Lob!«

Sie versteht, worauf ich hinauswill, und legt ihm die Peitschenspitze unter das Kinn, damit er zu ihr hochschauen muss. »Dafür, dass du tust, was wir von dir erwarten? Nein. Dafür gibt es kein Lob. Das musst du dir erst verdienen.«

Ich weiß aus seiner Akte, dass dieser Kunde es mag, an Grenzen zu gehen. Er hofft auf Bestrafungen, und da er hier zum Vergnügen ist, sehe ich keinen Grund, ihm nicht zu geben, was er will.

Ich stöckele zu dem Regal mit den Halsbändern und überlege laut, welches wohl am besten für einen aufmüpfigen Sklaven geeignet ist.

»Wie wäre das hier, Schmusebärchen?«, frage ich, schwinge das unbequemste, das ich finden kann, und lege es ihm an.

»Danke, Mistress«, sagt er brav.

»Besser«, lobe ich ihn und ignoriere seine trotzig zuckenden Mundwinkel. »Dann schauen wir doch mal, wie gut du erzogen bist.«

Ich setze mich mit meiner Partnerin aufs Sofa. »Komm her!«

»Und dann?«, fragt er, provoziert uns erneut mit Absicht.

»Dann gibt es keine Strafe«, sage ich, weil ich mich nicht von ihm manipulieren lasse. »Sonst allerdings ...«

Samuel kommt nicht näher, testet weiter das Machtgefälle aus, ist wirklich sehr störrisch.

»Soso«, mache ich nur und bin erleichtert, dass auch Ms Blaine, die wesentlich mehr Erfahrung hat als ich, irritiert ist. Ein bisschen Widerstand gehört zum Spiel, aber dieser Kerl verhält sich eigenartig. »Du willst es also auf die harte Tour?«

Sein Schwanz zuckt zustimmend, was mich, so seltsam es klingt, etwas beruhigt. Denn kurz sind mir Zweifel am Verhalten des Typen gekommen. Jetzt reagiert er jedoch auf die im Raum stehende Erniedrigung. *Perfekt.*

Da ich meiner Ankündigung Taten folgen lassen muss, stehe ich auf, greife mir eine Hundeleine und lege sie an.

»Komm mit«, sage ich. »Ich hab Durst, und weil du so ein mieser Sklave bist, organisiere ich mir wohl besser selbst was zum Trinken.«

»Ich dachte, ich werde bestraft?«, haucht er.

»Wirst du«, sage ich. »Indem jeder sehen wird, wie ungehorsam du bist.« Hier geht es um Kontrolle, und wenn ich die nicht bald bekomme, wird das eine sehr anstrengende Nacht.

Wie zu erwarten war, rührt Samuel sich nicht. Doch Ms Blaine hat sich bereits eines der Paddles gegriffen und schlägt kräftig auf seinen Hintern. »Hopp!«, befiehlt sie und holt erneut aus.

Samuel setzt sich in Bewegung. Endlich. Wir verlassen das Zimmer, markieren es aber weiterhin als gebucht, sodass es, wenn wir zurückkommen, nach wie vor frei ist.

An der Bar nicke ich Frank zu, der unseren Auftritt nur mäßig interessiert verfolgt, und ich versuche, Reece, der immer noch dort ist, zu ignorieren. Ich bestelle Wasser, zwei Mal im Glas und ein Mal im Napf für Samuel. Ich warte, bis er getrunken hat, und befehle ihm dann, auf allen vieren zu bleiben und stillzuhalten, sodass Ms Blaine und ich unsere Gläser auf seinem Rücken abstellen können.

»Wenn auch nur ein Tropfen danebengeht, wird jeder hier mitkriegen, was für ein mieser Sklave du bist. Also gib dir Mühe!«, herrsche ich ihn an.

»Ja, Mistress.«

»Na, wir werden sehen«, murmele ich gerade so laut, dass nur er mich hören kann.

Obwohl ich nach außen hin mit Ms Blaine herumsitze und wir entspannt etwas trinken, ist meine Aufmerksamkeit immer bei Samuel, so wie es verlangt wird. Ihn erregt die Strafe, was mich nur mäßig freut, aber immerhin benimmt er sich endlich. Dabei entgeht mir jedoch nicht, wie er verstohlen zu den anderen Leuten schaut und deren Sessions beobachtet, was mir erneut seltsam vorkommt.

»Blick auf den Boden«, sage ich ruhig, doch zugleich schneidend.

Er gehorcht für eine Minute. Dann sieht er sich wieder um.

»Boden!«, sage ich strenger.

Er bewegt sich, und Wasser schwappt über den Rand der Gläser.

»Was mache ich nur mit dir?«, seufze ich gespielt theatralisch, habe aber bereits eine Idee. Dass sich durch meinen missbilligenden Tonfall sein Schwanz weiter aufstellt, passt mir dabei gar nicht. »Und nein, das wird keine nette Strafe«, knurre ich.

Ms Blaine bringt die Gläser weg, und ich ziehe ihn auf die Beine.

»Los, hoch mit dir! Auf dass jeder hier mitkriegt, wie ungezogen du bist.«

Jetzt, da er steht, überragt er mich um einen Kopf. Ich hole Ohrstöpsel und eine Augenbinde.

»Mal schauen, wie dir das gefällt«, sage ich.

Sobald er weder hören noch sehen kann, führe ich ihn in eine Ecke und setze mich wieder an die Bar.

»Probleme?«, fragt Reece.

»Geht so«, meint Ms Blaine neben mir.

Ich beobachte Samuel und bin erleichtert, dass er für den Moment gehorcht. »Könnte tatsächlich besser sein«, gebe ich zu. »Seine Akte ist definitiv nicht auf dem neuesten Stand.«

»Wie meinen Sie das?«, fragt mich die Frau neben Reece und stellt sich mir als Peach vor.

»Audrey«, sage ich kurz angebunden, und wir reichen uns die Hand. »Laut den Informationen in der Datenbank mag er Schmerz. Ich hatte dazu eine Session geplant. Aber die durchzuführen setzt voraus, dass er mitmacht und nicht permanent aufbegehrt. Als eine der Strafen bei ihm ist Nichtbeachtung hinterlegt, doch die zieht überhaupt nicht, denn ...« Ich nicke zu ihm. »... sein Schwanz steht wie eine Eins. Außerdem war er ziemlich fokussiert auf andere im Klub, dabei sollte er laut meinen Unterlagen nicht mögen, vor Publikum zu spielen.«

»Moment, ich seh mir das an«, sagt Reece und öffnet auf seinem Handy die Akte. »Er war erst letzte Woche hier, und Trish hat nichts vermerkt«, murmelt er und sieht zum Barkeeper. »Ist dir was aufgefallen, Frank?«

»An dem Abend hatte ich keinen Dienst. Aber soweit ich weiß, bleibt er meist im Separee.«

»Und was hast du jetzt vor?«, fragt mich Reece.

»Da Samuel sich nicht rührt und zur Abwechslung mal tut, was ich gesagt habe, kriegt er sein Belohnungsspanking. Okay, oder?«

»Total okay«, sagt er zufrieden und wendet sich Peach zu. »Die beiden Frauen arbeiten als Lady Dom für mich. Ms Blaine schon seit Jahren, Audrey erst seit dieser Woche.«

»Kennen Sie jeden hier persönlich?«, fragt sie.

»Ich hoffe doch«, sagt er lachend, was seine kantigen Gesichtszüge weicher erscheinen lässt. »Anders als sonst habe ich dieses Mal die Einstellungstests selbst übernehmen müssen. Daher weiß ich, was Audrey kann.«

»Aha«, macht sie nur in einem Tonfall, der mich irritiert, weil ich ihn nicht so recht einordnen kann – eine Spur amüsiert, eine Spur zu interessiert.

Verwundert sehe ich Reece an, weil ich nicht so ganz verstehe, warum er dieser Frau das alles erklärt.

»Peach ist meine neue Assistentin«, sagt er. »Montag ist ihr erster Tag, aber sie hatte nichts dagegen, dass ich sie heute schon herumführe. Von ihr stammt im Übrigen die Idee, nicht nur dich, Audrey, zu schicken, sondern dir eine Kollegin an die Seite zu stellen.«

Ich weiß nicht, was ich davon halten soll. Zum einen bin ich der Frau dankbar, denn die Vorstellung, mit Samuel allein zu sein, jagt mir eisige Schauer über den Rücken.

Zum anderen bin ich sauer, unverhältnismäßig sauer.

Reece hat Peach als Assistentin eingestellt, nicht mich? Er hört auf sie? Sie ist die Frau, die ihn nun den ganzen Tag sehen kann, die keinen Grund braucht, um in seiner Nähe zu sein, die ihm – ich könnte sie erwürgen, als sie gerade den Sitz seiner Krawatte korrigiert – an die Wäsche gehen kann? Und ich? Wer bin ich? Der Spitzel, der verstohlen durch die Gänge huscht und ihn nur heimlich treffen darf?

Bevor ich etwas Dummes tue – wie zum Beispiel ihm eine Szene zu machen –, beschließe ich, meine Session weiterzuführen.

»Ich glaube, Samuel hat genug in der Ecke gestanden. Guten Abend!«, sage ich, stehe auf, befreie meinen Sklaven von den Ohrstöpseln und der Augenbinde, packe ihn am Schwanz und ziehe ihn mit mir mit zurück ins Separee.

»Au!«, zischt er. Und wird härter.

»Sag besser Danke!«, fauche ich.

»Danke, Mistress.«

Sobald wir im Raum sind, befehle ich ihm, sich auf den Bock zu legen. »Aber zackig!«

Kurz sieht er mich an. Wieder ist da das Blitzen in seinen Augen, das ich nicht so ganz einordnen kann. Doch er gehorcht, und ich beginne mit dem Spanking, wechsele mich mit Ms Blaine ab und erledige meinen Job.

Sobald sein Hintern rot ist, sage ich ihm, dass er kommen kann.

»Auf Sie?«, fragt er.

Für einen Moment bin ich sprachlos. Dann erinnere ich mich daran, dass er ein gut zahlender Kunde ist und er natürlich auf seine Kosten kommen soll.

»Auf meine Füße, weil du so brav warst«, erlaube ich ihm, mache aber mit meiner Stimme deutlich, dass ich nicht so zufrieden mit ihm bin, wie ich sein könnte.

Wieder verzieht er das Gesicht, weiß anscheinend nicht zu würdigen, was ich tue – und scheint Spaß daran zu haben, mich zu ärgern.

Und plötzlich dämmert mir, was hier los ist. Der Kerl ist kein Switcher! Nie im Leben. Ihn hat angemacht, für Sekunden die Oberhand zu haben.

Mir brennt unter den Nägeln, meine Beobachtung mit meiner Partnerin zu teilen. Samuel verhindert das jedoch. Als er fertig gewichst hat und ich ihm befehle, meine Füße sauber zu lecken, springt er stattdessen auf, überwältigt mich und legt seine Hände um meinen Hals.

»Blaine!«, presse ich hervor.

»Drück den Sicherheitsknopf, und ich mach mit ihr, was ich will«, droht der Typ.

Ich winde mich, um zu meiner Partnerin zu schauen. Sie soll den Schalter auf jeden Fall drücken, unbedingt. Genau das steht im Arbeitshandbuch auf nahezu jeder Seite. Ich würde nicht zögern, und sie macht es hoffentlich auch nicht. Egal was der Typ mit mir anstellt.

Punkte tanzen vor meinen Augen. Kurz vorm Ersticken greife ich nach seinen Händen, will sie lösen, aber er ist stärker als ich.

Hilfe suchend sehe ich mich nach Blaine um. Sie drückt den Schalter, handelt zum Glück und verlässt den Raum, vermutlich um Verstärkung zu holen.

Samuel lacht schallend, lässt mich los, sodass ich hustend und nach Luft schnappend auf den Boden krache, und bevor ich etwas tun kann, sperrt er die Suite von innen zu. Wir sind allein. Niemand kann rein, niemand raus. *Scheiße!*

»So, jetzt kann der Spaß erst so richtig beginnen, Mistress!«, verkündet er feierlich.

Für eine Sekunde gebe ich mir Mühe, mich an seine Akte zu erinnern. Eventuell ist da eine Info, die mir helfen kann? Sofort verwerfe ich das jedoch wieder. Trish war die letzte, die mit ihm gespielt hat. Wenn etwas an dem Kunden auffällig war, hätte sie es vermerken müssen. Hat sie aber nicht. Warum? Vielleicht hat Samuel sie erpresst? Wenn sie seine Akte tadellos lässt, sodass er weiter im Klub verkehren und in den Separees seine kranken Spiele spielen kann, lässt er sie in Ruhe. Wenn nicht, sorgt er für Ärger, gibt Informationen an die Presse weiter, bewirkt ihre Kündigung … Das würde auch erklären, warum die publik gewordenen Details ausnahmslos Vorgänge aus den Gemeinschaftsräumen betreffen. Zu allem anderen hatte Samuel keinen Zugang.

Schöne Theorie! Nur was mache ich jetzt?

Unwillkürlich weiche ich vor ihm zurück, dabei gibt es kein Entkommen. Ich habe Angst und sehe, wie ihn das erregt. Wie er genau das bei mir schon zuvor gespürt hat und geil findet.

»Zieh dich aus, Miststück!«

Ich mache nichts dergleichen.

»Oh, eine Kämpferin! Sexy!«

Mit drei Schritten ist er bei mir. Wir ringen miteinander. Ich kann nicht kampflos aufgeben, auch wenn ich weiß, dass ich gegen diesen Mann keine Chance habe. Für eine Minute halte ich ihn von mir fern, dann reißt er mir meine Klamotten einfach vom Leib.

»Bitte«, flehe ich.

»Eine Domina, die bettelt? Musik in meinen Ohren!« Er lacht schallend. »Ihr glaubt, ihr bestraft und das ist geil, doch vielleicht solltet ihr selbst mal spüren, wie das ist, fertiggemacht zu werden?!«

Ich versuche, mich zu schützen, habe aber keine Chance. Samuel kennt sich in dem Raum bestens aus, war hier schon zu oft, weiß, wo alles liegt. Er fesselt mich und bindet mich an den Bettpfosten, egal wie vehement ich Widerstand leiste.

Wo bleibt Blaine mit dem Sicherheitsdienst? Wie lange kann es dauern, die Suite zu stürmen? Oder sind bis jetzt nur Sekunden vergangen, die sich jedoch wie Minuten anfühlen?

»Mal sehen, wie dir das gefällt?«, sagt er und setzt eine schwere Nippelklemme an meinen Busen.

Der Schmerz ist so heftig, dass mir sofort der Schweiß aus allen Poren dringt. Ich schreie, will mich wehren, doch je wilder ich mich bewege, desto stärker ziehen diese Teile.

»So empfindlich?«, fragt er begeistert nach und klemmt auch den zweiten Schnapper fest.

Tränen laufen mir über die Wangen. Ich weiß, je betroffener ich reagiere, desto mehr triggere ich ihn. Besser, ich halte still und tue so, als würde es mich nicht stören. Aber das kann ich nicht.

»Ich sag dir, was nun passiert, Schätzchen. Du bist jetzt ganz ruhig, verstanden? Denn wenn nicht ...«

Ich sehe ihn mit großen Augen an, weiß, wie ernst er das meint – und dass es quasi unmöglich sein wird. Wenn es um Schmerz geht, kann ich meinen Körper nicht kontrollieren.

Wie in Zeitlupe nähern sich seine Hände den Nippelklemmen, und mein Atem geht immer hektischer. Ich weiß, was er vorhat, und rede mir ein, dass ich das überstehen kann. Doch sobald er die Klemmen fester stellt, hüllt mich erneut der Schmerz ein. Ich halte es nicht aus. Ich schreie.

»Und jetzt?«, bringe ich zitternd vor Angst, was er mir nun antut, hervor.

»Jetzt büßt du dafür«, sagt er, und ich bekomme mit, wie er mir meine Haare abschneidet und sie zu Boden fallen.

Erstickt schluchze ich. *Aber es sind nur Haare. Die wachsen nach*, beruhige ich meine Nerven.

»Versuchen wir es gleich noch mal, Miststück! Und damit du etwas motivierter bist ...« Er fährt mir mit der Scherenspitze über meinen nackten Arm. »Wenn du wieder so laut bist, geht es dir an deine makellose Haut. Also streng dich an!«

Wo bleibt denn nur der Sicherheitsdienst?, frage ich mich. Auch wenn der Raum von innen verschlossen ist, es muss doch einen Notzugang geben.

Erneut stellt Samuel die Klemmen enger, und der Schmerz schießt heftig durch meinen ganzen Körper. Ich will leise sein, wirklich, aber ich kann nicht.

»Oh, du schwaches Ding!«, tut der Typ so, als hätte er Mitleid mit mir. Dann holt er aus einer Ecke ein Messer hervor, das er dort in einer seiner vorherigen Sessions platziert haben muss oder hat platzieren lassen, und fährt damit über meine Haut, nicht tief, doch so, dass eine feine rote Linie entsteht, weil er mich verletzt.

»Neuer Versuch!«, sagt er fröhlich.

Als der Schmerz erneut heftiger wird, werde ich ohnmächtig.

REECE

Mein Handy vibriert in meiner Hosentasche. Ich schaue aufs Display und stehe sofort auf, als ich sehe, dass es sich um den Sicherheitsalarm des Klubs handelt. Es ist Freitagnacht, das Tease & Please ist gut gefüllt, und bisher hat noch nie jemand das Signal einfach so ausgelöst. Der Alarm ging nur an bei Übungen und Techniktests. Nichts davon steht an, und bei der Vorstellung, dass zusätzlich zur Negativpresse nun einer meiner Mitarbeiter zu weit gegangen ist, wird mir ganz anders. *Reißt diese Pechsträhne denn nie ab?*

Ich war mit Peach gerade in den Lagerräumen des Klubs, lasse sie stehen und renne los. Auf dem Weg begegne ich meinem Sicherheitspersonal – und dann Ms Blaine, die leichenblass ist.

Binnen Sekunden wird mir erst extrem übel, schließlich macht sich in mir Angst und Wut breit – ein merkwürdiger Cocktail, den ich so nicht kenne.

»Wo ist Audrey?«, frage ich sie.

»I-i-im Raum«, stammelt sie.

»Im Raum?«, wiederhole ich begriffsstutzig, bis ich die Bedeutung ihrer Worte aufnehme: Samuel Meyers hält Audrey gefangen. Alle Spielzimmer gleichen Panikräumen, damit Gäste sich in Sicherheit bringen können, falls jemand durchdreht. Nur ich als Besitzer kann zusammen mit der Polizei einen von innen verschlossenen Raum öffnen.

Mein Kopf ist gleichzeitig leer und voll. So muss es sich anfühlen, die Kontrolle zu verlieren. Doch hierbei geht es um Audrey. Ich muss mich zusammenreißen.

Dann sehe ich plötzlich ganz klar, was zu tun ist. Ich wähle den Notruf, damit die Polizei Beamte in den Klub schickt. »Peach, bring Ms Blaine hier weg«, erteile ich weitere Befehle, sobald das Wichtigste erledigt ist. »Frank, sperr den Bereich ab und gib allen vom Team Bescheid, was hier los ist.« Ich wende mich an eine Sub des Klubs. »Steph, informier Eric am Eingang! Er soll keine weiteren Leute reinlassen.« Zuletzt drehe ich mich zu Dallas, den Chef der Sicherheit: »Setz jemanden an das Überwachungssystem im Raum. Es wurde ausgeschaltet, aber ich will wissen, was da drin los ist.«

»Meinst du, die Neue ist durchgedreht?«, fragt er.

Verständnislos sehe ich ihn an, weil für mich klar ist, dass Audrey nicht dahintersteckt.

»Nein, eher Samuel«, sagt Peach, die schon zurück ist. »Zumindest laut Ms Blaine.«

»Scheiße«, flucht Dallas.

»Ja, Scheiße!«, rufe ich viel zu laut und muss mich regelrecht zwingen, nicht auszurasten. Damit ist keinem geholfen. »Wie lange dauert das noch mit der Kamera?«

Dallas heizt seinem Techniker über ein Headset ein und starrt dabei angestrengt auf sein Display, das schwarz ist, auf dem man aber eigentlich den Raum sehen müsste.

»Okay, wir erhalten eine Verbindung in fünf ... vier ... drei ... Oh Scheiße!«

Die Tatsache, dass Dallas blass wird, fühlt sich wie ein wohl platzierter Faustschlag in die Magengrube an. Tief durchatmend logge ich mich auf meinem Handy in das System ein und bekomme ebenfalls die Bilder übertragen.

»Fuck! Wie lange braucht die Polizei noch?«

Audrey sitzt zusammengesackt an einem Bettpfosten gefesselt. Sie ist nackt und mit Blut beschmiert, wobei ich nicht erkennen kann, woher es stammt. Gerade in der Sekunde kommt sie kurz zu sich. Sie bemüht sich, keinen

Laut von sich zu geben. Ich kenne diesen Gesichtsausdruck bei ihr. Aber es gelingt ihr nicht. Daraufhin setzt dieser Bastard das Messer erneut an und verletzt, was mir gehört. Sie.

»Vier Minuten. Die Dauer eines Popsongs«, sagt Dallas.

»Sehe ich so aus, als würde ich jetzt Justin Bieber hören?!«, brülle ich und lehne mich schwer atmend an den Tresen. Definitiv am Durchdrehen. Bereits in der Sekunde an der Bar, als Audrey meinte, der Typ sei komisch, hätte ich den Job abbrechen sollen. Schließlich weiß ich, dass sie jemand ist, der eine ausgezeichnete Beobachtungsgabe hat. *Wie konnte der Typ nur durch unsere Überprüfung kommen?*

»Kann ich noch was tun?«, fragt mich Peach.

»Wollen Sie denn nach wie vor hier arbeiten? Ich kann Ihnen wegen des Vorfalls jetzt schon jede Menge Überstunden ab Montag versprechen«, sage ich trocken.

»Will ich«, sagt sie voller Tatendrang.

Tief durchatmend reiche ich ihr mein Handy. »Können Sie sich dann anschauen, was in dem Raum passiert und mir einfach immer wieder sagen, dass Audrey noch lebt?« Ich verkrafte es nicht, mir das anzuschauen.

»Warum sollte er sie töten?«, fragt sie, aber nimmt mein Handy. »Hat er doch bisher auch nicht.«

»Weil er jetzt entdeckt wurde und nichts mehr zu verlieren hat«, sage ich nur, drehe mich nach meinen Leuten um und brülle: »Verdammt, Dallas, ist die Polizei erst noch Kaffee trinken?«

»Halten soeben vor dem Klub«, sagt er.

Obwohl ich weiß, dass jeder so schnell macht, wie er kann, habe ich das Gefühl, dass sich die Zeit zieht. Audrey ist hinter dieser Tür, sie braucht mich, und ich kann nichts für sie tun. Nie habe ich mich schrecklicher gefühlt.

»Kann es losgehen?«, fragt mich endlich ein Beamter, während sich weitere Einsatzkräfte an der Tür positionieren, um Samuel Meyers sofort auszuschalten.

»Kann es.«

Wir geben jeweils einen achtstelligen Code ein, mit einem dumpfen Laut öffnet sich die Verriegelung, und dann geht alles ganz schnell. Die Männer stürmen den Raum und konzentrieren sich darauf, Samuel festzunehmen, und ich folge ihnen und bin sofort bei Audrey, die wie leblos an dem Pfosten hängt.

»Kleines?«

Obwohl ich sie anspreche, reagiert sie nicht.

Ich lockere die Fesseln. Ihre Finger sind kühl, aber ihre Arme warm.

Peach reicht mir eine Decke, die sie irgendwo aufgetrieben hat, und beweist einmal mehr, dass ich mit ihr als Assistentin die richtige Wahl getroffen habe. Vorsichtig lege ich sie Audrey um die Schultern. Dann winke ich einen Sanitäter zu mir, der ihr was zur Beruhigung und gegen die Schmerzen geben soll.

»Was ist mit den Klemmen?«, fragt Peach, weil ich das Toy dranlasse.

»Können Sie Eis besorgen?«

Am liebsten würde ich die Teile sofort entfernen, aber der Kerl hat sie wirklich eng angelegt. Sie einfach abzunehmen, würde zu schmerzhaft sein.

Während Dallas sich darum kümmert, dass der Raum gesichert und Samuel verhaftet wird und ein Team Spuren erfasst, nehme ich Audrey und ziehe mich mit ihr in eine der Suiten zurück, in der heute noch niemand war.

Behutsam lege ich sie auf dem Bett ab. Sie blinzelt und beginnt zu zittern, richtig heftig, weshalb ich einen der

Sanitäter bitte, ihr mehr Beruhigungsmittel zu spritzen. Soll sie schlafen. Das wird das Beste sein.

Sobald Peach mit dem Eis da ist, mache ich mich an die Klemmen. Ich will nicht, doch es muss sein.

»Soll ich gehen?«, fragt sie. Offenbar fühlt sie sich fehl am Platz.

»Bleiben Sie, aber schließen Sie die Tür«, sage ich. »Und ich schwöre, wenn Sie irgendwas von dem hier erzählen …« Damit meine ich nicht den Vorfall an sich, sondern dass ich mich so exklusiv um Audrey kümmere.

»Werde ich nicht«, sagt sie ruhig.

»Gut.«

Immer weiter lockere ich die erste Klemme und halte dann das Eis an ihren Nippel. Audrey keucht, wacht jedoch nicht auf. Der Schmerz ist so heftig in ihrer Stimme zu hören, dass mir erneut schlecht wird, weil ich es nicht ertrage, sie so zu sehen.

»Oh, Kleines, es tut mir so leid.«

Ich wiederhole die Prozedur mit dem zweiten Nippel und zucke zusammen, als sie wimmert. Weil ihr Schmerz auch mein Schmerz ist.

»Scht, alles ist gut«, murmele ich ihr zu, als es geschafft ist, bis sie wieder wegdämmert und auch ich etwas zur Ruhe komme.

Ich fahre ihr durch ihre stumpf abgeschnittenen Haare, bis ihr Puls endlich normal geht. Am liebsten würde ich den Rest der Nacht so mit ihr verbringen, aber ihr ganzer Körper ist mit Blut verschmiert, und ich will nicht, dass sie wach wird und sich so sieht. Besser, alles, was sie erlebt hat, erscheint ihr wie ein böser Traum.

Behutsam hebe ich sie hoch und trage sie ins angrenzende Bad. Ich setze sie in der Wanne ab und spüle ihren

Körper mit warmem Wasser ab, um zu sehen, wo und wie schwer sie verletzt ist.

»Ist es schlimm?«, fragt Peach von der Tür.

»Nein«, sage ich und bin erstaunt, wie ruhig ich klinge. Zu wissen, dass Audrey in Ordnung ist, hat eine heilsame Wirkung auf mich. Samuel scheint es nur darauf angelegt zu haben, sein Opfer vor Angst zittern zu lassen. Je harmloser die Verletzungen sind, umso länger kann er mit ihnen spielen. Was Audreys Glück ist, denn die Schnitte werden heilen, ohne dauerhafte Spuren zu hinterlassen. Zumindest äußerlich.

Sobald Audreys Haut anfängt zu schrumpeln, lasse ich das Wasser aus der Wanne und hebe sie wieder hoch. Mit der Hilfe von Peach wickele ich sie in ein dickes, flauschiges Handtuch. Dann trage ich sie zurück zum Bett, setze sie ab, lege mich zu ihr, halte sie einfach, spüre ihre Wärme und konzentriere mich auf ihren nächsten Atemzug. Weiter kann ich nicht denken.

Peach macht sich mit einem Räuspern bemerkbar. »Wenn ich einen Vorschlag anbringen darf?«, beginnt sie.

»Welchen?«

»Ich würde gerne mit der Polizei sprechen, mit Ian klären, dass der Betrieb wieder aufgenommen werden kann, den Raum sperren lassen und –«

Ich unterbreche sie. »Das müssen Sie nicht machen, Peach. Sie haben heute schon mehr als genug getan. Lassen Sie uns am Montag noch mal neu beginnen, und bis dahin ruhen Sie sich aus.«

Störrisch schüttelt sie den Kopf. »Ich würde aber gerne was tun.«

»Gut«, sage ich nur, da ich niemand bin, der Hilfe nicht zu schätzen weiß. Außerdem sehe ich ihr an, dass das ihre

Art ist, mit den Ereignissen des heutigen Tages klarzukommen.

»Und wegen Ms Montgomery ... Ähm ... Sie sind zusammen?«, fragt sie vorsichtig.

Audreys Name reicht aus, und ich muss lächeln. Ich betrachte die Frau, die mir so den Kopf verdreht hat, fahre ihr durch die Haare und bin unglaublich dankbar, dass ihr nichts passiert ist. Hätte nie gedacht, dass das in mir steckt.

»Ja, wir sind zusammen«, gebe ich zu, weil ich Peach nichts mehr vormachen muss. »Und sie arbeitet tatsächlich für mich. Auch erst seit ein paar Tagen, nur nicht als Lady Dom.«

»Wow!«

»Sie sollte für mich herausfinden, wer Informationen über den Klub an die Presse spielt. Als Lady Dom zu arbeiten sollte nur Tarnung sein.«

»Clever«, meint Peach.

»Und offensichtlich gefährlich«, sage ich. »In Zukunft wird sie das nicht mehr tun, sondern ausschließlich im Sicherheitsteam arbeiten und von dort die Angestellten und Kunden überprüfen. Wenn ich mir vorstelle, dass das alles nur passiert ist, weil die Akten nicht auf dem aktuellen Stand waren.« *So wie bei der Richterin*, erinnere ich mich. »Wer weiß, bei wem wir noch was übersehen haben. Die Pflege der Kundendaten muss dringend verbessert werden. Audrey wird das in Zukunft verantworten. Dazu müsste es nächste Woche eine offizielle Info geben.«

»Mein Job«, sagt Peach. »Alles klar.«

»Aber gewisse Details müssten Sie diskret behandeln.«

»Dass Sie mit Ms Montgomery zusammen sind, sollten wir unbedingt kommunizieren, um ...«

»Das meinte ich nicht, sondern die Dinge von heute«, unterbreche ich sie. »Es gibt zahlreiche Videoaufnahmen. Sorgen Sie dafür, dass möglichst niemand Zugriff hat und bei einer späteren Verhandlung das Material äußerst sensibel behandelt wird. Die Bilder will ich auf keinen Fall in der Presse sehen. Kriegen Sie das hin?«

»Kriege ich hin«, sagt sie selbstbewusst.

Dann geht sie, und ich lehne mich zurück und streichele immer wieder über Audreys Rücken, massiere ihre wunden Handgelenke und ihre Finger, warte.

Sobald sich ihr Atem weiter beruhigt hat, organisiere ich alles, damit wir von hier wegkommen. Ich will sie bei mir zu Hause haben, in meinem Bett, fernab von all dem hier. Ich hoffe, dass dieser Vorfall nicht alles zwischen uns geändert hat. Wenn doch, dann würde ich zum ersten Mal in meinem Leben um etwas betteln. So lange wie nötig.

Audrey, Audrey, Audrey …

14. Kapitel

AUDREY

Ich werde wach und schlafe wieder ein. Immer wieder. Bis die Schmerzen nachlassen – und ich mehr und mehr den vertrauten Geruch von Reece wahrnehme, seine Nähe spüre, die ein Wundermittel gegen alles Schlechte der Welt ist.

»Was ist los?«, murmele ich, bewege mich, bemerke einen höllischen Muskelkater in meinen Schultern, aber auch wie meine Beine mit Reeces Beinen verschlungen sind.

Lippen küssen meinen Hals.

Ich kichere, winde mich weg und will gleichzeitig mehr.

»Alles okay?«, frage ich leise, als ich wach bin und mir klar wird, dass ich in Reeces Bett liege und er neben mir sitzt, in Boxershorts und einem zerknitterten Hemd, mit dem Laptop auf den Beinen, so als hätte er neben mir gearbeitet.

Statt zu antworten, stellt er das MacBook neben sich ab, zieht mich enger zu sich und fährt mir durch die Haare.

»Du siehst furchtbar aus«, sage ich und betrachte seine müden Augen, sein unrasiertes Gesicht und seine Haare, die so abstehen, als hätte er sie sich alle fünf Minuten gerauft.

Ich kämme ihm mit den Fingern durchs Haar und atme auf, als er kurz genießerisch die Augen schließt. Er nimmt meine Hand und küsst die Handfläche, und ich bin ganz ergriffen von der Zärtlichkeit dieser Geste.

»Du solltest was trinken, Kleines«, sagt er ruhig, holt vom Nachttisch ein Glas Wasser und reicht es mir.

Eigentlich habe ich keinen Durst, doch als ich trinke, bekomme ich plötzlich gar nicht genug. Mein Hals fühlt sich rau an, und jeder Schluck tut weh.

»Besser?«, fragt er, streichelt meine Wange und betrachtet mich aufmerksam, so als wüsste er, dass ich Halsschmerzen habe.

Ich nicke.

»Müsstest du nicht im Klub sein?«, frage ich. Ich habe keine Ahnung, wie spät es ist, aber dass er so völlig entspannt hier bei mir sitzt, wundert mich. »Und müsste ich nicht auch –? Oh Gott!«

Unvermittelt fällt mir wieder alles ein. Meine Recherchen. Der vage Verdacht, dass jemand der Kunden Infos an die Presse weitergibt. Die Zeit mit Samuel und dass er nicht so reagiert hat, wie es laut seiner Akte zu erwarten war. Und dann, wie er durchgedreht ist und sein wahres Gesicht gezeigt hat.

»Alles ist wieder in Ordnung«, flüstert Reece mir beruhigend zu und zieht mich enger an sich.

»Das war kein Traum?«, frage ich aufgewühlt.

»Nein, Kleines.«

Ich will mich der Realität nicht stellen, will zurück in diesen Zustand von eben, als ich einfach nur diesen Mann an meiner Seite gespürt habe und glücklich war. Aber ich muss. Ich betrachte meine Handgelenke, sehe die Striemen von den Fesseln. Mein Blick geht zu meinen Armen, die von feinen Schnitten überzogen sind. Und wenn ich dort verletzt bin, dann bin ich auch …

Ich will meinen Oberkörper inspizieren, doch in dem Moment schiebt Reece seine Hand unter mein Oberteil und berührt zärtlich meine Brust, streift mit dem Daumen extrem sacht über meinen Nippel, schickt eine Welle der Lust durch meinen Körper, die mich den Schrecken vergessen lässt. Für ein paar Sekunden. Immerhin.

»Er hat –«, beginne ich und muss plötzlich heulen.

»Ich weiß«, sagt Reece ruhig, zieht mich ganz auf seinen Schoß, schlingt meine Beine um seine Hüfte und winkelt seine Beine an, sodass ich förmlich von ihm umschlossen bin, ihn nahezu überall an mir spüre. »Keine Sorge, Audrey, das macht er nie wieder. Die Polizei hat ihn abgeholt und kümmert sich um ihn. Ich wünschte nur, die Akten wären besser gepflegt gewesen. Dann wäre all das nie passiert.«

Erneut folgt ein ungewöhnlich tiefer, zärtlicher Kuss, und Wärme breitet sich in meinem Körper aus. Und ich merke, wie Reece hart wird. In dieser Situation. Und mir wird ganz anders.

»Oh mein Gott, es törnt dich an, was der Typ getan hat!«, rufe ich. »Wolltest du das Gleiche mit mir anstellen? Stehst du darauf, Frauen zu verletzen? Die Angst in ihren Augen zu sehen? Dich größer zu fühlen, als du bist?«

Panisch will ich zurückweichen, doch Reece überwältigt mich und drückt mich mit seinem Gewicht in die Matratze, sodass ich mich nicht rühren kann.

Immer kopfloser zappele ich unter seinem Griff, habe plötzlich nicht mehr Reece vor Augen, sondern Samuel, habe das Gefühl, mit diesem Psychopathen zu sprechen.

»Lass mich los!«, kreische ich.

Doch er lässt mich nicht los.

Es dauert eine ganze Weile, bis ich begreife, dass der Mann über mir mich zwar hält, mir jedoch nicht wehtut, mich nur zärtlich küsst, statt mich zu verletzen. *Wieso habe ich das nicht gleich gemerkt?*

Als mich die Kraft verlässt und ich einfach nur liegen bleibe, lockert er sofort seinen Griff und streicht mir Tränen von den Wangen. Was aber nur dazu führt, dass ich mich schäme und noch mehr weine.

»Scht, Kleines. Glaubst du wirklich, es hat mich angemacht, dir zu erzählen, was der Scheißkerl angestellt hat? Hältst du mich für diese Art von Mann?«

Mein Kopf schmerzt. Meine Instinkte raten mir, Reece zu vertrauen. Doch das ist nicht so leicht. »Warum zum Henker bist du dann hart geworden?«

»Weil alles in mir dich zurückerobern will«, sagt er todernst und löst damit einen erneuten Sturm in mir aus. Dieses Mal der Erregung. »Ja, ich will Spuren auf dir hinterlassen, Kleines, damit jedem klar ist, dass du mir gehörst.« Er beißt mich fest in den Nacken, und ich erschauere, weil es mir gefällt. »Und ich sehe, dass du das Gleiche willst … brauchst. Doch ich weiß auch, dass du nach allem noch nicht so weit bist. Vielleicht körperlich, aber nicht hier.« Er beugt sich vor und küsst meine Stirn. »Also werde ich wohl demnächst mit blauen Eiern durch die Gegend rennen.«

Neue Tränen laufen mir über die Wangen, dieses Mal allerdings, weil da plötzlich so viele Gefühle für diesen Mann sind und ich keine Worte habe, um sie ihm mitzuteilen.

»Du willst mir nicht wehtun?«, frage ich erstickt.

»Auf keinen Fall, Kleines«, antwortet er und küsst mich wieder sanft. »Ich will, dass es dir gut geht und dass das Einzige, was du in meiner Gegenwart spürst, Liebe, Hingabe und Verlangen ist.«

Meine Kehle ist wie zugeschnürt. *Liebe ...*

»Ja«, sagt er nur. Als könnte er mir ansehen, bei welchem Gedanken ich hängen geblieben bin. »Ich will, dass die Spuren auf deiner Haut abheilen, dass du mit einem Therapeuten über die Situation im Klub sprichst. Vertraulich. Du musst mir nichts sagen, was du mir nicht sagen willst. Und dann ...« Sein Blick wird lodernd.

»Dann was?«, hauche ich, weil er aufgehört hat zu reden und mich wieder nur küsst, so sinnlich, dass ich dahinschmelze. »Was, Reece?«, dränge ich.

Seine Hand gleitet über meinen Körper, tiefer, immer tiefer, bis er an meinen nassen Schritt greift und zwei Finger in mich schiebt und die Lust mir den Atem raubt. Er mir den Atem raubt.

»Du darfst Nein sagen«, erklärt er mir, während er mich verwöhnt.

»Warum sollte ich denn –?«

Er beißt mich sanft. »Lass mich ausreden, Audrey. Das hier ist mir verdammt wichtig. Was ich gleich verlange, ist unglaublich viel und für das, was wir haben, unglaublich früh. Aber ich bin mir sicher, dass ich es will. Ich brauche das. Und allein der Gedanke, dass du Ja sagst, macht mich hart.«

Seine Finger bewegen sich in mir, und ich schmelze dahin, will mehr von ihm spüren, werde jedoch parallel die Erinnerungen an die letzten Stunden nicht los.

»Was ist es?«, frage ich heiser, bevor mich der Mut verlässt.

»Ich will, dass du meine Initialen trägst. Als erste Frau in meinem Leben. Tätowiert. Genau hier.« Während seine

Finger in mich gleiten, zieht sein Daumen einen Kreis um meinen Kitzler.

Oh Gott! Unter anderen Umständen könnte ich dem Prickeln, das durch meinen Körper jagt, länger widerstehen. Doch die Berührungen zusammen mit Reeces Bitte jagen wie Blitze durch mich hindurch, lassen jede Faser von mir entscheiden, bevor mein Kopf zu lange darüber nachdenken kann. Ich komme heftig an seiner Hand.

»War das ein Ja, Kleines?«, fragt Reece über mir und massiert mich weiter, als könnte ich dagegen protestieren.

Dann gehöre ich ihm …

Die Aussicht allein lässt mich fast wieder kommen. Ich weiß, wie viel so ein Tattoo bedeutet. Das sagt noch mehr als ein Halsband. Mein Verstand flüstert mir zu, dass das zu überstürzt ist. Aber mein Körper bleibt heiß und feucht unter Reece, und alles in mir will das. Sehr.

»Ja«, flüstere ich. »Das war ein Ja. Ich gehöre dir.«

REECE

Ja! Sie ist mein.

Ich sehe diese wunderschöne Frau unter mir liegen und kann nicht fassen, dass alles von ihr nun mir gehört. Ich darf mit ihr machen, was ich will, muss allerdings auch auf sie aufpassen, bin nun ebenfalls und noch viel stärker als zuvor dafür verantwortlich, dass sie alles bekommt, was sie braucht, dass sie diesen furchtbaren Abend vergessen kann, dass ihr so etwas nie wieder passiert, dass sie mich bis in alle Ewigkeit so anschaut, als wäre ich die Welt für sie.

Wir küssen uns erneut. Keine Ahnung, was sie an sich hat, aber ich bin süchtig nach ihren Lippen. Süchtig nach den Tönen, die sie von sich gibt. Süchtig danach, wie sich ihr Körper mir entgegenreckt und mehr einfordert. Wobei ich nicht vorhabe, mit ihr zu schlafen. So gerne ich es auch möchte.

Als sie es merkt, weicht sie zurück, nur ganz leicht. »Wenn du nicht mit mir schlafen willst, dann hör auf«, sagt sie.

»Träum weiter!« Grinsend küsse ich sie wieder.

Sie windet sich unter mir, ist unglaublich erregt, leidet – dieses Mal allerdings auf die schönste Art und Weise.

»Ich meine es ernst, Reece!«

»Ich auch.« Ich liebe es, sie zu berühren, aber ich spüre auch die zahlreichen kleinen Verletzungen und halte inne.

»Was hältst du davon, wenn ich Essen bestelle und du, du duschst so lange und ziehst dir was an?«

»Was hältst du davon, wenn ich mir Essen bestelle, und du, du schläfst etwas«, ändert sie meine Worte ab und fährt mir durch die Haare.

Ich bin wirklich unglaublich müde, weil ich unbedingt wach sein wollte, wenn sie zu sich kommt. Was sich definitiv gelohnt hat.

»Okay«, gebe ich nach.

Statt zu gehen, legt sie sich jedoch zu mir und schaut sich suchend um.

»Was ist los?«

»Wo ist der Lichtschalter für die Lampe? Ich bleibe, bis du eingeschlafen bist. Darf ich?«

Als würde ich sie wegschicken! Als könnte ich es!

»Alexa, mach das Licht aus!«, sage ich ruhig, und sofort wird es dunkel im Raum. Ich ziehe Audrey wieder an mich, spüre ihren warmen Körper, atme ihren Duft ein, genieße, wie zärtlich mich ihre Hände berühren, und schlafe binnen Sekunden erleichtert ein.

***

Als ich wach werde, bin ich allein im Bett.

»Alexa, wie spät ist es?«, frage ich mein Heimsystem.

»Es ist acht Uhr vierundzwanzig.«

Wow, ich hab die ganze Nacht geschlafen.

Da ich keine Geräusche in der Wohnung höre, stehe ich auf und mache mich auf die Suche nach Audrey. Ich sehe, dass in der Küche benutztes Geschirr herumsteht, also hat sie gegessen. Dann dringen Frauenstimmen aus meinem Arbeitszimmer zu mir.

Leise schleiche ich mich an, öffne die Tür einen Spaltbreit und bin einerseits verärgert, freue mich aber andererseits, denn Audrey sitzt dort in meinem Hemd und meiner Sporthose mit Peach an meinem Besprechungstisch.

»Was gibt es sonst noch Wichtiges?«, fragt Audrey und legt Dokumente beiseite.

»Es wäre gut, wenn er sich zu einem Zeitungsinterview bereit erklärt.«

»Nicht über den Klub«, sagt Audrey sofort, was ich auch denke.

»Nein, natürlich nicht, aber über die BDSM-Szene. Vielleicht, worauf es bei Sessions ankommt …«

»Und welche Bedeutung Sicherheit hat«, führt Audrey den Satz zu Ende.

»Genau!«

»Okay, ich bespreche das mit ihm. Hast du Kontakte zur Presse?«

Peach schüttelt den Kopf.

»Kein Problem. Ich frage bei einigen meiner Freunde vom Studium herum. Das Interview sollte von einem Profi durchgeführt werden.«

229

»Gut«, sagt Peach. »Dann telefoniere ich parallel noch die bekannten Redaktionen ab.«

Ich muss grinsen, weil mir gefällt, wie harmonisch die beiden Frauen zusammenarbeiten und wie gut Audrey in mein Leben passt.

»Was ist mit dem Raum?«, fragt Audrey.

»Noch ist er gesperrt, und die Behörden untersuchen alles.«

Audrey verzieht das Gesicht. »Irgendwie behagt mir nicht, wenn er danach einfach wieder hergerichtet wird.«

»Ich kann mir Alternativen überlegen«, sagt Peach.

»Gerne«, meint Audrey. »Bitte mit einer Kostenplanung und einer Einschätzung, wie lange der Umbau dauert.«

Ich kann nicht länger nur zuhören. »Der Raum soll verschlossen werden«, melde ich mich. »Sobald das erledigt ist, fände ich es schön, wenn draußen an der Wand etwas Freundliches geplant wird, vielleicht ein Wasserfall.«

»Oh ... Hi, Reece!«, sagt Audrey und wird prompt rot. »Ich wollte mich nicht in deine Angelegenheiten ... Du hast geschlafen, und Peach brauchte was ... Und als sie schon mal da war, haben wir ...«

»Peach, packen Sie hier alles zusammen! Kümmern Sie sich um die Sachen, die Sie mit Audrey besprochen haben, und um den Raum und suchen Sie mir jemanden, der Intim-Tattoos sticht.«

»Intim-Tattoos?«, fragt sie nach, als sie sich alles notiert. Sie schaut kurz zu mir und dann zu Audrey auf, die noch röter anläuft.

»Schöne Intim-Tattoos«, bestätige ich.

»Wird erledigt«, sagt sie nur, und ich bin erleichtert, dass ich mit ihr offenbar endlich eine glückliche Wahl getroffen habe.

Ich warte, bis sie mein Arbeitszimmer verlassen hat, und trete dann auf Audrey zu. »Und du, Kleines …«

Sie erschauert, nicht weil sie Angst hat, sondern weil sie hofft, dass wir miteinander spielen.

»Hast du die ganze Nacht gearbeitet? Du solltest dich doch schonen!«, sage ich sanft, fahre mit dem Daumen über ihre Lippen und genieße ihren Hunger auf mich.

»Ja, hab ich«, sagt sie und atmet schwerer. »Ich hab Akten aktualisiert, bin alles noch mal durchgegangen und weiß jetzt, dass Samuel auch hinter den Infos steckt, die an die Presse gelangt sind. Immer wenn einer deiner Angestellten versucht hat, was gegen ihn zu unternehmen, hat er es so gedreht, dass es so aussah, als würden sie die Firma verraten, und sie wurden daraufhin entlassen. So konnte er weitermachen. Angefangen bei der Einlasskontrolle, dann bei den Lady Doms und mit Andrew muss er durch Zufall aneinandergeraten sein. Die schlampig geführten Akten kamen ihm dabei zugute. Hier solltest du unbedingt alle nachschulen, damit das in Zukunft besser wird.«

»Wow«, sage ich nur und bin stolz, dass sie das trotz allem rausgekriegt hat und ich eine Sorge weniger habe. Gleichzeitig bin ich eine Spur sauer darüber, dass sie sich nicht geschont hat. Doch wahrscheinlich war das ihr erster Schritt, um mit allem fertigzuwerden.

»Willst du immer noch nicht mit mir schlafen?«, fragt sie.

»Nein«, antworte ich, aber reize sie lächelnd weiter.

Frustriert schlägt sie meine Hand weg. »Dann lass das! Kümmere du dich doch weiter um deine Geschäfte, und ich gehe besser zu Nikki. Sie wird sich fragen, wo ich bleibe.«

»Erteilst du jetzt etwa die Befehle?! Hiergeblieben!«, sage ich scharf.

Sie läuft stur weiter.

Blitzschnell packe ich sie an den Schultern, wirbele sie herum und halte sie fest. Verlangen blitzt in ihren Augen auf. Und Ärger über mich, den ich ihr liebend gerne austreiben will.

»Ich denke, wenn wir nicht im Bett sind, begegnen wir uns auf Augenhöhe. Dann kann ich dir ja wohl so viele Ansagen machen, wie ich will«, sagt sie und windet sich in meinem Griff.

»Stimmt, doch das heißt nicht, dass ich das einfach hinnehme.«

Sie schnauft lautstark, eindeutig genervt.

»Oh Kleines …« Ich drücke meine Erektion gegen sie, taste mich am Bund der Jogginghose vorbei zu ihrer Pussy und reibe über ihre verlockend feuchte Spalte. »Glaub nicht, dass ich nicht mit dir schlafen will. Nach allem, was passiert ist, halte ich das jedoch für keine gute Idee.«

»Verstehe«, sagt sie, obwohl sie ihrem Gesichtsausdruck nach anderer Meinung ist. »Aber warum lässt du mich dann nicht gehen?«

»Weil ich nicht kann«, sage ich und schiebe zwei Finger in sie, genieße, wie sie mich immer sehnsüchtiger anschaut. »Nicht nach diesem Abend. Meld dich gerne bei deiner Schwester, telefoniert von mir aus. Aber versuch zu gehen, Audrey, und ich schwöre, ich sperr dich hier ein.«

Begeistert zieht sich ihre Pussy eng um meine Finger zusammen. »Reece, wenn du das machst, dann —«

»Fessele ich dich, verwöhne dich, benutze dich.«

Zum Protest holt sie Luft, doch es kommt nur ein sinnliches Stöhnen aus ihrem Mund.

»Was stellst du nur mit mir an?«, murmelt sie.

Ich bewege meine Finger vor und zurück und massiere ihre Klit. »Und was du mit mir, Kleines? Ich kann dich nicht gehen lassen, nicht so schnell. Ich brauch dich in meiner Nähe, muss nach all dem, was passiert ist, sehen, dass es dir gut geht, muss dich jederzeit berühren können, um dir dieses selige Lächeln auf die Lippen zu zaubern. Das mag dir übertrieben vorkommen, aber nicht nur du benötigst Zeit, auch ich. Denn dich dort in dem Raum zu sehen und nicht zu dir zu können ...«

»Darf Nikki auch herkommen?«, fragt sie.

»Jeder darf herkommen. Doch du, Kleines, du gehst nirgendwohin. Du gehörst mir. Mit jeder Faser deines Körpers. Auch wenn du nicht vor mir kniest. Auch wenn du gerade deinem Job im Sicherheitsteam nachgehst. Auch wenn ich mich wie der größte Arsch verhalte und du so herrlich niedlich aus der Haut fährst. Verstanden?«

»Okay«, haucht sie ergeben.

»Sag es richtig«, fordere ich sie auf und spüre, wie ihre Pussy sich erneut eng um meine Finger zusammenzieht, weil der Tonfall sie so anmacht.

»Ja, Master.«

Epilog

AUDREY

Zwei Monate sind seit diesem Abend im Tease & Please vergangen.

Zwei Monate, in denen ich mich in der Stadt und in Reeces Wohnung eingelebt habe, zwei Monate, in denen ich im Sicherheitsteam des Klubs gearbeitet und die Akten zu den Mitarbeitern und Kunden auf den aktuellsten Stand gebracht habe, zwei Monate, in denen ich aus Personalmangel sogar noch mal als Lady Dom eingesprungen bin. Zwei Monate, die ich eine Therapie in Anspruch genommen habe, um das alles zu verarbeiten.

Und zwei Monate, seit Reece mich auf Händen trägt und nicht mit mir geschlafen hat.

Heute ist Schluss damit!

Ich weiß, er will noch immer warten, aber ich verzehre mich nach ihm. Mir ist egal, ob mein Verhalten Konsequenzen nach sich zieht oder nicht. Ich brauche ihn, jetzt.

Entschlossen zu allem betrachte ich mich im Badezimmerspiegel. Meine Nippel sind hart und geschwollen und noch empfindlicher als sonst. Meine Haut ist wieder makellos, alle Schnitte sind verheilt, ohne Narben zu hinterlassen. Und auf meinem Venushügel prangen neu Reece Randalls Initialen, von denen ein Teil meine Klit tangiert.

Wenn er findet, dass ich dafür bereit war, dann bin ich es auch für Sex!

Mit dem Zeigefinger fahre ich über den Bereich und werde augenblicklich feucht. Ich gehöre ihm, meine Lust gehört ihm, und das heißt auch, dass meine Orgasmen ihm gehören. Doch ich kann nicht länger auf ihn warten.

Ich creme meine Haut ein, ordne meine Haare, die zwar nach wie vor kurz, aber niedlich auf Schulterlänge geschnitten sind, und betrete unser Schlafzimmer, nach wie vor unbekleidet.

Das Licht, das vom Flur reinfällt, genügt mir, um mich zurechtzufinden. Ich genieße die düstere Atmosphäre und den weichen Teppich unter meinen Füßen.

Soweit ich weiß, ist Reece noch im Klub. Meist kommt er gegen zwei Uhr nachts nach Hause, heute scheint ihn jedoch etwas aufzuhalten, was mich ärgert.

Soll ich auf ihn warten?

Nein. Wenn er mich nicht zum Spielen einlädt, muss ich es tun.

Im Vorbeigehen berühre ich die Tickler, die er bei mir verwenden darf, verschieden dichte Federstäbe. Meine Fingerspitzen streifen Seile, und schließlich ziehe ich die lautlos gleitende Schublade mit den Fesseln auf.

Noch kann ich das hier abbrechen, wird mir bewusst, und ich zögere. Was ich vorhabe, sollte ich nicht ohne ihn tun. *Aber rechtfertigt der gute Wille nicht die Tat?*

Ich gehe die Ledermanschetten durch, mit denen er mich fesseln kann, und werde automatisch kurzatmiger, stelle mir bereits vor, wie er sie verwendet, was er alles mit mir machen kann, welche Möglichkeiten er hat.

Nach kurzem Zögern greife ich ein paar klassische schwarze, meine Lieblingsfesseln, und sofort läuft mir ein Schauer über den Rücken.

Ich schließe die Schublade, drehe mich um und zucke zusammen, blinzele, bin mir sicher, dass ich nicht träume, und spüre eine unglaublich heftige Mischung aus Lust und Angst.

Reece sitzt im Sessel am Fenster, den Blick direkt auf mich gerichtet, ein Bein über das andere geschlagen, das Kinn in die Hand gestützt.

»Was machst du hier?«, frage ich. »Wie bist du reingekommen? Seit wann bist du zurück? Du ...« Ich kann nicht mehr klar denken.

Bis eben dachte ich noch, dass ich eine Strafe locker in Kauf nehmen würde, aber ich unterschätze jedes Mal wieder, wie sehr mir das zu schaffen macht. Vor allem bei diesem Mann. Ich müsste mich jetzt hinknien und ihn um Vergebung bitten, doch ich kann ihn nur anschauen, mich schuldig fühlen und sehen, was ich will, nun aber ganz sicher nicht bekommen werde. Ihn.

»Komm her«, sagt er gefasst.

Ohne zu zögern, setze ich mich in Bewegung.

»Mit den Manschetten.«

Beinahe stolpere ich, so hektisch drehe ich mich noch mal um, greife mir die Teile und gehe zu ihm.

»So wunderschön und so wahnsinnig dumm«, sagt er unheimlich ruhig, sobald ich vor ihm mit gesenktem Blick stehe, reibt mit dem Finger über das Tattoo und streift dabei meinen Kitzler.

Sterne tanzen vor meinen Augen, weil es mich die größte Mühe kostet, einfach nur stehen zu bleiben, mich nicht zu regen, solange er es nicht erlaubt. Ich will meine

Situation auf keinen Fall schlimmer machen, als sie eh schon ist.

»Kleines, die Frage ist doch eher, was du hier machst?«

»Ist es nicht offensichtlich?«, antworte ich pampiger, als ich sollte. Aber all der Frust brodelt heftig in mir.

»Sag es!«, verlangt er.

»Dich dazu bringen … Dir zu zeigen … Du sagst jedes Mal, du kannst mir nicht widerstehen, wenn ich … Um mich endlich zu …« Ich kriege keinen vollständigen Satz zustande. Dafür begehre ich ihn zu sehr.

»Was?«, fragt er nach, strenger.

Ich zucke zusammen, zwinge mich, ihm in die Augen zu schauen. »Mich zu nehmen.«

Mein ganzer Körper ist mit Gänsehaut übersät. Mir ist im Wechsel heiß und kalt. Ich verstehe überhaupt nicht, warum er hier ist, seit wann, wieso. Er sitzt hier, als hätte er auf mich gewartet. Als hätte er gewusst, dass ich mich über seine Regel hinwegsetze. Aber woher?

Aus den Augenwinkeln sehe ich, dass neben ihm auf dem Boden sein Laptop steht. Er hat von hier gearbeitet, und ich frage mich, wie lange schon. *Wie lange war er hier und hat mich dennoch nicht berührt?* Ich weiß, er ist sauer, weil ich mich falsch verhalten habe, doch plötzlich bin ich auch verletzt. Denn warum tut er das?

»Gib mir die Manschetten!«, sagt er.

Sofort reiche ich sie ihm, und er legt sie neben sich.

»Du weißt, was jetzt passiert, Audrey?«

Schluchzend nicke ich. *Mist, Mist, Mist.* Er bestraft mich, weil ich ohne seine Erlaubnis am Spielzeug war.

»Knie dich hin, Kleines!«

Erleichtert, weil ich nicht mehr lange hätte stehen können, sinke ich zu Boden. Zufrieden streicht er mir durchs

Haar, und prickelnde Schauer laufen über meinen Rücken. Gleichzeitig hasse ich das hier.

»Schau mich nicht so an!«, sagt er sanft und lächelt. »Ich bin froh, dass du endlich so weit bist. Aber das ändert nichts daran, dass Strafe sein muss.«

Erst in dem Moment erkenne ich, dass Reece mit Absicht auf Sex verzichtet hat. Weil ich den ersten Schritt machen sollte. Wärme durchflutet mich und eine so heftige Zärtlichkeit, dass ich nicht länger still sitzen kann, hochspringe, ihm um den Hals falle und vor Glück heule.

»Scheiße, Audrey!«, ruft Reece, der damit nicht gerechnet hat. Dabei klingt er keineswegs sauer. »Kleines, ruhig!« Er streicht mir durch die Haare, reibt über meinen Rücken, küsst meinen Hals. »Scht! Hast du etwa gedacht, ich will dich nicht mehr? Oder dass es mir Freude macht, dich nicht zu haben?«

»Ich brauch dich«, antworte ich nur.

»Ich weiß«, flüstert er. »Ich weiß. Aber dann sei jetzt ein braves Mädchen und warte hier auf mich. Strafe muss sein.«

Ich wünschte mir, er würde eine Ausnahme machen, wirklich, doch ich weiß, wenn ich weiter protestiere, mache ich es für uns beide schlimmer.

Mit einem Nicken löse ich mich von ihm und knie mich wieder hin, spüre jedoch neue Tränen auf meinen Wangen. Ich kriege mit, wie Reece aufsteht, und zucke zusammen, als er mir wenig später eine schwere Decke über die Schultern legt. Er mustert mich ein letztes Mal eindringlich, dann nimmt er seinen Laptop, geht und schließt die Tür hinter sich.

Sobald ich allein bin, verschwimmt die Zeit. Ich müsste mich beruhigen, doch stattdessen werde ich immer nervöser, angespannter, verkrampfter. Trotz der Decke zittere ich, merke, dass ich mich nicht mehr lange halten kann, dass mir das alles zu viel wird. Ich habe neulich versucht, das Nikki zu erklären, aber für Außenstehende ist das schwer zu verstehen.

Oder bin ich diejenige, die alles missversteht?

Habe ich mich nur geändert und verkläre diesen Mann?

Die plötzliche Angst liegt wie ein Stein in meinem Magen. Ich kann nicht mehr auf den Knien sitzen, sinke zusammen.

Ich will ihn so unbedingt, aber was, wenn ich ihn nicht kriege? Was, wenn er mich nicht mehr will?

Nicht nur seit dem Vorfall im Klub, auch seit ich das Tattoo habe, ist es anders zwischen uns.

Was, wenn er bereut, was passiert ist? Oder wenn er mich gar verlassen will?

Die dunklen Gedanken peinigen mich so sehr, dass ich gar nicht merke, dass ich plötzlich nicht länger allein bin, sondern Reece wieder zurück ist und mich an sich zieht.

»Scht, es ist vorbei. Ich bin hier. Ich hab dich, Kleines.«

»Geh nicht«, schluchze ich ängstlich. »Bitte, geh nicht.«

»Ich geh nicht, ich geh nie.« Er drückt mich noch fester. »Und jetzt beruhige dich! Du machst mich ganz schwach. Du weißt, dass ich dich bestrafen musste, aber so wollte ich dich nicht sehen.«

»Es tut mir so leid«, heule ich weiter. »Ich liebe dich so, Reece. Ich wollte ja brav sein, doch es ging nicht. Ich brauche dich, ich halte keine Minute mehr ohne dich aus.«

Während ich total aufgelöst bin, kriege ich nur am Rande mit, dass Reece mir die Ledermanschetten anlegt. Er hebt mich hoch, trägt mich zum Bett, legt mich ab und löst meine Arme von sich – um sie an Ösen im Bettgestell zu befestigen.

Erst das Klicken bringt mich dazu, plötzlich voll und ganz bei ihm zu sein.

Wissend lächelt er mich an und streift mit seinen Lippen meine.

»Frag mich, was du mich fragen willst!«, fordert er mich auf.

»Jetzt nimmst du mich?«

»Ja, jetzt nehme ich dich. Ich musste nur sichergehen, dass du auch wirklich bereit bist.«

Heftigste Lust durchfährt mich, und alles in mir pulsiert heiß vor Verlangen. Hungrig verfolge ich, wie Reece sich auszieht, erst das Oberhemd aufknöpft, sich dann das Unterhemd über den Kopf zieht.

Ich will ihn berühren, nach ihm greifen, doch die Fesseln halten mich, und ich wimmere frustriert.

Reece unterbricht seine Tätigkeit, kommt zu mir und küsst mich wieder. »Ungeduldig?«, fragt er.

»Am Verrücktwerden«, antworte ich.

Er grinst, weil ihm das gefällt, küsst mich erneut, steht wieder auf und zieht sich nun die Hose aus.

Erregt belecke ich mir die Lippen, als ich die Beule in seiner Unterhose sehe, und ich atme schwer, als er sie auszieht und sein Schwanz zum Vorschein kommt. Groß, hart, mit diesen sexy Adern. Und bereit für mich, so wie ich bereit für ihn bin.

»Reece!«, hauche ich nur.

Er steigt zu mir aufs Bett, fasst mir zwischen die Beine und stöhnt, als er merkt, wie nass ich bin. Auch er kann es kaum noch erwarten, sein Blick verrät ihn.

Küssend treibt er mich weiter in den Wahnsinn, hinterlässt eine feuchte prickelnde Spur, angefangen bei meiner Scham, über meinen Bauchnabel, meine Brüste, mein

Dekolleté, und sobald sein Mund meinen verschlingt, versenkt er sich in mir.

»Oh Gott!«, keuche ich und genieße die Schauer, die auf diese so lange ersehnte Berührung folgen.

Er zieht sich zurück und stößt wieder zu, tiefer, und ich atme schwer, weil ich auf keinen Fall ohne seine Erlaubnis kommen, nicht noch einen Fehler in dieser Nacht machen will. Aber ich weiß, dass es nur eine Frage der Zeit ist, bis ich versage.

»Reece …«, seufze ich, während er sich härter in mir bewegt, mich mit wenigen Stößen bereits auf den Gipfel der Ekstase bringt.

»Nur heute, Kleines …«, beginnt er, während er mich nimmt, und genießt diese Verbindung zwischen uns. »Du darfst kommen, sooft du willst, kannst, möchtest.«

»Oh Gott!« Sofort explodiere ich, halte nicht länger aus, ihm zu widerstehen, lasse los und mich von ihm davontragen.

»Und ich werde dich so lange nehmen, wie ich will.«

REECE

Ich dringe tief in sie ein, spüre, wie sie krampft, gleite zurück und nehme sie wieder. Sobald ich an das Tattoo denke und daran, dass nur noch ich das hier mit Audrey machen darf, komme ich in ihr.

Heißer windet sie sich, will, dass ich sie losbinde, aber das kann sie vergessen. Nicht bevor das Bettzeug komplett eingesaut ist. Oder wir beide eine Pause brauchen.

Zwei Monate sind seit dem letzten Mal vergangen, und ich bin dankbar, dass Audrey endlich nicht mehr nur von Sex fantasiert hat – dieses Verlangen in ihren Augen war kaum noch auszuhalten –, sondern dass sie bereit war, eine Strafe in Kauf zu nehmen, um Sex zu bekommen, was mir zeigt, dass die Therapiesitzungen und die Zeit Wunder gewirkt haben und sie wieder die Alte ist.

Und wenn der Abend gut läuft, dann habe ich eine weitere Überraschung für sie …

Da ich fünf Minuten brauche, bis ich erneut hart bin, gleite ich aus ihr heraus, küsse ihre Halskuhle und gehe zur Schublade mit den Spielsachen. Ich greife mir einen Dildo und einen Vibrator und merke, dass sie protestieren will, als sie mich mit beidem zurückkommen sieht.

Im letzten Moment verkneift sie sich Widerworte, aber schließt ihre hübschen Augen und atmet heftig, als würde sie sich auf die schlimmste Folter der Welt vorbereiten. Weil sie weiß, dass sie mit den beiden Schätzchen kommt — ob sie will oder nicht.

»Brav«, lobe ich sie, weil sie sich mir hingibt.

Ich koste ihre Pussy, etwas, das ich bei keiner anderen Frau je gemacht habe, was mich bei ihr jedoch kickt, weil auch ihre Lust mir gehört und sie betörend gut schmeckt.

»Reece!«, keucht sie erneut meinen Namen, als sie meine heiße Zunge spürt. Ihre Augenlider fliegen wieder auf, und sie zittert, als ich mit meinen Zähnen über ihren Kitzler streife.

»Mehr?«, frage ich sie.

»Mehr«, bettelt sie.

Wie kann jemand nur so schön sein?

Ich drücke ihre Beine auseinander, mache ihr klar, dass sie hier besser nicht herumstrampelt und mich aus Versehen tritt, und schiebe den Dildo in ihre nasse Pussy, liebe den Anblick, liebe, wie schwer sie atmet, wie sie versucht, den nächsten Höhepunkt doch noch zurückzuhalten, weil sie mit mir kommen will.

Netter Versuch, Kleines!

Während ich den Dildo langsam vor- und zurückschiebe, küsse ich ihre Klit, lecke über die kleine Erhebung, sauge daran und breche ihren Widerstand.

»Nein!«, keucht sie und kommt um den Dildo. »Fuck, Reece!«

Wütend funkelt sie mich an. Ich lasse es ihr durchgehen. Diese Nacht ist etwas Besonderes.

Kaum hat sie sich erholt, da lege ich den Vibrator auf ihre Perle, schalte ihn ein und muss grinsen, weil Audrey vor Lust an ihren Fesseln zieht und dabei so sexy ist. Von diesem Anblick werde ich nie genug bekommen. Und er macht mich hart. Ich will wieder in ihr sein, möchte sie nehmen, kurz nachdem sie gekommen ist, und bringe sie zum nächsten Höhepunkt.

Noch während ihre Pussy heftig zuckt, packe ich den Vibrator weg, entferne den Dildo und fülle sie mit meinem Schwanz erneut ganz aus, gebe ihr alles von mir, vergrabe mich, so tief ich kann, und genieße ihre heiße, feuchte, pulsierende Enge.

»Wie sagt man?«, hauche ich ihr zu und beiße sie ins Ohr.

»Dank– Ohhh!« Sie ballt ihre Hände zu Fäusten, umschlingt mich mit den Beinen, explodiert wieder, während ich sie mit harten Stößen bearbeite. »Danke, danke, danke«, stöhnt sie, wie ein Gebet.

Jedes Wort schießt lustvoll in meinen Schwanz. Sie sagt es nicht nur so daher, sie meint es aus tiefster Seele, und ich kann mich ebenfalls nicht zurückhalten und komme erneut, versenke mich ganz in ihr, genieße es, sie zu besitzen.

Unsere verschwitzte Haut klebt aneinander. Das Laken ist mit feuchten Flecken überzogen, die Kissen liegen überall verstreut, und ohne Audrey aus den Augen zu lassen, ziehe ich mich erneut zurück, fülle sie mit meinen Fingern aus und lege den Vibrator wieder auf ihre empfindlichste Stelle.

»Nicht!«, wimmert sie und kommt.

Ich erhöhe den Druck. »Du weißt, dass das in unserer Welt ›Mach weiter!‹ heißt?«

»Reece!«

Ja, sie weiß es, und lächelnd krümme ich meine Finger und bringe sie erneut zum Kommen und Kommen und Kommen. Unglaublich! Mit jedem Orgasmus wird sie empfänglicher, und jedes Mal krampft ihre Pussy wilder.

»Oh Gott!«, kreischt sie und explodiert in immer kürzeren Abständen, windet sich sogar, als ich meine Finger zurückziehe, zuckt, als ich den Vibrator schließlich entferne, zieht scharf die Luft ein, als ich nur mit den Fingerspitzen ihre Klit berühre und dem Schwung meiner Initialen folge. Und sie kommt erneut, heftig.

»Himmel!«, stöhne ich. »Du bist so schön, wenn du schreist, mehr willst und gleichzeitig versuchst, mich mit deinem niedlichen Blick zu erdolchen.«

»Reece!« Sie will etwas sagen, verkneift es sich aber.

»Angst, kleine Domina?«, necke ich sie.

»Nein«, antwortet sie. »Schließlich weiß ich, wie man mit einer Peitsche umgeht. Praktisch, oder?«

»Drohst du mir hier?«

»Vielleicht«, wird sie frech.

»Wag es!«, flüstere ich ihr zu und bemerke, wie sie unter der Drohung ein weiteres Mal erschauert. »Wag es unbedingt!«, füge ich hinzu, weil ich es nicht erwarten kann, ihr nach so einer Nummer alles abzuverlangen, und lächele, weil es mich glücklich macht, dass sie wieder ganz sie selbst ist.

»Werde ich«, verspricht sie.

Wir lieben uns erneut, und schließlich löse ich ihre Fesseln und ziehe sie nackt, verschwitzt, verklebt und perfekt an mich. Nach wie vor spüre ich kleine Schauer, die über ihren Körper laufen. Doch sie werden schwächer, so wie Audreys Atem immer ruhiger geht.

»Was ist?«, fragt sie, als sie merkt, wie aufmerksam ich sie anschaue. Ich denke wieder an die Überraschung und finde, dass nun der richtige Zeitpunkt ist, es ihr zu sagen …

»In zwei Wochen muss ich erneut den Kurs für potenzielle Lady Doms leiten. Andrew, den ich wieder eingestellt habe – so wie die anderen Mitarbeiter, die ich fälschlicherweise entlassen hatte –, kann nicht.«

Sie schaut finster plus eine Spur eifersüchtig.

»Und ich möchte dort bei den Vorführungen nicht mit jemand anderem, sondern mit dir spielen, als das, was du bist, meine Sub.«

Sie lässt die Worte sacken, doch in ihrem Gesicht geht die Sonne auf.

»Ja«, sagt sie, jetzt lächelnd.

»Danke, Kleines«, sage ich und bin unheimlich glücklich. »Dann müssen wir bis dahin aber noch viel üben, um aus der falschen Domina eine perfekte Sub zu machen …«

»Bin dabei«, sagt sie lächelnd, schmiegt sich wieder an mich und schläft allmählich ein. »Bei dir bin ich immer dabei.«

»Perfekt.«

Ende

Über die Autorin

Philippa L. Andersson ist eine deutsche Autorin, die in Berlin lebt und arbeitet. Schon in ihrer Kindheit entdeckte sie ihre Liebe zu Geschichten und las alles, was ihr in die Hände fiel. Wenn kein Buch zur Hand war, dachte sie sich selbst Storys aus. Dass sie mal Autorin wird, war trotzdem nie geplant. Nach ihrem Germanistik-Studium hat sie zunächst auf verschiedenen Positionen in einem bekannten mittelständischen Unternehmen gearbeitet.

2012 veröffentlichte sie ihre erste Kurzgeschichte "Das letzte Mal". Nach weiteren Kurzgeschichten folgte 2013 ihr erster Roman "In deinen Armen". Seit 2015 arbeitet sie nur noch als Autorin. 2017 erschien ihr erstes Hörbuch zu ihrem Roman "Romance Love – Vollkommen dir ergeben". Im gleichen Jahr war sie mit „You Can't Escape Love – Begehren . Vertrauen . Lieben" erstmals in der BILD-Bestsellerliste.

KONTAKT & SOCIAL MEDIA:

philippal.andersson@gmail.com

www.facebook.com/PhilippaLAndersson

www.instagram.com/philippal.andersson

www.philippalandersson.de (+Newsletter)

BUCHEMPFEHLUNGEN:

You Can't Escape Love - Begehren . Vertrauen . Lieben

Mr Right ist bereit für die große Liebe.
Bist du es auch?

Man kann im Leben nicht alles haben, denkt June Carpenter nach ihrer letzten gescheiterten Beziehung und konzentriert sich auf ihre Karriere. Ihr größter Traum ist es, sich als Location-scout selbstständig zu machen. Die Begegnung mit dem Unternehmer Damon Ward durchkreuzt jedoch ihre Pläne. Obwohl June ihm klarmacht, dass sie die falsche Frau für ihn ist, lässt er nicht locker und unterbreitet ihr ein Angebot, das sie nicht ablehnen kann …
Kann man vielleicht doch alles haben?

Liebesroman, 416 Seiten, ISBN 978-3-96111-371-2

So Right, So Wrong - Verführerisches Spiel mit dir

*Manchmal sind gerade die FALSCHEN Dinge
absolut RICHTIG …*

Ava Donovan arbeitet als Privatermittlerin, und sie ist gut in dem, was sie tut. Bis sie das Verschwinden der Studentin Samantha Taylor untersuchen soll – und nicht weiterkommt.
Da jede Minute zählt, wendet sie sich an den Nachtclubbesitzer Caleb Bryce. Wenn jemand etwas dazu weiß, dann er. Die Sache hat nur einen Haken: Der charismatische Bad Boy hat bereits in der Vergangenheit klargemacht, dass er Ava in seinem Bett haben will. Und dieses Mal wird er nicht nachgeben, bis er sein Ziel erreicht hat …

Dark Romance, 360 Seiten, ISBN 978-3-96111-309-5